Luis Sexto

mi
ARCA
de
NOÉ

Editorial Letra Viva
Coral Gables, La Florida

mi
ARCA
de
NOÉ

LUIS SEXTO

Mi Arca de Noé

Viendo el tiempo pasar

LUEGO DE TANTAS LECTURAS Y unas breves cuartillas, ¿se llega alguna vez a orientar el fin último de la poesía y la vida? Todo el que se inclina sobre una página con ánimo de creador, aunque no sea consciente del propósito, busca, como pretendían los primeros ensayistas españoles, dejar "obra durable de sí". Pocos, parece obvio, permanecen. Otros estiman que aspirar a trascender mediante las letras es un acto de vanidad. ¿Y para qué, pues, se escribe: para entretenernos, para vender la obra como cualquier mercancía, o comprar la fama? Posiblemente sean razones válidas. Pero los escritores dejarían de ser artistas si no intentaran, según Claudio Magris[1], "construir un Arca de Noé para salvar todo lo que amamos, para salvar cada vida".

Supondrán que divago en estas líneas que apenas logran ponerse de acuerdo. Vivo uno de esos días cuando parece que nada es como pudo haber sido, y favorecen hablar del futuro, del pasado, de lo fugaz. Cuanto más envejezco recurro a los años de fervorosos aciertos y creencias. Días en que el tiempo parecía una campana amiga que tañía invitándonos a vivir. Entonces no podíamos suponer que un día doblarían por cualquiera de nosotros.

Ya no me engaño. El pasado es como el futuro vuelto al revés: una promesa ya fría, un lugar de cita sólo para lamentar cuanto yace entre los deseos sin vestir. Pero el tiempo se nos presenta intermitentemente.

---

[1] Escritor, dramaturgo y traductor italiano; ganó el premio FIL de Literatura en Lenguas Romances, 2014. Autor de *El Danubio*.

Suele adoptar el perfil de una categoría poética cuando deriva hacia el lenguaje de la nostalgia, o el balido terminal de una oveja. También se resuelve en cuestión dramática si uno vive con el ánimo tenso, queriendo construir, pisar tan hondo para que, al menos, podamos dejar huella duradera. Y resulta además una escena de tragedia cuando intentamos reivindicar los días de pérdidas y derroche, y se nos "va" el tiempo con mayor rapidez, porque más urgidos estamos de aprovechar su fugacidad.

Si me preguntaran por qué he juntado, a tantos nombres, y he resumido tantas ideas en apariencias caóticas, tantas búsquedas en archivos, o entre la gente, o en mis lecturas, diré que tal vez tenía ganas de escribir para que el libro -papel que se cristaliza y rompe- preservara, como en un almacén a prueba de riesgos nucleares, a textos donde hago resaltar valores, principios, razones; también episodios de mi existencia, y a figuras de la cultura literaria, del arte o de la historia, a quienes conocí, o leí, y quise. Espero que me conforten en medio de esta tristeza que hoy, como en mi niñez, me oprime viendo el tiempo pasar.

La Habana, 10 de enero de 2015

Mi Arca de Noé

La maldición del *yo*

QUÉ HAY DETRÁS DE ESE pensamiento de Pascal donde afirma que "el yo es odioso". Habrá, podríamos preguntar asociando los términos, lo mismo que detrás del repudio fanático a las demandas de lo que llaman genéricamente "la carne" y que entre numerosos cristianos de todos los tiempos, en primera fila los jansenistas, halla en el sabio francés a uno de sus más influyentes voceros.

Sobre el uso del *yo* en las letras, sobre todo en el periodismo, creo encontrar afinidades entre la aversión lingüística, gramatical, y también moral, todavía vigente en la lengua española contra la primera persona del singular, y la tela de acero que envuelve a lo sexual, al menos en ciertas actitudes de origen cristiano. Si obviamos la herencia judía sobre el descrédito de lo más genésico del cuerpo humano –como la menstruación–, me parece que en la demonización del sexo puede entreverse un sentir del placer por defecto, por resistencia presuntamente virtuosa, como el rechazo al *yo* puede incluir un apego intenso, conflictivo a la primera persona tan denostada. Es decir, la fobia al *yo*, podría señalar un enfermizo individualismo que busca exaltarse por su contrario: la sumisa disolvencia en la totalidad del misticismo taoísta o de cualquier otra doctrina contemplativa.

Advirtamos, los ascetas de las diversas religiones –tanto proféticas, como místicas y sapienciales– viven escurriéndole la personalidad al *yo*, de modo que el vencimiento del egoísmo y de los placeres incluye sepultar las falibles tentaciones de la primera persona, ¿Es posible disolverse? Tal vez ello equivaldría a anular la personalidad. Pero si el místico lo lograra, uno empezaría a dudar de que el *yo* sea el basamento de la identidad. Y, razonablemente, un místico disuelto en el vacío no podría amar aquello que pretende amar.

¿Qué hay, pues, detrás de esa actitud de celador intransigente ante la partícula de la primera persona en un enunciado periodístico o literario o académico? El *yo*, como conductor, en particular de los textos periodísticos, sufre ante ciertos guardianes del templo una reacción de rechazo, como el antes aludido asco del sexo. Luego de lo dicho, he de jurar que no pretendo forzar las similitudes, sino destacar las tangencias. En la tradición periodística en la que me he familiarizado con el oficio de escribir apremiado por la actualidad, he hallado una resistencia, un valladar dogmático sobre tan discutido monosílabo. Primeramente, hay una argumentación técnica: el periodismo es impersonal. Y esa verdad de principio, proveniente del periodismo norteamericano, solo aplicable estrictamente a la noticia, se ha erigido en norma inconmovible de medios y editores, incluso redactores.

Entre los escritores norteamericanos, tan individualistas, surgen también guerreros contra la primera persona, incluso contra el nombre bajo las obras. John D. Salinger hizo acrobacias en el extremo: "Mi opinión, un tanto subversiva, es que los sentimientos de anonimato y oscuridad del escritor son la segunda propiedad más valiosa que tiene a su cargo durante sus años de trabajo". De acuerdo con lo dicho por Vicente Verdú, el autor de *El guardián en el trigal* ponía en práctica, contra el *ego*, los preceptos de la doctrina Zen, variante budista centrada en la meditación, en un desvivirse interiorizado, y que Salinger había retejido con fervor como eje de su conducta.

MI ARCA DE NOÉ

Precisando, en la lengua española ha existido, en términos académicos, aversión hacia el empleo del *yo*, porque se le ha supuesto cápsula de vanidad, de individualismo, de egolatría en un afán punible de prevalecer, de hacerse visible y contundente. Y de esa prevención se articula el uso de hablar en plural, diluirse nominalmente entre los que oyen o leen el discurso.

En Cuba, un poeta tan personalísimo como Emilio Ballagas le recomendó a Carilda Oliver Labra, en carta enviada tras publicar aquella su libro *Al sur de mi garganta*, lo siguiente: "Procure irse alejando graciosamente de hablar en primera persona del singular. El buen clasicismo es hasta cierto punto impersonal y él olvida el *yo*, el *me*, y tanto el *mi* como el *mí*". Me propongo comprobar al instante el aserto del venerable Ballagas, y recuerdo a Quevedo: "*Voyme* a vengar en una imagen vana / que no se aparta de los ojos *míos*; búrla*me*, y de burlar*me* corre ufana"; o a Lope: "Un soneto *me* manda hacer Violante"; o a Teresa de Ávila: "*Vivo* sin vivir en *mi*, / y tan alta vida *espero*, / que *muero* porque no *muero*."; o a San Juan de la Cruz: "¡Oh llama de amor viva, / que tiernamente hieres / de *mi* alma en el más profundo centro..."

"Escribir es y será siempre un acto solitario", ha dicho, junto con Gabriel García Márquez, el doctor Felipe Pena de Oliveira *en su libro Teoría del Periodismo. Comunicación Social*. Y su autoridad insiste en deslavar tabúes: "No hay compañía frente a la angustia que provoca la página en blanco, lo que es ya un lugar común para los escritores. Entonces no entiendo por qué los círculos académicos gustan tanto del sujeto *nos* en sus escritos, aun siendo partícipes de conceptos tales como la intertextualidad y la obra abierta, por ejemplo. La primera persona del plural no me suena bien en los artículos teóricos. Resulta artificial, fabricada y, principalmente, confusa".

En el periodismo, aún en los llamados géneros "objetivos" que reclaman una especie de despersonalización, él *nos* evoca una presunción monárquica, jerárquica, burocrática en moldes como la crónica y el reportaje, que suelen habitualmente servirse para contar historias mediante lo visto u oído por el autor. En los demás, quizás sea recomendable, la tercera persona.

¿Y de la opinión qué decir? ¿Acaso *mi* criterio es también *nuestro*? Y a quien se canse de tanto *yoísmo* se le podría argüir que otros ya nos hemos cansado del tan presuntuoso e inconsulto *nosismo* donde el autor, pluralizándose, se blinda ante la responsabilidad de sus juicios y datos. El hablante insiste en diluirse en la masa innominada, por humildad, o por que se atribuye la representatividad de todos. En *nos* hablan los reyes y los pontífices, y cuanto dicen desde la tribuna autoritaria de la voz inapelable, ha de ser obedecido por aquellos instalados en el cuartón de los subordinados. ¿Quién más vanidoso?

Tendremos, por tanto, que deslindar la luz de la oscuridad como en una de las primeras jornadas del Génesis. Y sin presumir de maestro, definir que "ser personal" necesariamente no exige el uso de la primera persona del singular. Puede un autor emplear eufemismos como "este comentarista", "el cronista", "el que esto escribe, piensa", es decir, impersonalizarse un tanto y sin embargo componer un enunciado desbordante de interés, emotividad, ritmo, algunas calidades de lo personal. Con el *yo* o sin éste y sus variantes pronominales y posesivas, pero con halago de la forma, como establecía Martí, el texto fluirá como auténtica agua original.

Juicios parecidos podríamos aducir sobre la primera persona en la narrativa o la ensayística. ¿Por qué, si no, resulta tan atractivo el punto de vista espacial del que recuerda, o memoriza, o narra en singular? Gide confiesa en su *Diario* que él quería "matar el yo de Pascal, y ahora ese *yo* lo respeto, lo venero, y me esfuerzo por desarrollarlo". Se ha sentido tan pálido y tan indeciso, que ha querido "acentuar los contornos de mi personalidad, que estoy puliendo". Gide lo confiesa: quiere acentuar el perfil de su *ego*. Y aunque todos tenemos personalidad, esto es, conciencia, identidad y carácter, en lo que atañe al estilo no todos podemos escribir grabando, como con cincel, huellas personales en la letra. Y de esa distinción provienen las diferencias de cualidad entre unos y otros escritores, y entre estos o aquellos periodistas. Por tanto, de acuerdo con el criterio de este articulista, el uso del *yo* disuena en el simple redactor, en aquella expresión que se desplaza sobre lo rutinario. Por tanto, es aconsejable la prudencia, tanta como componer un reportaje en tercera persona, y no intentar escribir crónicas, o ensayo literario, géneros llamados a la expresividad, "yoistas" por exigencias del tono. En quienes no sobran facultades para distinguirse por el estilo, el empleo del *yo* disuena como el chasquido de un jarrón al caer sobre el enlosado. Protejámonos, pues, en la posición donde, según dijo Borges de Sherlock Holmes en un poema de *Los conjurados*, se vive cómodamente: en la tercera persona.

Utilizar el *yo* implica admitir que uno es una forma, una opinión, un estilo afincado sobre los hallazgos de la personalidad que recicla en forma y aventura únicas lo que piensa o lee. Porque, a fin de cuentas, entre la palabra y el *yo* se extiende un vínculo. Se deben mutuamente el ser y el parecer. Palabra sin persona, sin lengua carnal que la diga o mano tangible que la escriba, será huesos mondados en un aula de anatomía. Por tanto, la palabra respira, se mueve cuando un individuo la contamina con sus hechos o sus ideas. Y el individuo, el *yo* se concreta y se afirma —se identifica— cuando ofrece su palabra húmeda de sensaciones con su ser transparentado en el *logos*.

Alfonso Reyes decía: Yo quiero que mi vida esté en lo que escribo. Y esa vida para que quede en lo escrito ha de convencer con la autenticidad de un saber articulado en primera persona. ¿Y por qué dejar la vida en lo escrito? ¿Acaso por vanidad? Cuando alguien escribe en la legitimidad del misterio del estilo, es decir, sin que repare en la causa de ese ritmo o de esa imagen, se percata de que es un puente entre las cosas y los hombres, un intermediario entre su vivencia y la vivencia ajena que cimbrará con el temblor del que escribe. Es decir, la vida en lo escrito se transparenta en la fuerza de la personalidad, en ese don clasificado como voluntad de estilo. Y no se orienta, como cualquier "gran hombre", a compendiar una autobiografía: sencillamente, el escritor necesita contar a través de sí mismo cosas que podrían pertenecer a los demás.

Más merecería el tabú de la primera persona del singular que se apuntara en su defensa, pero desconozco si algunos de nosotros le darán al *yo* lo que es tuyo o mío, y perdonarán mi insuficiente intromisión.

MIS LÍMITES

MI MUNDO TIENE UN LÍMITE. ¿Cuál habrá de ser? ¿Y cuál es mi mundo: acaso el espacio donde resido, trabajo, camino, me recreo, converso? Ese es mi mundo de persona natural que rehace sus lindes cada vez que roza la diversidad de micro mundos tangentes que repiten sus circunvoluciones en la bóveda social. Hay, por tanto, un espacio ceñido que implica el convivir. Pero esas no son las líneas que restringen con mayor severidad las fronteras de cada persona. Ludwig Wittgenstein define que "los límites de mi lenguaje son los límites de mi mundo".

La propuesta del lógico vienés, más tarde nacionalizado británico, sirve dentro de su aforística naturaleza, para deducir diversas líneas de interpretación. Y me afianzo en lo práctico sin ser empirista como Wittgenstein. Por tanto, los confines del lenguaje ensanchan o reducen el orbe de hablantes y lectores. Cuanto menor número de palabras uno haya aportado a la facultad de hablar, menor la capacidad de leer y entender, y de hacernos entender fuera del intercambio de la conversación común. ¿Habrá que repetirlo? Sin palabras no existe el pensamiento. El verbo, el logos, la palabra es el *fiat*, el hágase del Génesis que configura el pensar otorgándole sentido y comunicación.

Pero la proposición se deja interpretar de manera opuesta. Así, el límite de mi mundo también lo impone el mapa que mi experiencia delinea mediante el intercambio con paisajes y figuras, en la imprescindible socialización del crecer humano. De modo que esta frase apodíctica de Wittgenstein sugiere también un juego dialéctico entre el sistema de la lengua y la bitácora del vivir. Del vivir consciente de que en la conjunción de los actos y su tránsito a las palabras, la lengua nos otorga una libertad individual que -ha dicho el lingüista español Viejo Fernández- "es un pilar esencial de nuestras capacidades cognitivas y nuestra proyección ética, el primer punto referencial del pensamiento consciente".

De esas alusiones filosóficas y lingüísticas no paso. Me estaciono entre los linderos movedizos del lenguaje de los escritores. A más palabras, más dilatado el mundo literario, y mayores facultades para inventar, precisar, persuadir. Y advirtamos que no implica una gestión perturbadora nutrir el diccionario personal con otros diccionarios, con otros libros, con voces de arcas repletas. Más bien es el usual aprendizaje. Mi hijo, que se halló de pronto como estudiante en el politécnico de Milán sin saber italiano, cada noche se dormía oyendo a Umberto Eco por la radio. En menos de seis meses, comprendía y hablaba, y poco después lo escribía de modo que su mundo social y tecnológico se agrandó y consolidó en italiano.

¿Pero sólo el número de palabras y sus combinaciones estilísticas jalonarán los confines del mundo del escritor? Lo adelanté antes. Si el vocabulario se acrecienta y no se multiplican las vivencias, posiblemente las palabras sobren. A qué o a quién nombrar. Por ello, los límites de mi mundo se relacionan también con los límites de mí vivir. Y parece así que el haber vivido es condición complementaria del imprescindible "ejército de palabras" –sintagma que pertenece a la poetisa Carilda Oliver Labra, en su respuesta a una pregunta mía. La dialéctica entre mundo y palabra puede adoptar el signo de menos o el de más, si habiendo palabras, escasean las experiencias. ¿Cómo, pues, pensar y construir el enun-

ciado narrativo o el ensayístico sin le evocación concreta
que invoque la concurrencia de las palabras? La capacidad de fabulación se integra a las experiencias. Cómo
habría descrito Colón en su Diario, el trenzado, coposo,
original paisaje antillano si antes no hubiera viajado por
España y otras tierras, aprovisionándose de imágenes y
términos que eventualmente le facilitaron las referencias para nombrar por comparación lo que todavía carecía de nombre para el recién llegado.

El Almirante, así, llama *almadía* a la *canoa* aborigen,
y describe las noches tan "temperadas" como en mayo en
Andalucía. Por tanto, si la falta de palabras limitaba el
lenguaje del visitante sorprendido por lo diferente, la
vivencia previa en otra latitud la suplía mediante recursos estilísticos como la comparación por analogía. Así
mismo procedía Marco Polo en Cipango, de acuerdo con
Alejandro Cioranescu, en su *Colón humanista*. A falta
de las palabras de la nueva realidad, las viejas palabras
del extraño, nuevas para el aborigen. ¿Cómo habrán
descrito los taínos a las carabelas? El mundo nuevo para los europeos, como lo dató Arturo Uslar Pietri, ya era
viejo para los aborígenes; el viejo de los europeos, nuevo
para los habitantes de las Indias. Los empezaría a acercar el nombre de las cosas que, del paralelismo compa-
rativo, derivaría en una correlación en que la lengua in-
trusa, conquistadora, aunque asumió palabras locales,
se tragó la lengua de los vencidos.

Reconozcámoslo un tanto aprisa, aunque después lo
meditemos. En nuestras lecturas hemos topado con libros librescos. Es decir, sus autores no han vivido, han
refundido lo leído con habilidad literaria. Pero, a mi modo de juzgar, uno descubre, aun a través de la prosa pu-
lida, la escasez de sustancia. Y echa de menos la sombra
del dolor humano, el grito de la tragicidad que acompaña a cualquier acto de hombre, feliz o desgraciado.
Apresurarse es común falla de aprendices que prefieren

escribir antes que vivir. Todo, por supuesto, como repetía Alfonso Reyes, depende de la intención. Si pretendes encantar momentáneamente haz fábula sobre fábulas; si en cambio, prefieres surcar el alma del lector, vive, sufre, amásalo todo junto con la cultura. No importa qué sucesos, qué paisajes: todo lo vivido habrá de servir: saber cómo se vadea un río crecido, o cómo se controla un automóvil que resbala sobre el asfalto, o cuánto duele cuando una mujer, la que has amado como el ideal, se va.

El lenguaje se enriquece, se amplía con la lectura o el diccionario. Pero, sin experiencias vitales, sin haber vivido echando a la mochila cuanta experiencia se presentase, las palabras no tendrían qué nombrar conmovidas y convencidas. Después de grueso leer, escribí en un diario de mis días inexpertos que para escribir quería sufrir las maldiciones de algún papiro esotérico, y que mi nariz se adaptara al olor de la carne quemada. ¿Exageré? Tal vez digerí un tanto indigestamente mis lecturas. Pero a lo mejor los límites de mi mundo vivencial, puedan compensar los límites estrictos de mi lenguaje, hinchándolo de intelectual emoción. El periodismo que preferí cuando ingresé en una redacción fue el de andar y ver, con el propósito de que cuando escribiese sobre el caminante extraviado que desfallecía por la sed, el autor le salvara la vida por saber que en los bosques cubanos, el bejuco de la zarzaparrilla, si lo cortas, gotea agua como una cantimplora milagrosa.

A partir de esa percepción, podríamos empezar a clasificar los límites. Como en los boxeadores, habrá escritores pesados y ligeros en cuanto al valor ético y literario de sus obras. Dan Brown y *El código Da Vinci* se insertan, a mi parecer, en lo lúdico; juego que a veces confunde al más inadvertido por sus referentes históricos, filológicos y arqueológicos. Es, usando una categoría para-

16

dójica de la crítica actual, "un *best seller* culto". Placer que despega, y cae. En cambio, *La favela*, de María Carolina de Jesús, o *Niño de ingenio*, de José Lins do Rego, o *Cimarrón*, de Miguel Barnet, o *Juan Cristóbal* de Romain Rolland, cuando se suben a la báscula, empujan la aguja más allá de la mitad de la esfera. Son pesos completos porque el volumen de lo humano y la hondura del detalle local les ensanchan los linderos de un orbe cuya imagen la redondean palabras que, como decía Wittgenstein, no son la *realidad en sí*. Son, me parece, la realidad para nosotros, porque el verbo la hace inteligible y expresable. Y la solidez humana de quien escribe la fija en el ánima del lector. Pero, probablemente, las numerosas lenguas —la glotodiversidad- y la pluralidad de escritores e intenciones demuestren lo inútil de todo cuanto he escrito. Careciera de razón si pidiera a los lectores inscribirse dentro de mis escuetos límites.

DIFERENDO CON BORGES

EL QUE ESPERA, DESESPERA. FRASE recurrente que supone un juego de palabras, porque ya no sabemos si desespera porque llega lo que esperaba o desespera porque estalla en la locura del que ha perdido toda esperanza. ¿Tiene que ver la esperanza con la espera? ¿O esta es circunstancial, tiempo localizado en un puntual minuto de la existencia? Más bien, la esperanza consiste en un desafío a lo indefinible, a lo que carece de hora y día, y pasa a ser un ansia del ánimo, un querer desasido de toda certeza, aunque subsista haciendo subsistir a quien se contagia de su improbable llegada.

Cuando sabemos hacia dónde vamos, la inteligencia y la voluntad se aprestan a arriesgarse, a formar parte del inseguro viaje de la fundación o refundación de los sueños, o mejor, de la solución de las necesidades.

Mantengo con Jorge Luis Borges, a ese respecto, un diferendo ya insalvable. Es el soneto donde el poeta pide "Al Señor" —un vocativo que no nombra a nadie, según aclara— que lo libre de la esperanza. Y ese ruego es la raíz de la única página que yo incluiría en la *Historia universal de la infamia*. ¿Creeremos a Borges, el mismo poeta que reconocía afirmar ahora para negar después? Quizás en esa confesión el autor de *Los conjurados* se haya excedido de sincero como en otras páginas se desdobla para asegurar lo que con otro rostro o en otra posición, se resistiría a decir. Pocos dudarán de que el hombre no pueda vivir sin ilusiones. O sin esperanzas. Porque en un punto signado por la vaciedad, ilusión y esperanza confluyen en un impulso del vivir. O del pervivir. Todo individuo es sujeto de la esperanza, al menos en la dimensión terrena. Dante la negó, pero del lado de allá de donde Caronte descarga su barca fúnebre. "Lasciate ogni speranza", puso el florentino a la puerta del infierno. Y con ese aviso tan exacto, ya ese antiguo sitio de castigo no necesitará del fuego. Porque en *La divina comedia*, en consonancia con la teología católica, la peor pena es esa que recibe al pecador tras su salto a la dimensión del espíritu: Deja todo esperanza, tú, que entras aquí. Toda esperanza, que no será espera. Porque el tiempo y la condena no tendrán, como en el plano terrenal, una relación sincrónica: pasa este y aquella pasa a la vez. Por ello, la falta de esperanza es también la liquidación del tiempo, al menos en el cálculo individual.

Borges propone, pues, un inconsecuencia vital con este verso: "No de la espada o de la roja lanza / defiéndeme, sino de la esperanza". Pasa por alto que toda sociedad en cuanto orden para un fin tiene que ofrecer la esperanza, la ilusión como sostén. La humanidad se ha movido por la esperanza como anhelo que pide el fin de los contrastes cotidianos mediante el equilibrio entre la carestía y la abundancia, el dolor y el alivio, entre la hoja en blanco y la hoja escrita con la tinta azul del sosiego.

Pero, y posiblemente ello sea el fundamento del poeta, Borges no parece rechazar la esperanza como categoría ontológica o virtud teologal, sino renuncia a ella porque teme ser víctima del esperanzarse, pues la esperanza no implica la certeza de que se convierta en el bien deseado. Y prefiere ser víctima de un lanzazo. Si el que espera desespera cuando cesa la espera, el esperanzado podrá morir del mal de la esperanza, esto es, de la promesa no cumplida, el sueño nunca encarnado.

Por el contrario, puesto ante la disyuntiva, elijo llevarla conmigo hasta donde, incluso, no me hiciera falta. Y como el caballero andante que poetizó Enrique Hernández Miyares[2], diré que la esperanza, dama que nos mantiene en vilo, siempre será la más fermosa.

MI ARCA DE NOÉ

TODO POR LA PALABRA

EN LA ESCUETA SOLEDAD DE una celda, el poeta y dramaturgo uruguayo Mauricio Rosencof confirmó la perdurabilidad del único dogma literario que ha resistido el tiempo: la poesía no puede ser encarcelada. Libre desde 1985, Rosencof continúa escribiendo y de vez en cuando recordando cuando, en 1972, junto con Raúl Sendic y otros siete miembros del movimiento Tupamaros, fueron confinados a una celda de dos metros de ancho por un metro de largo. Allí permaneció trece años, acompañado tan solo de un camastro y un tosco recipiente donde oficiaba sus más apremiantes urgencias fisiológicas. Si sobrevivió al aislamiento y la tortura fue gracias a que la imaginación –como el Hada Madrina viste de seda a Cenicienta– convirtió en poesía la opresiva circunstancia que lo acosó con la lentitud de lo que parecía nunca terminar.

Cada mañana se levantaba conversando con sus camaradas, insultando a sus verdugos y luego paseaba con su mujer por el malecón: así logró permanecer vivo, porque "los sueños son el motor de los revolucionarios". Diría yo, sin embargo, que los sueños son el impulso de todo el que vive trasegando lo verosímil intocable por sobre lo real ultrajado.

Lo conocí en La Habana, recién liberado. Su pelo, blanco; rostro avejentado, que conservaba cierto fulgor de adolescente. Mientras bebía mate en una bombilla que había traído de Montevideo, me contó detalles de su prisión. En su celda escribió poemas y obras de teatro. No debía. Sus carceleros se lo tenía vedado, y varias obras viajaron a las cenizas. Pero algunos de sus textos

21

pudieron esquivar el destino del fuego, burlando la vigilancia en los dobladillos de la ropa usada. Así escaparon indemnes las estrofas que integran sus libros *Conversaciones con la alpargata* y *Canciones para alegrar a una niña*.

La poesía no puede ser encarcelada. Los poetas, sí, en apariencias. Porque hallan su libertad dentro, aún más adentro de su celda: en la sensibilidad que deglute la opresión y el dolor y los devuelve metabolizados en un desahogo que fortalece el ánimo afligido y justifica el tiempo cercenado. Es la resurrección mediante la imagen eterna de instantes que habrán de ser perecederos. La poesía es el arte de permanecer buscando, registrando la raíz del deseo más allá de lo posible. ¿Podrá la poesía ser ingenua, podrá descubrir que la engañan? Sabe que la pueden engañar, pero persiste, porque su justificación radica en perseverar humeando sobre el instante soñado. Hemos de permanecer, pues, difuminados por la ilusión de la luz, incluso por la ilusión del cuerpo ajeno que uno presiente como invisiblemente soldado a nosotros.

El poeta es un referente del *Homo Demens*, del hombre imaginativo, mágico cristal que refleja un modo más sutil de explicar, superar o de entender su circunstancia. Al raciocinio seco, objetivo, lógico, le resultará trabajoso trascender las paredes limitadoras de una cárcel. Para el poeta, la libertad se cristaliza, sobre todo, en su facultad de encapsularse en un verso, en el hondo removerse hacia lo más interno, como si los caminos de la salida viajaran al centro del universo. ¿Podrá palparse mayor paz que las del poeta que acaba de componer los versos que, para él, son la suprema forma de la concreción humana? Quizás el acto poético sea la contemplación, o auto contemplación, del individuo, como sugería François Mouriac al valorar la función de los diarios

MI ARCA DE NOÉ

íntimos, refiriéndose al de Amiel. La poesía, según un poema del dominicano Manuel del Cabral –que Paul Eluard reconoció como la mejor definición de poesía que había leído–, es agua tan pura, limpia, "casi nada", "que da trabajo mirarla". Del otro lado, el mundo. Pero –deduzco– el mundo pulimentado por la materia iluminada del poema: agua intuitivamente lúcida, dolorosa, que fluye durante esa "conversación en la penumbra" que dijo Eliseo Diego que es un poema: coloquio con la sombra, levedad de la palabra, que salta y huye entre los pliegues de una libertad irreprimible. El abate Bremond preguntó ante los académicos franceses, qué era en fin la poesía. El poeta ecuatoriano Miguel Sánchez Astudillo, terminó un ensayo sobre esa incógnita aceptando que quizás sea lo más humano del Hombre.

De un viaje reciente a lo que fue un ingenio azucarero, fábrica de azúcar ya apagada, traje unos versos de un hombre madurado en el aprendizaje y el ejercicio del trabajo. Sabe de caña: la ha sembrado, cortado, regado. También de nubes: es observador meteorológico. Y sabe de lecturas y finezas del espíritu. Por ellas persevera en el campo sin que lo desajusten venenos migratorios. El poema sintetiza los días, y la pasión con que los vive el poeta: "Doy todo / a cambio / de la palabra. / Que no me falte. / Doy hasta la voz. / Doy hasta el silencio. / Doy hasta el ocaso". La palabra para él es eso: la salvación. La prefiere incluso a la voz, requisito primigenio de la palabra que se oye. Pero el poeta elige la palabra, porque se escribe y puede permanecer dormida hasta cuando unos ojos silenciosos la besan y le espantan el encantamiento, no importa en qué año o siglo. Y es capaz de comerciarla, incluso por cuanto es y cuanto lo rodea. Sin la palabra, base y medio de la cultura y de la poesía, nada, ni su persona, tendría sentido. Ni cimiento. Qué dialéctica la de este poeta alejado de las ínfulas de gran re-

23

vista. Vacunado paciente contra la vanidad. Anónimo residente del ritmo interior de la plenitud.

No existe, pues, espacio hermético, mazmorra limitadora para la libertad interior del poeta, del hombre o la mujer con la conciencia fermentada en la cultura. Cotidianamente, la prisión suele halar al recluso hacia atrás, lo impele a caminar de espaldas en un retroceso hacia la perversión de las costumbres. La conciencia moral se le embota; solo, el preso, como hábito, se transforma en una bestia de presa: si quiere sobrevivir, sobre todo ante sí mismo, ha de presumir ser el más fuerte de la jauría. La conciencia se le exilia si la cultura o la poesía en lo particular no lo sostienen. Ambas poseen el mismo valor que la fe religiosa. Dimana de sus instrumentos de percepción y expresión, el soplo fecundante que genera la vida verdadera del espíritu sobre la elemental circunstancia de la cárcel. He lamentado no saber cómo Fray Luis de León vivió cuatro años en las mazmorras de la Inquisición española. De fuente buena se afirma que la mitad de las páginas de *Los nombres de Cristo* se cuajaron entre los muros carcelarios. Habrá tenido el lírico ocasión de replegarse tanto en su interior que por ello, al salir inocente, regresó a su cátedra universitaria en Salamanca, y pudo decir, como dicen que dijo con el natural tono del que nunca se ha ausentado: Decíamos ayer...

En la palabra, pues, en el Logos constructivo e inmarcesible de la sensibilidad, el *Homo Demens* reencuentra aquello que no tiene y que no ha perdido. Porque la poesía, al no poder ser jamás encarcelada, preestablece una actitud de digno erguimiento: como la oración del creyente, palabra, pura palabra filtrada, agua de angustia decantada por el dolor, que al humillarse ante la propia impotencia, fortalece la entereza para trascenderla. Y sale al sol por las compuertas del sótano.

24

MI ARCA DE NOÉ

UN HUECO EN LA PARED

ESCRIBIR LIBERA, JUSTIFICA. ¿O ACASO no he procurado yo, anónimo escribidor, en tantas notas, cartas, diarios, crónicas personales, en tantas referencias a mi itinerario existencial, el modo de descargar la pasión que ningún evangelista ha narrado? He sido un "Cristo" que se ha erigido a sí mismo como su hagiógrafo. Hasta un epitafio sobre mi sepulcro podrá salvarme del anonimato.

Hacia los 20 años empecé a escribir un diario íntimo que tres meses más tarde interrumpí en una resolución sumarísima. Un amigo me atizó la duda al decirme que uno comenzaba escribiendo las cosas que le sucedían y terminaba inventando las cosas que escribía. Como en un tránsito estupefacto hacia la novela de sí mismo: la auto ficción.

Entonces deduje que el hombre que habla con el hombre que consigo va, como en el verso de Antonio Machado, no podía perecer por la baba de una ingobernable tendencia al mito. Yo solo pretendía entonces estampar en la libreta la verdad de mi circunstancia interior. Y para no contaminarla de artificios trunqué mis notas en una fecha que puedo confirmar: 11 de octubre de 1966.

Admito que exageré. Y acepto también que el impulso mistificador de cuantos escribieron o escriben un diario, quizás provenga de la intención o se contenga con ella. Si uno lo escribe con un afán profesional, para publicarlo alguna vez, o calculando que al futuro le interesará, puede vaciarse con cautela, restando o sumando en letras finas lo conveniente o lo inconveniente, lo útil o lo bello; o si los emborrona para pulir el espejo de la propia conciencia, lo único que le importa es la indivisible verdad personal; o si lo lleva como un jugador sus cuentas, tratando de justificar el tiempo perdido, tal vez sea pueril, intrascendente, o imaginativo. Pero las intenciones, múltiples y confusas, suelen escurrirse ante el yugo del análisis. ¿Cuál habrá sido el móvil de Ana Frank, la adolescente que compuso un documento donde el candor y la madurez compiten en un testimonio insobornable sobre la maldad del nazismo?

A pesar de las aprensiones, me seduce leer la prosa lírica de los diarios íntimos, verla develar las tarjas secretas de la personalidad, o desenmascarar las opiniones más recónditas sobre los acontecimientos o las personas y personajes que te cercan e influyen. El *Diario* íntimo del Amiel me encaló la conciencia con un blanco nebuloso, reconcentrado, sintético, propiciador de excavaciones en los soterrados del espíritu. El de Thomas Merton, el monje escritor, me trasmitió la nostalgia por el fervor del silencio y la meditación, convenciéndome que existen valores éticos más humanos que el placer o el acomodamiento. Y el *Diario* de León Bloy me mostró cómo resistir las cornadas de los prejuicios, el abatimiento, la mentira y, sobre todo, cómo defender el propio criterio con honradez, aunque uno quede sin zapatos y sin estómago.

Las páginas de mi diario, sin embargo, me abochornan. Después de tantos años de haber aprendido a discernir la distancia entre escribir un diario y escribir para un diario, me aterra repasarlo. Lo redescubro en una posición demasiado tartamudeante, planchada, acusando la vocación de un aprendiz de escritor que no precisa de qué lado sopla el silbido de los sueños. Recuerdo, en mi descargo, que necesité llevar el diario como un purgante. Atravesaba el desierto familiar –casi todos se habían ido al extranjero– y el amor primerizo y puro –puro por primerizo– también emigraba dejándome intactos los ahorros de la boda. Ahora, al rencontrarme en esas páginas, sonrío un tanto contra mí mismo. Todo pasa, menos las cicatrices que identifican lo vivido.

Saliendo de mi órbita, puedo aceptar que las prosas íntimas, plagadas de recuerdos personales, de vivenciales episodios suscitan el interés mayoritario de los lectores. La idea quizás no sea mía, pero la sostengo porque parece convencernos: nada interesa tanto a un ser humano como otro ser humano. Lo anónimo, lo objetivo en exceso, me figuro, no suele atraer tanto como las páginas donde haya lirismo, descarnada primera persona en el salto mortal de una a otra peripecia. El secreto de los libros perdurables radica en la mayor carga de participación vital del autor, aunque trate de personajes que no se le parezcan, ni con él se relacionan. Interesa sobre todo la desgarradura humana recortada sobre la época que, esbozada con la connivencia emotiva del autor, cobra una atmósfera de veracidad de la que usualmente carecen las cronologías.

Los libros de memorias, en su acepción más general, tal vez obedezcan a una voluntad de dar testimonio, a un propósito un tanto obsesivo de enfatizar el "he vivido" que toda criatura proclama con su misma existencia. Quizás también se escriban memorias con el ánimo solidario de advertir, enseñar la ruta a cuantos vienen detrás. O como confesión pública para explicar y justificar por qué, el que evoca sus actos, procedió de esta o de otra forma, de modo que el recuento ejerce de justificación y lavado de la conducta. Quién puede, en definitiva, precisarlo. Se escriben y se publican memorias, y lo indubitable parece ser el hecho de que componen, hoy como ayer, un género de moda.

Todo el que escribe sus memorias o su diario, está seguro de que pueden interesar. Y aunque el que rememora, como el autor de diarios íntimos, escribe sentado sobre la roca solitaria, y a veces desolada de la auto contemplación, intuye que el método breve y tajante que recomendaba Virgina Wolf –conocer para quién se escribe para saber cómo y de qué se escribe– prefigura la fórmula mágica de transformarse en Capitán Maravillas o tocarse con el turbante del genio de la lámpara. Hay, sin embargo, un matiz que me obliga casi a desdecirme. François Mauriac ha precisado que entre las memorias y la autobiografía la diferencia es de enfoque: el autobiógrafo mira hacia dentro; el que evoca, hacia fuera.

Acabo de leer las memorias de María Teresa León, muchos años después de haber leído *La arboleda perdida*, de Rafael Alberti, el enamorado compañero de María Teresa. Y cómo decir sin que elija un lugar común del diccionario que me ha... ¿cautivado, seducido acaso? Cualquier situación da lo mismo: indica la del lector prisionero de la atmósfera y el estilo con que la escritora recuerda la *Memoria de la melancolía* y reconoce que los años pasados en la guerra, en la república española de los 30, fueron sus años felices, los más plenos de plenitud juvenil, sin que ese explícito reconocimiento suponga darle la razón a Jorge Manrique y su clásico y popular verso de "todo tiempo pasado fue mejor", aunque en la forma lo confirma con esa prosa compuesta dedo a dedo, hilo a hilo dorado. ¿Por qué será que el bien perdido y nunca recobrado es el más exaltado y añorado? ¿O será caso verdad que solo lo que perdemos comienza a ser verdaderamente nuestro, como dijo Borges aludiendo a algún filósofo oriental? En esa relación de vaciedad halla su gruta lo más humano de esas evocaciones melancólicas.

Del Quijote, según este modo de ver, nos seduce la angustia del viejo don Alonso Quijano que pretende trascender, mediante la locura de los libros, la poquedad de su aburrida existencia. En ese conflicto –tan parecido a los nuestros– se tornasola la savia que atiza la perdurabilidad en la historia del ingenioso hidalgo. Esa es la hechura de humana carne, la réplica, la catarsis de Cervantes, cautivo y lastimado soldado del rey en guerras contra moros, hambreado recaudador de impuestos, mohíno aspirante a viajar como burócrata al Nuevo Mundo. Pobre, pobre genio que inventó su modo de hacerse compensar cada una de sus frustraciones, convirtiendo los caminos de España en un manicomio. El loco es sólo la versión tragicómica de un hombre obsedido por la imaginación trascendente. Al menos mi simpatía se entretiene en torno a la cama del anciano lector, enfebrecido por apurar los trancos castellanos de la inmortalidad con la aventura demente y bienhechora.

¿O qué podríamos decir sobre Teresa de Jesús, en lo civil Teresa de Cepeda y Ahumada? Quizás lo mismo. El libro de su vida, su "castillo interior", "sus moradas", esa desenfada crónica íntima de una mística, hace por la edificación de los lectores más que mil sermones. La monja carmelita alude a sí misma con la naturalidad de quien asume una vida superior sin quitarse el delantal de la cocina o los arreos de la labranza. Exagera –lo sabemos– cuando se confiesa autora de perversos actos, "pues ya andaba mi alma cansada y, aunque quería, no la dejaban descansar las ruines costumbres que tenía". Y no podemos reprochárselo. Escribe de sí misma, porque ella compone, arriba y abajo, afuera y adentro, la ciencia que más conoce y por tanto puede halar a la superficie su poquedad humana a través de la lente de su humilde autocrítica. Es de sí misma de la que más necesita hablar. En ese impulso puja también, junto con la perfección cristiana, la vocación de la ensayista que desbroza los fundacionales canales del ensayismo hispánico convirtiéndose en sujeto y objeto de su literatura. Por ello la vemos tan cercana, tan vecinal mujer parladora que a tantos convoca y convence con sus coloquiales confesiones autobiográficas.

Desde mediados del siglo XX, una tocaya de la española, la albanesa Madre Teresa de Calcuta, escribió cartas para hallar, en la confidencial conversación del correo, cuanto creía que le faltaba. Y comenzando el XXI nos sorprende después de su deceso con sus secretos más íntimos, tan asombrosos como sus 50 años dedicados a servir a los más pobres entre los marginados. *Mother Teresa: Come Be My Light* (Madre Teresa: ven y sé mi luz), de la editorial *Doubleday*, se fundamenta primordialmente en cartas que la monja dirigió a sus directores espirituales, quejándose de la aridez y la soledad de su espíritu y de las dudas contra su fe. No me parece que la monja más popular del último siglo venga a dar la razón a los que no creen o a los que intentan convertir su vida en una plataforma de saltos para el placer y la indiferencia, cuando cuenta, por obra de uno de los postuladores de su causa de beatificación, según la revista *Times*, su apagada y a la vez turbulenta vida interior. "El silencio y el vacío son tan grandes que miro pero no veo, escucho pero no oigo, la lengua se mueve pero no habla", confesó en una carta a su entonces asesor espiritual, el reverendo Michael van der Peet, a principios de 1980. Solo tuvo paz desde 1948, cuando inició su faena de caridad, unas cinco semanas en 1959, admitió sor Teresa. Al leer el libro muchos nos percataremos de la hondura de los misterios del alma humana, y nos asombrará cómo la abnegada religiosa aceptó su destino con disposición de "sufrir (...) toda la eternidad, si eso es posible". Tampoco nos extrañará que la eficiente dispensadora de caridad evangélica ceda relevancia a la mística que, en contra de la tradición más usual, no derramará deliquios del amor ágape, sino quejas y sequedad de hija abandonada.

De Agustín, el obispo de Hipona, nos atrae por sobre toda su obra de teólogo y polemista, un título muy personal que inaugura en las letras el develamiento de la intimidad: *Confesiones*. Quién que sea culto, aunque no creyente, ha pasado sin detenerse a repasar ese libro – que alguien sustrajo de mi casa y porque supo elegir el objeto de su hurto lo respeto y excuso. Libro donde un hombre enumera sus miserias en actitud de grandeza, porque las cuenta desde la humildad, la sinceridad y el buen humor. No retuve una sonrisa cuando ingenuamente el pecador Agustín quiere soltar los viejos vestidos de una moral sin reglas y pide: "Concédeme Señor, castidad y continencia, pero no ahora mismo". Y al admitir que reclamaba un plazo mayor para seguir, desde luego, en aquello tan humano que tanto le agradaba, el teólogo se nos aproxima poniéndose al par de nosotros mientras se desnuda.

Existen confesiones que superan la obra por precisa y preciosa que resulte. No me inclino hacia una preponderancia de lo religioso, pero es en este terreno donde uno topa con los hechos más reveladores e insólitos. Conmueve la vida de Cristo del poeta y sacerdote español José Luis Martín Descalzo. Culta, contemporánea y convencida visión de Jesús de Galilea. Pero más me conmueve el prólogo donde el autor cuenta cómo su escritor predilecto, su maestro Georges Bernanos, se propuso, bajo un rapto de fe durante una enfermedad en 1948, abandonar todo otro proyecto y escribir su vida de Cristo. Murió, sin embargo, pocos días después. Y el joven Martín Descalzo, inspirado, decidió aplazar toda obra cuando cumpliera 60 años y aplicarse a componer "su vida de Cristo". Pero con el tiempo comprendió que tal vez él no alcanzaría a vivir 60 años, y se empeñó en el libro soñado, no fuera a pasarle igual que al autor del *Diario de un cura rural*. La escribió en tres tomos. Y lo que siguió Martín Descalzo no lo cuenta –no puede–; lo decimos los lectores: murió, en efecto, luego de concluir su cristiana biografía: a los 60. Con ese dato el libro irradia un valor personal más auténtico que si el autor permaneciera entre los vivos. En el prólogo estaba la fractura humana que para siempre nos hace participar, solidariamente, de la obra.

Quizás halle desacuerdo en esta opinión; no obstante, es solo una opinión. Y me atrevo a creer que cualquier literatura donde los diarios íntimos, las autobiografías, las memorias, las crónicas de remembranzas sean escasos o poco plausibles o reprobables, carecerá del sustrato sensible que estimule los canales soterrados de las experiencias más acendradas, y en su lugar discurrirá el predominio de lo banal. Lo menos humano del Hombre. O tal vez esas páginas interiores no abunden porque cuanto tengan que confesar los escritores sea inconfesable.

Habrá quien suponga que la literatura intimista rehúye el compromiso social del escritor. Tal vez, a mi parecer, afinque el compromiso humano de lo escrito desde lo más soterrado de la conciencia. Los libros y los textos personales son como un hueco en la pared, o la cerradura antigua que nos permite, a través de su ojo, entrar en habitaciones ajenas. Quien escribe de sí y de sus cosas, se purifica, se limpia, descarga el peso de una existencia que no se resigna a la nulidad. Y derivando en una campaña de redención, se explaya hacia fuera, contagiando, llamando, ejemplarizando la aventura única y plural, vieja y nueva, de la mayor conquista humana: "lo interior". Lo empuja un fervor artístico, tan próximo a lo taumatúrgico: reparte la vida. Y en estas operaciones íntimas de la expresión literaria, la vanidad no ha de intervenir. Porque si diarios, cartas, memorias, crónicas y autobiografías fueran bacinillas de egocéntricas micciones nocturnas, qué seríamos nosotros sino visualistas empedernidos, noctámbulos rondadores de cualquier rendija ajena. Y qué es peor, como diría otra monja, Juana de Asbaje: pagar por pecar o pecar por la paga.

Problemas de escritor

UN LIBRO SE EMPIEZA A escribir si el cosmos de alguna de sus semillas es lo suficiente denso como para que intente acumularse a base de una ley de gravitación entre la unidad y el conjunto. A esa inclinación llamamos vocación de trascendencia. El libro promete la perdurabilidad. Al presillarse en volumen, parece tener la espalda ancha o dura como para soportar agravios, incendios, migraciones, y la saña de la ignorancia o la indiferencia.

Durante algo más de un año he registrado el devenir de uno de mis libritos de poemas –*Con luz en la ventana*– en una librería habanera. Cada semana he visto, poco a poco, disminuir aquella inicial ringlera de por lo menos más de cien ejemplares muy reducidos en su paginación, sin un kilogramo de más, peso apropiado para un poemario. Resultó una comprobación dolorosa, ejecución sumaria de mi vanidad, que en lo más soterrado de mi conciencia no es sino ansioso persistir en la justificación de mi existir. Sin embargo, aunque entre un periodo y el siguiente no precisara diferencia, yo permanecía tranquilo. Es un libro, me decía; estará en ese sitio invitando al lector, provocándolo con la hechura de obra humana. Qué poetizará este, se interrogaría un tanto despectivamente un presunto comprador mientras juzga el nombre del autor de los versos. Por ello, el mejor libro es el escrito y publicado.

Ahora bien, yo no sé escribir un libro. Nunca aprendí, si aprender no supone un leer y ponerse en ósmosis con un autor, aceptando o cuestionando sus códigos, sus estrategias en el proceso de relacionar las cuartillas de la primera en adelante. Leer con intenciones de usurpar la técnica ajena, lo he practicado desde la adolescencia. La estadística es intuitiva, presumible: Hoy se escriben más libros que los que se publican. Por lo que uno conoce, muchos de los que no se publican están justamente relegados: no son libros. Algunos de los publicados, tampoco son libros, y otros mereciéndolo permanecen en la inedia. Pero, quién se mete a juzgar las opiniones o los intereses de editoriales y editores. En este instante, me interesa enfatizar en la moda de escribir libros. Por lo visto, innumerables personas se creen aptas para inventar una historia y contarla, o contar los episodios de su vida... Unos aciertan, y otros se quedan entre la ecuación que cantó Luis Cernuda: la realidad y el deseo Advierto, no está en mis intenciones agraviar a los escritores o con los que pretendan serlo. Yo también me he propuesto ser escritor, y por tanto he de ser respetuoso con los que aspiran a quedarse en las páginas de un libro. Me interesa, en cambio, mencionar la actitud que estimo apropiada para escribirlo, aunque nunca haya sido consecuente con lo ideal. Estoy convencido: si un libro no remueve y conmueve, para qué se ha de escribir. Y por lo demás, tengo muy grabado en mi vocación hacia la letra que un libro ha de estar lleno de una original percepción del hombre y su circunstancia. Si falta eso, la vida, la verdad del vivir, quizás la técnica por avanzada que resulte sea un valor finito, es decir, caduco.

Tal vez deba arrepentirme de haber publicado páginas entalcadas con la palidez del que se ha desangrado. Y mi propósito consiste cada día en convencerme que no escribo para darme gusto, sino para rehacer, ante el supuesto lector, el húmedo destino de terminar a solas con la muerte, después de haberme preguntado lo que se

MI ARCA DE NOÉ

preguntó Darío y muchos siglos antes Omar Khayan: a dónde voy, de dónde vengo. Muy cerca de mí mesa de trabajo, conservo un papelito, la copia de un párrafo del escritor soviético –entonces soviético– Yuri Bondarev. Me parece que nunca he leído una definición más exacta e inteligente sobre el libro. Dice: "Crear un valor espiritual –un libro– no es quehacer ocioso, ni juego de imaginación antojadiza, ni gracia de burla juguetona. Es una grave tensión diaria, una lenta y apasionada confesión de hombre a hombre, una confesión hasta el último aliento".

Y a pesar de mi apego a la forma, tengo cerca otro papelito, esta vez del filósofo Hegel, que dice: Es el contenido el que decide, en el arte así como en todas las obras humanas. Pero, no nos obnubilemos ante el monumental filósofo. El concepto decide si sobrevive a la encarnizada dialéctica con la forma. Y ello es lo decisivo cuando uno acepta la tentación de escribir un libro y se echa durante meses una angustia más. O, como sugería el poeta mexicano Jaime Sabines, se enfrenta a una promesa más, y termina en el vacío.

CITA CON EL PASADO

ME ADORMECÍ MIENTRAS VAGABA POR una edad a cuyo encuentro iba tal vez con la embrionaria esperanza de que la quietud del campo me limpiara los entresijos del entendimiento y la prudencia. Cuando el tren se detuvo, tardé unos segundos en ver el letrero con el nombre de mi pueblo, al pie de la vía del ferrocarril del norte. Preferí caminar algo menos de un kilómetro hasta la curva donde se amodorra la casa que fue mía.

Los quince días prefijados transcurrieron como un viaje de descubrimiento. Me enteraba de datos y hechos que desconocía. Me sorprendí cuando supe que el río donde a veces mi padre nos había llevado a nadar era el Caunao, cuyo nombre citaban los textos nacionales de geografía, y más sentimientos congregó el hecho de averiguar con los ojos que, entrando por el camino real de Buenavista y Remedios, el perfil de aquellas alturas neblinosas, difusas, pertenecía a la Sierra del Escambray. Otro día bajé hasta el fondo del pueblo, cerca de la botica de Candito Alemán, donde, protegido por un escudo de cartón y defendido por una espada de palo, había jugado en el manigual que adquiría por la alquimia barata de la ilusión la fronda selvática de la India. Allí me enmudeció el último descubrimiento: ese sector, que aprendí a llamar Los Mangos —la zona baja del poblado contrapuesta a La Loma—, se identificaba con ese nombre porque bajo esos árboles que aún se erguían en un conjunto mínimo, pero sombreado, Francisco Carrillo, el general de las tres guerras por la independencia, que le cedía su grado y su apellido al pueblo, había acampado y amarrado los caballos en las argollas que todavía hincaban los troncos centenarios. Con la mano izquierda puesta sobre una de las matas bajo las cuales, en mi niñez, comí mangos echados abajo mediante tiros de piedras, mi tendencia hacia la reflexión concluyó que no se podría amar lo que no se conoce.

Desde la llegada fui al patio de mi antigua casa y observé de costado el colindante caserón de la escuela. Me sumergí en la opacidad de mis vivencias. Me sorprendió que ya la edificación no fuese dedicada a la enseñanza; ahora servía como posta médica, o policlínica, servicio que nunca antes de la revolución tuvo el pueblo. La escuela había sido trasladada hacia el antiguo cuartel de la guardia rural: más amplio, más céntrico. En esa casona habían brotado los orígenes de mi conciencia política. Un estirón de la memoria me condujo a aquella tarde en que sería uno de los siete enanitos durante una escenificación de Blanca Nieves. Estaba viviendo mis primeras conmociones como sujeto artístico, pero apenas le probé el gusto de ser otro siendo uno mismo en el desdoblamiento teatral.

De actuación nada intuía, ni podía aprender mediante la imitación por falta de referencias que incluso se amenguaban porque había en el pueblo un solo televisor que Bruno, propietario de una de las dos fondas, encendía todas las noches para sustituir al cine o competir con él en una rara terapéutica contra los mosquitos y el aburrimiento. Aparte de la lucha libre, con sus llaves crueles, sus caídas estrepitosas, su brutalidad pactada en los códigos de la truculencia, sólo recordaba el beso, tan aparatoso como una pelea, que cierta pareja de actores –Raquel Revueltas y Manolo Coego– escenificaba en una novela de aquellas primerizas transmisiones de la televisión cubana.

En el cine, que anunciaba dos, tres o más filmes a la

semana, los niños no podían entrar. Ni siquiera mirar por el ojo de un candado cuando una película como Nudismo en el trópico mantenía previamente excitados a muchos adolescentes. Las únicas cintas que veían de vez en cuando los menores, eran las del vaquero de pelo blanco y ropas negras nombrado *Hopalong Cassidy*, cuyo esquema actoral, delineado por Clarence E. Mulford, consistía en galopar y disparar un Colt 45.

Mi contacto con alguna otra forma artística en esa época, había sido un concierto, más bien una presentación de Celina y Reutilio, dúo afinadísimo que exaltaba la música guajira y conscientemente recogía, en las güiras secas de sus maracas, el apego de los más humildes del país. Cantaron un domingo por la mañana en la fábrica de puré de tomate que por días operaba en el pueblo. Me evoco casi asfixiado en la aglomeración de centenares de personas. Habían venido, incluso, de barrios o poblados distantes; los alrededores de la planta semejaban una asamblea de caballos enjaezados. Procedían quizás de Pedro Barba, Levisa, Buenavista, San Agustín, o de Remate de Ariosa, San Gregorio, Taón...

Todos de pie. En el escenario, la figura mínima de Celina, pegada a su Reutilio, y de boca a un micrófono. Tampoco sabía de música, ni mi voz presagiaba la personalidad de un ruiseñor. Pero me figuraba que todo cuanto allí cantaba el dueto, en particular las letras que describían la campiña cubana, se iba reflejando en aquella caja metálica que podía haberse llamado macrófono por la enormidad de su tecnología. Quizás el televisor de Bruno consiguió, en ese aspecto, azuzar el engarce de mis referencias, porque a la distancia el aparato se emparentaba con una pantalla.

Aquella tarde de mi actuación en la escuela, con cuánta excitación vestí un traje azul, un gorro de igual color, y envejecí con barbas de algodón. Casi listos, un alumno

38

nos detuvo con un capricho lagrimeante. Y Antonia Núñez, la maestra, aspeando sus brazos como remos, no dudó en saber a quién mandaría al banco de la desesperanza. Porque entre Gustavito Herrera, hijo de un señor de tierra y caña de azúcar, y yo, hijo de un obrero eventual, la opción no era discutible.

—Tú, dale las ropas y las barbas.

Regresé a casa atosigado por el rencor. Desde el techo del retrete podía ver la fiesta. Y vacié como en una botella de ácido mil intenciones de destrucción, aunque de adulto perdoné a Gustavito Herrera, convertido aún en elogiado y cotizado coreógrafo de ballet.

Ante sus entonces nacientes cualidades, haber bailado yo en aquel acto hubiera sido una quiebra del respeto al talento. No determino si ese incidente ocurrió antes o después de que un padre franciscano me abofeteara mientras el cura pronunciaba un sermón del mes de mayo, en la capilla que cierta rama adinerada de mi familia había edificado antes de que yo naciera pobre. Sin embargo, previo o posterior a mi decepción en la fiesta escolar, el golpe del religioso resultó igualmente injusto. Los niños nos sentábamos en el desnivel entre el piso y el presbiterio, y el de al lado me indicó el revolotear de un cocuyo cerca de una de las ventanas. El sacerdote, sin dejar de enumerar los méritos de María, la Virgen, caminó unos pasos y golpeó mi cara con el revés de la mano. Y cabizbajo por la vergüenza, fui a sentarse en las piernas de mamá. Unos meses más tarde, le pregunté si había nacido para sufrir injusticias. Lo dije como en un reproche, con la razón adolorida. No recuerdo la respuesta.

Luego advino el día en el que Antonia Núñez se reivindicó ante el niño agraviado. Nunca supe si fue casualidad o acto premeditado que intentaba recomponer el desajuste de cuando amorató mi confianza en los adultos y en la placidez de la existencia. Al finalizar el curso, durante la última sesión, los muchachos se amontonaban alrededor de la maestra esperando la suma de puntos y la adjudicación de diplomas. Un tanto escaldado, quizás ya inconsciente alumno en la técnica de anular olvidos, menosprecios, indiferencias, preferí patinar sobre ruedas prestadas en el largo portal del cine, cuyas maderas se empalmaban transversalmente frente a la escuela pública. Hasta allí corrió Bertica con la alegría de los verdaderos amigos: ¡Te dieron un diploma!

En un papel apergaminado, con firmas, cuños y emblema de la junta municipal de Educación, Antonia premiaba mi constancia en el ahorro. Durante el período escolar había depositado en la caja del plantel 48 centavos. Pocos. Quizás como ninguna otra cantidad. Pero los acumulé tenazmente, con un estoico concepto de la economía personal; ahorré un tercio de centavo cada día. Entonces un centavo valía como el engarce definitivo entre tener y no tener. Metalizaba, en su diminuta redondez, el círculo donde partía y terminaba la deidad de la fortuna.

De mis manos se trasladaron a las de mi madre. Esa mañana ella no había entrado en la cocina. Papá, en el ingenio un tanto lejano, hacía varias noches que no dormía en la casa. Con ese casi medio peso almorzamos arroz y picadillo, plato pueblerino común, típico por lo barato.

Con esas hambres también se forja un periodista o un escritor.

MI ARCA DE NOÉ

AÚN ME QUEDA MUCHO POR LEER

UNA NOCHE DE 2013, REGISTRANDO entre mis libreros, topé con un volumen que reunía poemas de varios libros del nicaragüense Ernesto Cardenal. La fecha de publicación: 1967; la editora: Casa de las Américas, en su colección La Honda. Demás está decir que la nostalgia se me encimó y me mantuve hojeando aquel volumen de 200 páginas tantas veces leído.

Si el borrador de los años no me emborrona el recuerdo, fue el primer contacto de los cubanos con un libro de Cardenal publicado en Cuba. Y uno, por esa afición golosa a leer, sabía quién era Cardenal. Sabía por entonces de su condición de sacerdote católico, y de las distintas fases de su existencia, no tan larga en esos días: luchador contra Somoza; después monje en un monasterio trapense en los Estados Unidos, y finalmente fundador de una comunidad de oración y trabajo en el lago Solentiname, en Nicaragua.

Nunca, sin embargo, lo había leído. Por esa razón, cuando supe que la Casa de las Américas había publicado una especie de antología del autor de *Oración por Marilyn Monroe y otros poemas*, empecé a buscarlo y lo hallé, me parece, en los bajos de *Juventud Rebelde*, que en esa época ocupaba el edificio del desaparecido Diario *de la Marina*, en Prado y Teniente Rey. Recuerdo incluso la fecha. Porque experimenté tanto emoción que escribí una nota en la primera página, como si fuera el acta de mi estado de ánimo. Casi me da vergüenza leerla y sobre todo reproducirla. Uno, hombre de prensa y letras, debe haber ya perdido el miedo escénico, pero cuando se atraviesa los años juveniles, suele desviarse la pluma y embarrancarse en cualquier tontería.

Aceptando de antemano la burla, resumo lo que entonces escribí, entre otras palabras: que con los ojos ávidos, con los brazos anhelantes de un novio ante su novia, empezaba a leer esos poemas. Y finalizaba rotundamente: "No creo que haya sentido jamás tan dulce emoción en presencia de un autor y su obra". Era el 11 de enero de 1968. Me faltaban seis meses para cumplir 23 años.

En la selección de Casa de las Américas hallé páginas que no me gustaron, largos poemas que, a pesar de su profundidad casi mística, cansaban. Releí los poemas breves de cuando Ernesto Cardenal pasaba el noviciado en el monasterio de Nuestra Señora de Getsemaní, en Kentucky, y cuyo maestro era Thomas Merton; me atrajeron los epigramas, a veces tan urticantes: "Muchachas que algún día leáis emocionadas estos versos/ y soñéis con un poeta: / sabed que yo los hice para una como vosotras/ y que fue en vano". Me impresionó también el exteriorismo que Cardenal transformaba en poesía: objetos que oscilaban entre un basurero y un salón de baile colmado de colillas.

Cardenal ha escrito y publicado, desde 1968 a la fecha, mucho más que aquellos poemas que leí en mi juventud. De seguro, será hoy mejor poeta. Pero yo quisiera reconocer que me pasaría la vida leyendo el poema dedicado aquella actriz rubia, torneada por el ensueño, en esos días recién muerta por su mano, que varias generaciones amamos en el cine: "Señor / recibe a esta muchacha conocida en toda la tierra con el nombre de Marilyn Monroe / aunque ese no sea su verdadero nombre / (pero tú conoces su verdadero nombre, el de la huerfanita/ violada a los 9 años/ y la empleadita de tienda que a los 16 se había querido matar) / Y ahora se presenta ante Ti sin ningún maquillaje,/ sin su Agente de Prensa,/ sin fotógrafos y sin firmar autógrafos, / sola como un astronauta frente a la noche espacial". El poema sigue, sigue creciendo en compasión y emoción. Y el poeta, que sabe que antes de morir Marilyn tuvo el teléfono en la mano, termina el largo pero nunca aburrible poema a una pobre mujer famosa: "Señor / quienquiera que haya sido el que ella iba a llamar / y no llamó (y tal vez no era nadie/ o era Alguien cuyo número no está en el Directorio de Los Ángeles) / contesta Tú el teléfono!"

La lectura ha resultado la instigadora de mi afición literaria. *Adiós a las armas* fue uno de mis libros veinteañeros. Y aunque a veces recito espontáneamente su primera frase: "En el tardío otoño de aquel año...", lo más recurrente es el final de la novela. Cuando el teniente Henry fue a despedirse de su mujer, muerta junto con su criatura en el parto, entró en la habitación, encendió la luz y era como decirle adiós una estatua. Luego apagó, y salió a la calle bajo la lluvia. Con los años, todos terminamos siendo estatuas, y el caminar bajo la lluvia nos condiciona la más sugestiva imagen del desamparo y el andar del tiempo.

Con los libros, pues, concerté un compromiso en edad muy fresca, y desde entonces me sucedió como en un cuento de Rubén Darío: "El pájaro azul". El personaje lloraba cada vez que se detenía ante un estante lleno de libros y que él no podía adquirir. No voy a levantarme de mi silla para repasarlo en el volumen adecuado; tal vez demore mucho en hallarlo en mi biblioteca subdesarrollada. Lo leí siendo muy joven, edad quizás apropiada para leer al musical nicaragüense. Yo también sufría cada vez que un libro se me insinuaba como una tentación. Pero el dolor, la punzada por aquello que considero un bien material y espiritual supremo, ha cambiado de objeto: ahora, cada vez que veo un libro sufro, sí, porque no pueda adquirirlo y leerlo, pero sobre todo sufro porque no puedo escribirlo.

Al principio, fue el dolor por no leerlos, no poseerlos. Tanto en ciudades de mi país como del extranjero, entro regularmente en alguna librería. De San Juan, Puerto Rico, traje, en 1973, las páginas escogidas de Pío Baroja, por cincuenta centavos. Un milagro que nunca más pude repetir. En 1986 llegué a Canadá con la misión de cubrir, en Toronto, una retrospectiva de cine latinoamericano para Prensa Latina. Acompañaba al entonces ministro de Cultura, Armando Hart, y después de que él partió hacia Cuba me quedé quince días más en Montreal, aprendiendo en la oficina de la agencia los pormenores del trabajo de un corresponsal. Una mañana visité la librería Las Américas, y allí gasté un tercio de mis ahorros en títulos que desde hacía años echaba de menos: *La novela histórica*, de Lukacs; otro de Leo Spitzer; un diccionario de francés-español. Mientras miraba, lagrimeándome internamente de impotencia, se me acercó el propietario y me preguntó si me hacía falta que él me ayudara a escoger. Gracias, le dije; sin su ayuda casi me arruino, así que si usted... Los libros tenían precios tan principescos que cualquier ilusión fallecía al nacer.

De ese viaje, viene a propósito, recuerdo una visita a las cataratas del Niágara. Algunos amigos canadienses nos habían invitado al tronitante salto. Acompañaban a Hart cinco cineastas, ya fallecidos, salvo Sergio Giral, que pocos años más tarde se estableció en Miami. Además del director de *Plácido*, integraban el grupo Pastor Vega, Tomás Gutiérrez Alea, Mayra Vilasís –que ejercía de traductora del Ministro– y Jesús Díaz, escritor de grueso calibre, pero peso mosca como director cinematográfico. Hart me pidió que no informara en mi cable del recorrido por paraje tan significativo para la literatura cubana, delicadeza que yo comprendí y respeté. Pero creo que, 29 años después, a nadie moleste, ni le inspire suspicacias este episodio. Sobre todo, porque con él aclararé un equívoco. Hoy, una tarja con la traducción al inglés de la oda al Niágara testimonia la estancia allí del poeta José María Heredia. Hace unos años, leí en *Juventud Rebelde* una versión del origen de ese monumento. Por supuesto, no coincide con la que yo conozco de vista y oído. Después de haber bajado al fondo de las cataratas y mientras caminábamos por el malecón, Hart sugirió lo útil que sería que Eliseo Diego tradujera el poema de Heredia, y lo colocáramos oficialmente en el muro cerca del salto que inspiró al poeta cubano uno de sus textos hoy más conocidos y que dejó escrito en el libro de visitantes. Al menos, la iniciativa fue del ministro. Quizás Armando Hart no lo recuerde.

¿Cuándo empecé a leer? Ese es un aspecto básico de las memorias de un periodista o de un escritor. Sin lectura, poca o ninguna escritura. Debo citar a los *comics*; sirvieron de amable aprendizaje. Y en una de mis crónicas dominicales en el periódico *Juventud Rebelde,* conté el contacto con el primer libro. Desde entonces los golpes de la pata de marfil del Capitán Ahab resonaron durante muchos días en mis impresiones. El enigmático marino paseaba por cubierta reconcentrando su odio hacia la ballena blanca. Tac. Tac. Tac. Acababa yo de leer a *Moby Dick.* Cumplía doce años. Y el libro lo había ganado por mis notas de cuarto grado en la escuela pública de Rancho Boyeros.

Fue el primero. No lo conservo. Y me pesa. Me alimento también de objetos que simbolizan un suspiro renuente a diluirse en el aire. Varios me acompañan desde los 16, incluso los 14 años. Y puedo por sus títulos convocar días cruciales de mi existencia. Leí a *Juan Cristóbal* a los 20. Entonces me rebelaba contra una educación inflexible, quietista, desgarradora, cruz y raya, peso y límite. Repaso los títulos; los sacudo; oigo a mi esposa quejarse del espacio que le hurtan. Y lo reconozco: mi biblioteca reclama un inventario discriminador, pero intuyo que no podré ejecutarlo. No me alcanzaría el local de acero que previó construir el explosivo y acidulado Giovanni Papini en su *Libro negro*, para preservar la cultura humana de una demolición atómica. Ni he sabido responderme qué títulos echaría en la mochila si me enviaran a una isla desierta con capacidad para diez volúmenes.

Aún me restan demasiados por leer. Pero los conservo como garantía de que, cuando los necesite, podrán someterse a mis ojos y a mis subrayados y comentarios. Tal vez ahora, más viejo y más apto para renunciar a gustos e inclinaciones, esté listo para precisar los diez títulos que me acompañarían a una isla desierta –digamos a cayo Ratón, frente a la marina y blanca Caibarién-: La Biblia, *El ingenioso hidalgo Don Quijote de la Mancha*, *Hamlet*, *El decamerón*, *Papa Goriot*, *El Desesperado*, *Juan Cristóbal: Vida de Cristo*, de Martín Descalzo; Escenas *norteamericanas* y las cartas de José Martí, y *El viejo y el mar*. Y como reserva, por si alguno se cayera al agua: *El largo atardecer del caminante*, de Abel Posse; *Todo verdor perecerá*, de Eduardo Mallea, y *La montaña de los siete círculos*, de Thomas Merton.

No puedo decir, como Rilke, que he leído mucho. Pero sí he leído con el interés de mejorarme. La lectura ha sido, a falta de profesores y mentores permanentes, el medio donde he aprendido las normas y directrices de mi vocación y mis rumbos. Hubo en mi vida –tal vez como en cualquier otra- un momento generador de la lectura como acto y actitud sistemáticos. Los antecedentes, en la infancia, habían sido un suspiro de la casualidad, de la improvisación, una tendencia vagamente manifestada.

En 1961, después de haber salido del seminario salesiano un tanto desorientado ante la situación del país -el desembarco por Playa Girón, preparado y pagado por el gobierno de los Estados Unidos; la campaña de alfabetización, la nacionalización de la enseñanza, la reforma agraria-, hallé un nuevo derrotero: me integré a los ideales de la mayoría de mis compatriotas: apoyar a la revolución de 1959.

Poco más tarde, topé con la biografía de Sandino, de Gregorio Selser, y *Las crónicas, poesía bajo consigna,* de Félix Pita Rodríguez. Selser acentuó y clarificó mi perfil político, y el libro de Pita me impresionó tanto como para empezar a creer que la poesía podía también ser algo próximo, cotidiano. Y aunque sea un lugar común referirme a ello, nunca pude concebir –a mis 16 años- que ambos escritores fueran alguna vez mis amigos, o tuviésemos cierta relación. El futuro fue generoso para con mi peripecia en agraz. Ambos murieron en 1991: Selser el 27 de agosto; Pita el 19 octubre.

TRATE MUY poco a Gregorio Selser. Lo conocí en 1979 durante la Sexta Cumbre de Países No alineados; conversé unos minutos con él, y me dedicó un libro titulado *La CIA, de Dulles a Raborn.* En 1986, vino a La Habana como jurado de la primera convocatoria del concurso Jorge Ricardo Masseti de Prensa Latina. Fui su guía, como del resto de los invitados, entre los cuales recuerdo al venezolano Héctor Mujica; al argentino Rogelio García Lupo, a quien llamaban en Pajarito; al peruano Juan Gargurevich, y al portugués Urbano Rodrigues. Con sus modales y fisonomía, Selser, acusaba al hombre bonachón. Su cuerpo grueso, ancho, con una cabeza un tanto más pequeña, sin guardar proporción, enmascaraba el ágil y extenso talento del escritor. Las apariencias son, como ya sabemos, el pinchazo de los neumáticos del juicio. Quien las tenga en cuenta, como elementos básicos, se equivoca. Lo que más me asombró de Selser fue su inclinación absoluta a los libros. Lo llevé a una librería de segunda mano, frente a La moderna poesía, y ante tanto volumen casi enloqueció. Lo recuerdo arrodillado, registrando ansiosamente los estantes, eligiendo este título, aquel también. Gastó de un tirón el viático de 50 pesos para urgencias menores. Era mucho entonces para comprar libros en Cuba.

Ya sabía que por cada diez cuartillas propias, hay que leer diez, o cien ajenas. Y el autor de *Sandino, General de hombres libres* me lo confirmaba. Escribió más de 50 libros entre 1955 y 1991. En el año 2009, leí en un cable que la Universidad Autónoma de México preparaba la edición completa de *Cronología de las intervenciones extranjeras en América Latina*, relación exhaustiva de la injerencia extraña en nuestras tierras entre 1776 y 1990, en cuya composición el autor empleó 30 años de trabajo; el cuarto tomo (1945-1990) nunca, que yo sepa, se ha publicado. Calificado como "militante de la memoria", la pasión dominante de Gregorio Selser fue la información; su virtud primordial, compartirla.

DESPUÉS DE dejarlo solo en su tumba, volví a releer *Las crónicas*. Félix Pita Rodríguez había sido para mí una presencia imprescindible como el primer maestro o el primer amor. Casi lo reduzco, a pesar de mis intenciones, si prosigo ciñéndolo a los valores que le atribuí mientras sus libros operaban en mi conciencia de aprendiz y su amistad vigorizaba mi vocación de escritor. Ejerció también una presencia insoslayable en la conciencia de la nación. Sólo ocurre con los escritores que trascienden las cercas del individuo y se amasan con los dolores, las aspiraciones, la historia de su pueblo. Y de voz personal, se transforman en sonido, voz, lengua patria.

Con *Las crónicas: poesía bajo consigna*, Félix Pita Rodríguez olvidó sus deudas formales con el vanguardismo y el surrealismo, y se insertó en una poética cuyo compromiso con la revolución pasó del espíritu a la letra. Nunca como en ese momento de 1961, obra y hombre se soldaron en una irradiación unánime. El joyero de versos engastados con pinzas que esterilizaba en los vapores del lujo verbal, renuncia a comprar una parcela en los terrenos de la posteridad y se abstiene de levantar "un edifico de nieblas, / construido utilizando materiales del sueño, / sombras del subconsciente, / ni purezas definitivamente puras".

En ese libro –coloquial y enfático, épico y lírico, arisco y dulce-, el poeta también reivindicó el panfleto. La poesía, quiso decir, acompaña al hombre en el amor o el dolor, la pérdida o la ausencia, pero no pueden agitarse campañas sociales sin el poema que impulse a la lucha entre el barro de las trincheras o el calor de las plazas repletas, y recoja, en auténtica palabra, en interiorizada metáfora, el empeño unánime del pueblo.

Comenzó su obra literaria enamorado del Hombre; quiso interpretarlo en su porción invisible, en esos resortes de la conducta que a veces son un misterio. Era, así, un filósofo a lo popular: buscaba al Hombre y recaló en la indagación de Juan Pueblo, Juan Desposeído, Juan Pobre, la forma doliente de ser persona. Y viajó aparentemente impelido por el afán de parecerse a algún personaje aventurero de Salgari. En realidad, el vagabundeo por el planeta fue el impulso natural de su humanidad. Sus libros son trasunto de la experiencia en un callejón historiado de París o en una posada marginal de Veracruz.

Nunca se embarrancó o temió el naufragio. Poseía la escalera para subir y aposentarse en el cuenco del humanismo popular, que lo convirtió en filósofo de la lucha y el cambio. La sensibilidad -aguzada, fantástica escalera- le despejó cualquier nubarrón vanidoso y le cortó a tiempo el ombligo como pecado original. Para él, como poetiza en *Las crónicas*, la vida era como estarnos "jugando nada menos que todo lo que debe ocurrir mañana". Su divisa era una toma de posición humilde y doméstica: "Servir es más preciso que brillar".

Y no mentía, ni simulaba una vocación de entrega. Lo confirma su obra cuya sustancia creí definir cuando terminé de precisar cuál era la palabra más repetida por el autor de *Corcel de fuego*, creyendo, con León Bloy, que el término más recurrente en el vocabulario de un escritor representa el fondo del alma de este o de su obra. El autor de *El desesperado* había aplicado el método en los libros de Edmond de Goncourt, y la personal encuesta determinó que la palabra más socorrida de este narrador francés era *nada*. Y según se puede deducir del contexto en una carta su esposa Juana Molbech, hija del poeta nacional de Dinamarca, *nada* es la obra de Goncourt. Aceptémoslo con sospecha. León Bloy se apegaba a sus odios con las garras de su nombre.

A mi vez, hallé 58 veces la palabra *corazón* en 14 cuentos de Félix Pita Rodríguez. Y contrariamente a lo que pensaría un crítico puntilloso —máscara con frecuencia de un criterio plano- acepto que la repetición trasciende cualquier negligencia en el trabajo de estilo y pasa a convertirse en un revelador rasgo estilístico. El método no me falló. Y la obra de Félix es como lo atestigua el vocablo más visible en su prosa narrativa, con raíz en el *cor, cordis* latino, nicho donde la expresión figurada pone los más lancinantes sentimientos humanos. Obra, pues, cordial, generosa, servicial. Félix era así: rotundo, activo, sangrante. Y como su personaje principal, Tobías, no admitía historias llenas de paja.

Cuando le conté sobre el hallazgo de su palabra más repetida que, haciendo confluir los caminos interiores del poeta, consideré el trasunto simbólico de su vida y su obra, tomó uno de sus libros de un estante próximo, y leyó una estrofa cuyo último verso decía: "En lo más alto el corazón".

-Lo puedes ver, dijo; parece que yo también intuí algo de eso...

Por sobre los techos

Está sentada sobre su único sillón en la azotea donde el cuarto compone una buhardilla en la ciudadela de dos plantas, cuya antigüedad se presiente al pisar los anchos peldaños que infinidad de zapatos deslavaron hasta dibujar una réplica de pies sin número ni nombres.

—Casi no camina —dice el joven.

A veces él arrastra el sillón hacia fuera, y Rosalía Sifko pasa una media hora bajo el sol apresurado de la mañana. Mira la techumbre irregular de La Habana Vieja que, como un tapiz descolorido, mohoso, termina mojándose en la bahía. Luego la vista roza la loma de Casa Blanca donde un Cristo blanco, con labios ambiciosos de negro, levanta la mano derecha como si fuera a pintar una cruz encima de la ciudad.

La estatua no estaba cuando Rosalía subió allí por primera vez. ¿Acaso podrá recordarlo?

—Vieja ya no sirve —niega ella.

—Habla y oye poco— aclara el joven.

Hace unos veinte años se acordaba aún de las peripecias de la llegada. Contaba historias que humedecían los oídos de cuantos la visitaban. Fue a partir 1926. El vapor atracó de tránsito en el puerto. Había partido de Marsella y su derrotero concluía en Nueva York. Pero ella y sus tres niños no podrían continuar viajando, porque en los Estados Unidos consideraban indeseables a muchos de cuantos procedían de la Rusia soviética.

—De Ucrania —dice el joven.

— ¡Ucraína! —repite la vieja en su pronunciación natal,

y sigue con la vista fija sobre los techos, con los brazos cruzados sobre las piernas ennegrecidas.

Pero no emigraron por causa de la política. Los móviles de los emigrantes se sumergen en circunstancias ávidas de confusión, de enmascaramiento, avituallados por el silencio y la nostalgia que los burócratas nunca anotan en las máquinas calculadoras con que trituran nombres y prestigios. Al suegro lo mató un hermano por litigios de tierras. Y el marido la envió con los hijos al extranjero, para impedir que una probable matanza familiar en la aldea los sepultara con las víctimas.

—Eso contaba —advierte el joven.

Tampoco podían bajar en La Habana: había que pagar unos derechos a los que ella, insolvente, tendría que renunciar. Desde Tiscorrnia, cerca de dónde aún no estaba el Cristo, Rosalía Sifko veía a la capital que entonces espejeaba con sus colores blancos, verdes, azules, casi sin protuberancias arquitectónicas, formando un semicírculo en torno de la bahía de cuyo fondo, en el traspatio frontero con el barrio populoso de Luyanó, volaba un olor único, indestructible, mezcla de mariscos, pescado, gas, basura descompuesta. Olor que se adelantaba a los ojos. Y La Habana penetraba, sorprendía, primeramente por la nariz, lo mismo si uno arribaba por ferrocarril que por barco: ambos medios confluían en la zona donde los efluvios intestinales de la ciudad se congregaban y se esparcían como atomizada bienvenida.

Treinta o cuarenta días después, una sociedad de inmigrantes eslavos desembolsó los gastos para que Rosalía Sifko y sus hijos abandonaran el puesto de retención y cruzaran nuevamente el canal de entrada en una lancha que partía de Casa Blanca y completaba quizás la más corta travesía del mundo en el muelle de Caballería, frente al Castillo de la Fuerza

Al fin en La Habana, suspiró Rosalía al tiempo que cargaba uno a uno a sus hijos para salvar la rendija entre el barco y el espigón, y por la cual el agua acechaba un descuido, grabando un salivazo parduzco sobre las maderas. Mestiza Habana de colores varios y a la vez de sólo un color trasmutado en prisa, ritmo vital de aquel gentío. Cruzamientos de coches tirados por caballos al trote, y de automóviles que transitaban a doce kilómetros por hora y que a veces tropezaban entre sí, y sus conductores se anudaban en un forcejeo resuelto con insultos y menciones a la madre de ambos. Tranvías chirriantes y ómnibus de madera. Carretillas de verduleros y yerberos que pregonaban componiendo un cántico tristón, quejumbroso, en aquella ciudad que sostenía su equilibrio en el milagro humano de compartir diferencias y colores, inocencias y pasiones con la tarjeta de una cordialidad risible y servicial que Rosalía iba conociendo en la rapidez del bodeguero al aprender el alfabeto de dedos y señales con que "la rusa", cuando cobraba por lavar ropa ajena, pedía tres centavos de arroz y dos de judías, y la sal como *contra* o regalo. O en la dádiva de una vecina que le alcanzaba una fuente de frijoles negros el día en que los niños almorzaban azúcar disuelta en agua.

Pocos años más tarde el hijo mayor regresó a Ucrania. Todavía el alma del muchacho no se le había limpiado de añoranzas por las mañanas cubiertas de nieblas, ni el gusto por aquella atmósfera de bosta y sudor de caballos uncidos al corsé de los aparejos, ni por la dulzura de un maestro miliciano que enseñaba su fe juvenil en la igualdad. Aún necesitaba que la fuerza del padre le sirviera como copia hacia donde volverse cuando la vida pareciera pesar más que sus hombros de adolescente. En 1941, los alemanes lo asesinaron convirtiéndolo en un leño negro y maloliente junto con su abuela.

—Ella ya no lo recuerda. Se llamaba Alejandro — asegura el joven.

MI ARCA DE NOÉ

– ¡Alejandro! –la anciana lo ha oído y lo repite como nombre cercano, propio. ¡Alejandro! Pobrecito. Cómo se me puso delante y me dijo: Madre, por qué hemos venido, si pido pan y no hay pan, si pido sopa y no hay sopa. Ay, y se fue... ¿Por qué, señor?

Una lágrima bojea la nariz adelantada, soberana en aquel rostro ovalado y pequeño, mientras la anciana continúa mirando sin mirar el pasado que vuela sobre los techos.

DIARIO DE VIAJE

ÍBAMOS HACIA MONTE CRISTI. ENTRE LOS detalles del relieve histórico de la carretera, el chofer me señaló Laguna Verde, pueblito donde nació y tiró sus primeras pelotas Juan Marichal, el lanzador de las grandes ligas. El Monstruo de Laguna Verde, así lo llaman, dijo el Padre Teófilo Castillo; Tofo para cuantos lo quieren en confianza.

Habíamos salido temprano de Moca, la activa ciudad del Cibao, en el valle de la Vega Real, al que Colón le regaló el nombre seducido ante su hondo esplendor de tierra fértil y verde enlazada por las montañas. Pasamos a Santiago de los Caballeros y enrumbamos hacia el oeste por la carretera nombrada La Línea. Paramos en un restaurante rústico, y Luis, el conductor –hijo de "Bolívar", próspero y vital productor de huevos en Moca– convino con la dueña que nos guardara carne de chivo para la vuelta, un tiempo más allá de la habitual hora de almuerzo. El chivo abunda por estas tierras del norte dominicano. Como el algodón y el arroz, cultivos de regadío. Después, Monte Cristi, ciudad parecida a muchas ciudades cubanas: entre lo moderno y lo antiguo, con atmósfera rural y marina. Y ahora, aquí, en la casa de Máximo Gómez, en la calle Ramón Matías Mella, 29. Antes, José Núñez de Cáceres, con el mismo número...

Un decenio antes, llegué a Barahona, origen del peregrinar por lugares de la República Dominicana anudados especialmente a la historia de Cuba. Transcurría 1996. Me habían invitado el entonces obispo de la dióce-

MI ARCA DE NOÉ

sis, monseñor Fabio Mamerto Rivas, y su vicario, padre Teófilo Castillo, mis maestros dominicanos en el seminario salesiano de La Habana, 36 años atrás. Ambos me facilitaron techo, pan, vehículo y compañía durante un mes, para realizar varios reportajes encargados por *Bohemia*[3].

Barahona, situada en el suroeste, entre el mar y las montañas, en la misma región donde el cacique Enriquillo resistió la conquista española, me favorecía también con la posibilidad de tocar la presencia de José Martí durante su primer viaje a la Española, en 1892, en una casa que, ajada, con una antigüedad que las maderas pintadas de azul de cielo, puertas blancas y el techo de cinc a cuatro aguas no ocultan, carecía de una placa en cuyo bronce constara el privilegio histórico del inmueble. Sólo la familia que la habitaba y unos pocos conocedores del pasado, sabían que las palabras del Delegado del Partido Revolucionario Cubano singularizaron esa vivienda, perteneciente, hacía un siglo, a Carlos Alberto Mota, para quien el viajero trajo carta desde Santo Domingo.

Rodeado de vecinos que deseaban saludarlo, Martí habló allí de la misión que lo había transformado en un peregrino renuente al descanso. Sus palabras fueron "dulces y fáciles", como testimonió Mota en 1939, buscando con los ojos entreabiertos los claros del recuerdo donde aparecía aquella frase que nunca pudo olvidar, fijada en cuantos lo oyeron por los garfios de la sinceridad: "No es un hombre el que habla, es un pueblo que atado con fuertes cadenas lucha, y grita para romperlas, para conseguir su libertad".

La estadía del Apóstol[4] en Barahona fue de tránsito en

---

[3] Revista entonces semanal, hoy quincenaria, de interés general. Fundada en 1908.
[4] Así llaman los cubanos al máximo gestor e ideólogo de la independencia y la república.

57

su recorrido por tierra hacia Puerto Príncipe. ¿Qué otra razón pudo determinar su paso por la recoleta, apacible ciudad del sur donde se detuvo apenas 24 horas? Ya había cumplido su tarea primordial: sumar al mayor general Máximo Gómez a la epopeya de la liberación de Cuba. Había comenzado su itinerario por Monte Cristi, y de ahí a La Reforma, finca donde el viejo libertador se doblaba sobre la tierra. Y el 21 de septiembre, a las cinco de la tarde, se ajustó las espuelas de plata, montó en la mula que le prestó Carlos Alberto Mota, y reemprendió el viaje hacia la frontera haitiana.

Tres días después de mi llegada, decidí ir Baní. En aquel año se redondeaba el aniversario 160 del nacimiento de Máximo Gómez. Qué permanecerá allí del Generalísimo, me preguntaba mientras calentaba la presunción de hallar información nueva, quizás sorprendente, sobre el Jefe del Ejército Libertador. Materialmente, aparte de otros objetos sepultados en el museo local, quedaba un horcón de la casa a la que pasó a residir desde niño, porque Gómez nació en Paya, caserío distante a cinco kilómetros de Baní por la misma carretera que, partiendo de la capital, bordea el sur de la República hasta Barahona, situada a 200 kilómetros de Santo Domingo. El horcón, que se yergue como un tótem familiar, preside un parque enrejado, y sombreado por flamboyanes y robles americanos, y con flores que crecen en el espacio vacío de la casa y el patio de los Gómez. Un busto y una bandera recuerdan que aquel es el pequeño lar del más grande de los banilejos.

Ha sido tierra dilecta de la fama. Primeramente por sus mangos; luego por sus dulces caseros a base de leche —ya hoy crecidos en industria— que prohijaron el prestigio de la aldea desde su fundación en 1764. Y ha sido famosa, finalmente y sobre todo, por su crédito histórico, político, cultural. En Baní, o en áreas aledañas, nacieron o vivieron –además de Gómez– cinco presidentes de la República –entre ellos Mota, Victoria, Billini; y nació un fervoroso, decisivo promotor de la cultura dominicana, el periodista Joaquín Sergio Incháustegui. Ante los restos de la antigua casa, incliné mi cabeza bajo aquel palo doméstico transido de humedad. Después, un problema me detuvo en medio del pueblo, que ya había trascendido su candidez de aldea y era la cabecera de la provincia de Peravia. Afrontaba el dilema del viajero que, más que por pasear, deambulaba intentando descubrir los datos más remotos de sus raíces. ¿A dónde dirigirme, a quién buscar? Así inquirí en el ayuntamiento, edificio macizo, moderno, de cinco o seis pisos. Y oí: Muerto Buenaventura Báez Gómez, la farmacia veterinaria de Luis Manuel Peguero es la más segura para averiguar sobre cosas ligadas a Cuba.

Lloviznaba. Nubes negras. Esa mañana las calles remedaban espejos donde la poca luz incidía como en un cristal empañado. El doctor Peguero, sentado a la mesa donde la caja contadora registraba la crónica monetaria de su negocio, oyó mi presentación. Y él se presentó como uno de los dirigentes del subcomité de Amigos de Cuba. Luego, dirigiéndose a los cuatro o cinco clientes que esperaban turno, dijo: "Este compañero cubano desea ver algún familiar de Máximo Gómez".

Hubo un silencio. No creí que todo resultara tan fácil. Y de pronto sí resultó fácil. Alguien respondió. "Yo; yo soy pariente del General". Creí entonces que en Baní todos podrían ser familiares de El Viejo. Y Santos Isidoro Gómez, agricultor que había ido a la farmacia angustiado por una vaca enferma, rectificó mi percepción: "No se equivoque: somos la familia más corta de este pueblo. Tan solo unos 60 emparentados con el Generalísimo". Coincidencia. Y aprovechándola visité a un bisnieto del General.

Ahora, en los primeros días de enero de 2006, gracias

también a mis antiguos amigos y maestros, viajé a San Fernando de Monte Cristi, capital de la provincia del mismo nombre, ubicada en el noroeste, cerca de la frontera haitiana. La primera referencia del pueblo apareció en los anales de la Española en 1506, cuando Nicolás de Ovando le dio vida en papeles y en algunas chozas. Desde el punto de vista geográfico, la ciudad se distingue por una altura llamada El Morro, a la que un poeta evocó como "reloj de piedras sin esferas / que marca los siglos de mi tierra". En la perspectiva urbana, resalta la torre que ya se erguía, como un símbolo de la ciudad, en 1895. Fue el primer lugar donde mis ojos se humedecieron. La puerta del parque estaba cerrada: una cerca lo protegía. Y desde el lado de acá mi devoción concibió un pensamiento de fervor para aquella torre metálica cuyo reloj circunvaló algunas horas de la vida del Apóstol, y junto al cual Martí aseguró que "muy pronto marcará la hora de la libertad de Cuba". Tantas veces lo había visto en fotografías que, como suele ocurrir, observarlo desde tan cerca parecía un acto irreal, fantasioso. Después, pedí a Tofo me condujeran a la casa de Gómez.

Quedo en silencio. Nada he de escribir que parezca verosímil, lógico, sin afectación. Estaba emocionado. Me ahogó la conciencia de mi privilegio. Haber visto esta casita desde la infancia en las ilustraciones de los textos de Historia. Y recorrer, 50 años más tarde, el mínimo y humilde espacio que amparó a dos de nuestros libertadores primordiales, tiene que significar algo en el corazón de un cubano. Caminé. Vi. Toqué. Nos guiaba Ramón Amado Gutiérrez García, el conservador del museo, que se confesaba bisnieto del general Calixto García Iñiguez

Un pasillo central, que separa las habitaciones a la derecha y a la izquierda, permite la entrada alargándose hasta el comedor, amplio, extendido horizontalmente de un extremo al otro de la vivienda, cuya propiedad Gómez adquirió en 1888. Paredes de madera y techo de dos aguas, aún con el cinc alemán original; pintada de azul grisáceo con ventanas y puertas –de estas, tres en la fachada– del mismo color y marcos en blanco. Al recorrerla uno nota los valores de Cuba en su bandera, puesta en sitio relevante, en los retratos de sus próceres y en libros de autores y editoriales cubanos. En una escueta habitación, del lado derecho según se viene de la calle, encajada entre uno de los cuartos y el comedor –hoy biblioteca–, Martí escribió el Manifiesto de Monte Cristi. No hay mucho más que contar. En el patio, un árbol de mamoncillo, superviviente de aquella época. Tomamos unas fotos. Podría describir sensaciones que, quizás, suenen vaciadas en retórica. Ciertos sentimientos han de quedar ocultos en la sinceridad de lo recoleto, pequeño, humilde.

LUIS SEXTO

DÍA DE CICLÓN

EN TANTO LAS NOTICIAS MUESTRAN las cartas
meteorológicas cruzadas por sucesivos, diversos y pro-
bables destinos para el primer ciclón del año, el ómnibus
me deja en el sitio donde los Puentes Grandes terminan
y la Calzada Real se bifurca con la acrobacia de casi
siempre. Los siglos invocan en este barrio los preliminares
vahos de la colonia. Aquí se asentó la villa de San Cristóbal de La Habana por segunda vez antes de saltar más
al norte, junto a los labios recoletos de la bahía. El agua
de los ríos se podía beber. Ahora, bajo las cabriolas del
Almendares, ya no se enjuagan los pañales de la Cho-
rrera en los turbios reflejos de los tejados y las coloniales mamposterías. Se huele la contaminación del papel y
la cerveza. Me inclino sobre la baranda del puente mayor. Y no
me excuso de evocar a las Borrero, familia de poetas,
cuya casona se alzaba en el campestre poblado, tan cerca de La Habana para acudir en las urgencias, y tan lejano como para guarecerse de las intrigas y miramientos
de la ciudad. Por las rendijas aparece Juanita, tal vez,
entre las hijas de don Esteban Borrero, la más sensitiva,
trascendente en sus poemas y dibujos, prematuramente
muerta y enamorada del empedrado que recorrerá Julián del Casal descorchando agrios versos. Y el poeta,
que para pagar comida y habitación dejaba en su
buhardilla imágenes modernistas y japonerías celestes y

se aplicaba a prosas de periódicos, escribirá de uno de los sucesores del conde de Casa Barreto, cuando en sus crónicas sobre la sociedad habanera se refiera a esa familia cuyo fundador murió en Puentes Grandes, y el cadáver era aparentemente velado en la casa palaciega de la calle de los Oficios en La Habana. Cuando los peones alzaron el féretro para enterrarlo en la iglesia del Espíritu Santo, lo notaron muy pesado: dentro solo había piedras.

Todavía durante los años primeros de la década de 1960, ante las ruinas de la casa solariega de Jacinto Tomás Barreto y Pedroso, dos perros de bronce, réplicas de su jauría negrera, pretendían ahuyentar las memorias de la tormenta a cuyas aspas destructivas este aristócrata nombra en la cronología de los ciclones tropicales. Según anales ciertos, el primer conde -de látigo aficionado al aire, goloso de espaldas esclavas- emprendió una ruta aún secreta en la precaria chalupa de su ataúd, cuando el agua represada rompió los puentes y arrumbó casas y enseres en la noche aciclonada del 21 de junio de 1791. Este meteoro se recuerda como el temporal de Barreto. Porque todo para que exista necesita un nombre, aunque no tenga tumba, ni lápida, ni estadísticas.

Dónde pondrán las cruces de sus víctimas los huracanes, los vientos plataneros, o los rabos de nube que de improviso se despiertan y alteran el curso cansino de los poblados o el ritmo atarantado de las ciudades. Veteranas de tantos ciclones, las tierras fragmentadas del Caribe nos han legado necrologías patéticas, páginas horrísonas como en el Diario de Colón, primer asiento, inaugural modelo de un parte meteorológico. A qué feudo del diablo habré llegado, tendrá que haber dicho el Almirante, ciscado entre las aspas revueltas del huracán que describe el "Descubridor" en su bitácora.

Los partes por venir serán más técnicos, sobrios, im-

personales. Pero en alguna madrugada oscura, la voz
humedecida de un locutor llegará a los radiorreceptores
desvelados en un texto catastrófico que informará sobre
este o aquel pueblo y dirá con la precisión fotográfica de
una imagen de Martí: "Ruina es hoy, lo que ayer era
flor".

Miro arriba sin que la filosa luz me obligue a poner la
mano sobre los ojos. "Es luz fúnebre y sombría, / que no
es de noche ni de día", describe José María Heredia el
huracán. Se acerca el ciclón, y ya para su llegada no
tendré que evocar aquel temporal indocumentado en el
viejo patio del primer conde de Casa Barreto. Oiré crujir
paredes y techos. Veré la ciudad como humeando por la
lluvia. El poeta Luis Lorente nos los recordará más tarde: "Tú no viste a la noche consumarse/ ni al pino dar,
contra el balcón, furioso,"/ (...) todos se habían ido, / Cuba desierta, delirando afuera".

Mi Arca de Noé

Bajo la niebla

LA VENTANA DE LA HABITACIÓN parecía zambullirse en el Neva, mientras en la orilla opuesta el crucero Aurora seguía atracado al espigón de una historia que en el año de 1988 empezaba a emproar río arriba, como de regreso en su inmóvil travesía. Neva, Aurora. Dostoiesvki, noches blancas, Raskolnikov, revolución... palabras claves que repetía, y anotaba en una libreta ya extraviada.

Estaba allí por primera vez según mi pasaporte. Pero qué vez sumaría según los cuños de entrada de mi imaginación estremecida por el jugador que lo apostó todo a la literatura, y se quedó para siempre en el mundo de los ganadores con los hermanos Karamázov. O cuántas veces fui en el estribo de John Reed para volver a ver, como a través de un filme, los diez días durante los cuales San Petersburgo tembló en un octubre que sucedía en noviembre.

Había llegado días antes a Moscú con el ánimo del peregrino. Nadie debía morir sin visitar a la Unión Soviética, creíamos entonces. Hacia las once de la noche el *Airbus* de Aeroflot empezó a confundirse con una estrella lejana. En La Habana me habían advertido que no durmiera para poder empalmarme de corrido con el ritmo biológico del viejo mundo. Y no dormí, ni por el día, que nos alcanzó sobre el norte del Atlántico. Hubiera sido difícil permanecer despierto durante 24 horas, sumando las doce del vuelo. Pero Helio Orovio[5], que iba

---

[5] Poeta, periodista, musicólogo (1938-2008). Autor de *Diccionario de la*

hacia Berlín, acompañó el largo velorio de mi primer y único viaje a la Unión Soviética. Debajo de nuestro asiento dejamos las cáscaras de diversos temas y personajes en clave de exaltación o en cifrado de maledicencia entretenida.

En un auto de la agencia de noticias Nóvosti recorrí, pasada la medianoche, las calles tranquilas. Luces amarillentas que reportaban una visión clara y espectral a la vez. La avenida de Leningrado, que luego seguía siendo Gorki. La Plaza de Maiakovski, la de Puskhin: poetas de bronce dueños de los espacios públicos. Más allá las cúpulas de la Plaza Roja...

Contra mi hábito suspicaz de periodista que había aprendido ya a dudar de mucho de cuanto veía u oía, ni averigüé en el hotel Moscú por la escalera de incendios. Al día siguiente proseguí de noche hacia Leningrado, acurrucado, sin despertar, en la cámara caliente de un tren. Sobre las siete de la mañana, el viajero recuerda desde la ventanilla los suburbios de la ciudad; árboles de tallo muy fino, como mástiles, y gente que se apresuraba bajo la niebla con la bufanda al cuello.

Lo confieso: salvo alguna excepción por urgencias de familia o de amistad, he viajado por encargos profesionales. La estancia en cada ciudad, aunque a veces fuera hasta de un mes, solo se rendía ante las encomiendas de periódicos o revistas en que trabajaba. El viaje a Leningrado fue una visita de formación, de contacto con monumentos y perfiles de la historia. Tras las experiencias en otro país, oyendo otra lengua, ajustándose a platos que a veces agujerean el paladar prestigiado por sabores menos hirientes, más dóciles según el parecer de la costumbre, el periodista está apto para escribir con un conocimiento más abierto, experto, seguro. Volverá el via-

---

música cubana.

jero a repetir como los venecianos hace seis siglos: vivir no es necesario; viajar es necesario, aunque para quien escribe y cuenta viajar es tal vez una manera de vivir. En Leningrado, ante mi vista interior, la historia y el arte parecían conjugarse, como potencias andarinas, tráfico cotidiano por avenidas anchas, estatuas, fragmentos de parques –ah, ese donde Puskhin afrontó aquel duelo romántico y su sangre baleada fluyó como un poema incorregible sobre la hierba. Luego, el museo del Ermitage. Me detengo ante un original de Fra Angélico... ¿Podré ser ahora el mismo si el sismógrafo de mi alma tiembla como la mano del señor Parkinson? No he escrito una frase de utilería. De la historia sólo permanecen los espacios, las edificaciones y sus objetos, y también la cronología y las tarjas. Del arte queda todo. Porque es dueño del tiempo. Está sobre lo que pasa, sin pasar como yo he pasado...

LUIS SEXTO

FRAGMENTOS QUE BUSCAN SU IMÁN

VOCES Y PASOS ULTRAJABAN ABAJO aquel silencio de liturgia, y recorrían con sigilo el pasillo que en la escalera, frente a la puerta lateral trasera de la capilla, convergía con el segundo corredor empalmando simétricamente una ele mayúscula con tres pisos. Emigdio persiguió el rumor desde el dormitorio de la última planta: tres hileras de lechos iguales –diez más diez más diez-, alineados con rigor disciplinario de cuartel. Qué hora será. El sobresalto avivó la vigilia que le resultaba de días insepultos aún por la angustia. Unos diez minutos más tarde, los pasos se oyeron como si retornaban al locutorio donde se hallaba la puerta principal. Luego, en medio de asordinadas palabras de despedida, el motor de un automóvil comenzó a sonar para enseguida rodar en puntillas y con las luces apagadas, para no perturbar más de lo conveniente el silencio del seminario a media noche.

Emigdio reaccionó suponiendo la quiebra de la disciplina en algún sacerdote de la casa. Espontáneamente, surgió el término proscrito de mujer. ¿Mujer? Deseos de ella, él y los demás habían sentido. Pero los padres espirituales enseñaban que el sexo radicaba en el cerebro y que la tentación era, por ello, un asunto cerebral. Sabiéndolo sería fácil permanecer casto: mantenerse ocupado, y nunca clarearle espacios a la depresión. Pero si la urgencia entorpecía la concentración en la vida consagrada al estudio y la piedad religiosa, habría pues que recurrir a experiencias muy viejas de monjes asediados

por mil imposturas de la carne, y envolver en tela gruesa, mejor si lana, los testículos; someterlos a mayor
temperatura que el resto del cuerpo para así aliviar el
tironeo que promete un placer frenético e incomparable
aun en su borrosa y abstracta posibilidad.

Los primeros meses, después de su conversión interior, mientras aprendía el latín de rigor, el seminario
con sus horarios estrictos, nunca vacíos, la prédica constante de la pureza como lo fundamental del cristiano, le
fue condicionando un extremo rechazo a lo sexual. Al
llegar, todavía era un adolescente retrasado, sin ningún
indicio de la pubertad, pero más tarde, para no verse los
genitales se vendaba los ojos con un pañuelo blanco que
trasladaba al baño envuelto en la toalla. Transcurrieron
así unos dos años, y según avanzaba en el conocimiento
de las vivencias religiosas, y el latín y el griego koiné lo
seducían con los deleites del *sofos*, apartó esas precau-
ciones que nunca había consultado con el padre Confesor. Una tarde olvidó el pañuelo, y al frotarse los genitales halló, involuntariamente, la roja, retadora, la macro-
cefálica virtualidad del pene custodiada por las sombras
del pubis en el tronco mismo de espolón y sobre la bom-
ba pendiente de los testículos. La melancolía lo arrumbó en un ángulo al que solo llegaban gotas de la ducha.
Luego, acordado del tiempo límite de tres minutos, se
introdujo en el chorro, y al rodar el agua por el cuerpo
enjabonado, sintió que junto con la espuma se iba su niñez.

Ya comprendía que en el seminario no se podía estar
si uno no asumía los postulados de la vida religiosa con
una convicción sensorial, entrañada como el miedo ad-
quirido en la infancia. Con fines de acomodamiento económico nadie podía fiar los años a un porvenir trazado
sobre las renuncias de lo más personal del ser humano,
como la voluntad, el deseo, el criterio. Tuvo compañeros
que entre la azada o el machete en el campo, prefirieron

aceptar la propuesta del padre Prefecto que salía de vez
en cuando por los pueblos del interior a captar vocacio-
nes como integrando candidatos para un equipo de ba-
loncesto. Pero no perseveraban el tiempo que habían
presupuesto en el momento de aceptar. Según crecían
en ciencia, les iba faltando el sustrato de pasividad, el
espíritu levitado que engendraba la fe y que, al acostar-
te, favorecía la más durable y consoladora sensación de
seguridad.

Él también había aceptado la propuesta de la cateque-
sis en el barrio de Arroyo Apolo. Hijo mayor de una familia apenas sostenida por el insuficiente dinero, el padre y la madre valoraron las ventajas de que Emigdio
fuera al seminario, estudiara y más tarde, preparado,
regreses a la casa, hijo. Pero no alcanzó esa etapa de insatisfacción, esa melancólica ansiedad por estar donde
no estaba, porque antes cayó al suelo el viejo alumno,
hábil en el aprendizaje, estricto en la disciplina, pero
tibio en sus ensoñaciones, más inquieto por la lectura de
las novelas de Héctor Malot que por las *Florecillas* de
San Francisco de Asís.

Una noche de domingo oían una grabación del Mesías
de Haendel, sentados sobre la cancha de voleibol. El reloj eléctrico, que presidía el ángulo central donde se empalmaban ambos pasillos y partía la escalera, señalaba
las ocho. La luna mostraba su faz completa de moneda
cíclica y polivalente. En un allegro vivace de la orquesta,
en una como un soplo ultramontano, disparado hacia lo
alto, un escalofrío, un temblor, bajó por su cuerpo, como
diciéndose que él creía en aquello y que nunca querría
separarse de aquel ambiente. Y comenzó a allegar pasión y convicción en su derrotero religioso. Y mudó de
conducta, pero sin la paciencia de una gota de agua que
horada la piedra con el fluir del tiempo. Ocurrió, así, de
súbito, como pasar de las ropas de faena al hábito lim-

pio. Fue un deslumbramiento, la misma revelación que experimentará cuando aparezca Ella. Se convenció más adelante que de cualquier forma, por obsesivo que sea el asedio, la Señora está siempre junto al tentado si el Malvado se estira y gana un rostro liso, sin ojos, solo con una boca abierta, ansiosa de escupir lo que en sí no es veneno, mas lo cual prometió guardar o, al menos, no expulsarlo con la voluntad vencida... ¿Será la Señora un símbolo, y amaremos en ella a las mujeres que rechazamos? O de las que prescindimos, aunque no todos, rectificó, y no pudo evitar la nueva tesitura de su reflexión. Porque por mucho que la caridad interviniera convirtiéndose en hipocresía, en maliciosa cautela de la disciplina comunitaria, nadie podría justificar al padre Disciplinario, perseguido por damas que vienen desde La Habana a lugar tan apartado para oírle la voz de tenor ligero en la misa mayor de los domingos, o a contemplarle por encima de la entallada sotana los tríceps y bíceps que el responsable de estudios y conductas, habitualmente severo, todavía perfecciona en la privacidad de su cuarto de superior. Severo el padre, dicho de paso, solo cuando llama a un clérigo o a un latinista para reprocharle descuido en los estudios, abulia en el juego, o desgano en el comer. De él murmuraban, durante la clandestina confianza que genera entre los seminaristas un paseo por los parajes aledaños o un tanto más alejados, que de vez en cuando, sin permiso del Rector, invitaba después de la cena al padre Prefecto a pasear por la ciudad. En qué momento, si no en una de esas noches de fuga, vieron la película *Cinerama*, proyectada en tres dimensiones, exhibida en Radiocentro, y que tanto parloteo produjo en los periódicos y de la cual el Disciplinario habló en la clase de ética -antes de que el padre Aracil llegara de Europa-, quizás sin percatarse, cuando, en un desvío del discurso, se refirió a los problemas morales con que la ciencia y la tecnología empiezan a agobiar al hombre contemporáneo.

Cuánta acechanza convocada mediante la ligereza, cuántos deseos no se echarían a pastar en tierra nocturna y lejana, pensó Emigdio y su corazón golpeó bruscamente, y la onda fue al estómago. Se sintió desamparado, inservible. Ganaba libertad la crisis –que del griego había aprendido a traducirla como juicio, prueba-, y la crisis lo empujaba, y no podía detenerse... o no quería hacerlo, que ya no precisaba si era irremediable examen o culpable descomposición de sus defensas. Aquí todo es símbolo, se atrevió a pensar y sacudió enseguida la cabeza como si el mal pensamiento fuese una mosca. Hasta el velón del sagrario es símbolo de la vida de todos en el seminario: ilumina constante, pero indecisa, temerosamente; apenas destella entre temblores, y no llenaría en la oscuridad una página de letras góticas del Misal.

El tiempo lo apremiaba. Se inquietaba por el tiempo como magnitud física, como plan insobornable desde el principio hasta el final. El tiempo. Qué ley tan estulta es esa que en vez de hacerlo transcurrir, lo retiene morosamente, como un verdugo pondría la horca en el cuello del condenado como si a cada segundo entre el ver y el no ser, se convirtieran en una voluntad diabólica de martirio. Cada hora tiene lo suyo y cada día junta la regularidad en un haz invariable como si lo que sucederá ahorita estuviera decido. ¿Y acaso no lo está? En las tardes, tras el baño, empezaba a sentir nostalgia, cuyo origen se le perdía en el infinito desconocimiento de un vacío irresoluto. El crepúsculo lo llamaba hacia lugares cuyo rumbo no podría precisar. Ya había llegado a admitir que la existencia en el seminario lo atiborraba de monotonía con la uniformidad de las reglas. A veces, en ciertas tardes, hasta un trueno estimulaba su decaimiento, su necesidad de cambio. Qué pasa en mí, qué ansia recóndita estropea el cercado de mi paz. De dónde provendrá este desasosiego. ¿Era una aspiración surgida de sus más nebulosos impulsos o influía la resurrección social cuyos índices veía de reojo en los periódicos puestos sobre la mesa, en la oficina del padre Prefecto, y que se les estaba prohibido leer?

¿Y por qué nostalgia? ¿De qué proviene la nostalgia? Se preguntaba, y enseguida evocaba la doctrina teorizada, aplicada en la más apretada tradición. La nostalgia es tentación, no poesía, ni siquiera el humano recuerdo del hogar. Les digo, hijos míos, aleccionaba el rector durante alguna de sus pláticas antes de subir a los dormitorios; les digo que esa que nos oprime por momentos es la nostalgia por un futuro que sólo está separado de nuestro presente por un acto de voluntad... Esa es la tentación: añorar el volver a lo que está más allá de nuestros muros, y ante la tentación, los maestros del espíritu aconsejan estar siempre ocupados. Así la paz, un tanto monótona de nuestra vida de formación, no se convertirá en anhelo, esa mano transparente que desde allá nos llama. Junto al Señor es donde mejor se está. ¿Vamos a rechazar el nicho que Él nos abre entre los pliegos de su manto?

Los domingos le resultaban insufribles. Primeramente, el cese de las actividades cotidianas tributaba al ambiente una amodorrada atmósfera, como si la pasividad tuviese la desvaída coloración de una pared escasamente pintada. Por las noches, pasaban a erigirse en escenario de la música. El tocadiscos difundía un concierto de cerca de una hora puesto sobre la cancha de voleibol. Y mientras unos se ocupaban de ir y venir por los pasillos hablando en corro con los superiores, los melómanos disponían sillas al raso de la noche. Clásicos, románticos y canciones napolitanas recorrían el edificio y luego se diluían en los campos oscuros, clareados más allá, mucho más allá, en el resplandor de la ciudad que le redoblaba la nostalgia. Bajaba ensimismado la cabeza ante la Patética de Beethoven o el primer concierto de Tchaikovski para piano y orquesta. Pero los agudos de Caruso apremiaban la conciencia irresoluta del clérigo, que seguía en voz baja la letra de *Santa Lucia*, evocando la casa familiar *Sul mare luccica* casi inconscientemente / *l´astro d´argento/ placida é l´onda/ prospero é il vento. / Venite all´ agile* llamando a sus padres / *barchetta mia/* y a sus hermanos *Santa Lucia/ Santa Lucia/ Tu sei l´impero/ dell´armonia/ Santa Lucia/ Santa Lucia...*

Su juicio cuestionaba esos sentimientos. ¿Estaba en él o estaba fuera, en la sociedad que habían aprendido a juzgar como uno de sus enemigos en aquel *contemptus mundi*, aquella intransigencia contestataria de los místicos y los teólogos frente a las urgencias sociales? Se percataba de que el mundo, en particular Cuba, cambiaba. Y entonces quizás empezó a dudar de si su elección por el sacerdocio era la más conveniente y si seguían siendo verdaderos sus móviles y su necesidad. Amaba aquella vocación. Esa vida colmó su inclinación al estudio, a la contemplación que desde niño lo conducía a ocultarse en un rincón de la casa y permanecer leyendo los *comics*, los muñequitos que a tantos niños cubanos atraían en época sin televisión y con sólo la radio y sus episodios de Leonardo Moncada hacia las siete de la tarde, una hora que le resultaba tan melancólica que percibía entre sensaciones incomprensibles, a edad tan temprana, la caducidad de todo.

En el confesionario, el padre Nicéforo le ordenaría acallar, evitar esas confidencias, reflexionó un tanto asustado por no saber a quién revelar su conflicto de conciencia. Le recomendaría una fe trancada con mil postigos, como la del carbonero ignorante que encarecen los predicadores en los ejercicios espirituales, como si la fe no se afinara en el escarceo entre lo que se presiente o se necesita y lo que no se ve. Si en la duda, Señor, cuando todo parece decirme que no, bajo hasta lo más recóndito de mi endeblez, y salgo hacia arriba buscándote por el sótano. Qué infierno te haría falta para castigarme, Señor, si ahora me parece estar acosado, hincado por dedos puntiagudos, como uñas femeninas, que me acusan del pecado de soberbia, y me confunden. Sólo porque quiero saber. Porque la existencia humana no tiene que ajustarse a la notoria rigidez del dogma, ni a la certeza de cuanto no se conoce, que por ello, Señor, diste a tu criatura el pensar en libertad... El padre Confesor es bondadoso, comprensivo y tolerante. Tal vez por ser viejo, ahíto de oír confidencias miserables, me dirá: persevera, que quien pone la mano en el arado y mira atrás no es digno de Mí. Te opondrá, sí, el Evangelio, y luego te recordará a Santo Tomás diciéndote que con el Aquinatense aprendiste que la esencia del hombre es la humanidad, el humus, el polvo. Lo dice el Doctor Angélico en *Del ente y de la esencia*. Por tanto, ora para que puedas resistir la prueba, ese ejercicio de acrisolamiento espiritual al que el Señor ha querido someterte mediante la duda, la tristeza, el desconcierto. Así, con frase casi textual del Eclesiástico. Y eso no era lo que Emigdio deseaba oír.

Su crisis no era tanto de fe como de adaptación, de conceptos con los cuales aprehender, modificándola, una religiosidad que lo asfixiaba y obligaba a insistir en fundamentos aupados desde la Edad Media como cruciales y que sólo significaban accidentes deformados por una exégesis empecinada en rehuir la esencia del alma y su relación con Dios. Se viró a la izquierda, luego a la derecha; temía despertar a uno de sus compañeros más próximos, español, dispensado de los estudios por prescripción psiquiátrica del sanatorio de San Juan de Dios. Exceso de tensión. Una noche, se paró sobre la cama en los instantes previos al sueño y descabezó un sermón airado contra los albigenses o no sabía qué herejes como si se lo dictara el poseso fraile Savoranola. Lo hospitalizaron unas semanas, y desde hacía 15 días pasaba la jornada sobre un sillón, en uno de los pasillos del tercer piso que, al salir de bajo el techo, la azotea se transformaba en terraza desde donde se apreciaba un panorama campestre que Orestes, en una de sus apostillas, calificó, por lo sedante, de cocimiento de tilo. La broma de Orestes continuó y penetró en la ingenuidad de algunos al decir que si una noche eligió la oratoria para fustigar a los herejes, en otra podría acudir a métodos más drásticos para erradicarlos. Entre ellos el fuego, como los inquisidores. Miró hacia arriba donde la luna iluminaba al franquear las persianas. ¿Me enfermaré yo también? Y apartó la idea pensando en *El signo de Jonás*, libro de Thomas Merton, que en esos días leía confrontando sus angustias con la del monje trapense. Luego tomó el rosario entre sus dedos y comenzó a repasar el padrenuestro y las avemarías intentando que la oración atrajera el sueño espantado por la ansiedad, por esa intranquilidad cuyo origen no lograba precisar.

ARACIL LO tocó en el hombro derecho. ¿Triste?; ¿quizás tentado, o confundido? Emigdio demoró unos segundos en responder. He notado que están sucediendo cosas. ¿En el mundo? Sí, en el mundo —no se atrevió a más. Es normal, cambiamos de época, quizás en Cuba y en la Iglesia el siglo XX empieza a ocupar su puesto en el almanaque, porque creo que el XIX ha durado hasta ahora entre nosotros. De ello quería hablar con usted, Padre; ¿nos estamos percatando acaso de que la fe y nuestra vida religiosa, así, como la hemos sentido y practicado, nos grava, nos aprisiona?

El padre dio unos pasos hacia la derecha, y se reclinó sobre la baranda metálica. A quiénes has leído. A muy pocos, porque las bibliografías curriculares son estrictas:

algo de Maritain, François Muriac, Bernanos, Guitton...
De Papini, su *Vida de Cristo*. Y si no he vivido mucho,
tal vez haya leído algo más, como dicen que dijo Rilke.
Aracil asintió con la cabeza, porque, bien juzgados,
esos autores eran subversivos en su modo de aprehender
el cristianismo, o el catolicismo, pero pocos para una
formación flexible; en fin, a la inteligencia, si es vigilan-
te como virgen prudente, tal vez no le haga falta más
para apartar los escombros que opacan la verdad. ¿Lo
cree, Padre? Y Aracil atajó la duda diciéndole que recor-
dara que cualquier pensamiento ha de partir de la fe,
nunca contra la fe. Sí; y desde la religión y no contra
ella. Depende; estoy en contra de una religión que en-
tumezca, deprima, minimice al hombre; no podemos seguir predicando el infierno para los pecadores, por lo general pecadores del sexo.

Tiró al aire la mano derecha, como si quisiera advertir
que no le diera importancia a lo dicho, pero prosiguió,
que estamos, como dicen ciertos teólogos, llamados al
placer, comes, y gozas, bebes, y gozas, defecas, y también disfrutas del vaciamiento, te reproduces, y gozas
como si la mezcla de los cuerpos fuera un anticipo del
Paraíso o del amor de Dios. ¿Cómo es posible que ame-
nacemos con el infierno a millones de personas si ellas
están dentro, si el infierno es pobreza, desempleo, carencia de educación; a dónde van los culpables del des-
equilibrio en la distribución de las riquezas?

Sin evidenciarlo, Emigdio se sorprendió al oír términos tan heterodoxos, tan propios de los reformadores
sociales.

-¿Acaso no es pecado negar el pan al pobre; no es como
negárselo a Cristo, según el Evangelio?

-¿Y podríamos pensar contra la Iglesia, padre?

El corazón de Emigdio se aceleró al pronunciar palabras que se deslizaban por tan irrespetuosa provocación.
¿La soportará?, se preguntó mientras los ojos escuetos

del sacerdote, chispeantes a través de los cristales engastados en aros metálicos, deglutían en un silencio escudriñador la imagen del seminarista. Su rostro se componía de cierta original fealdad. Una mirada traslúcida, destellante, como la de un gato, sobre un mentón prognático.

-Dejemos que la Iglesia sea capaz de renovarse; mientras, nosotros aprendemos a interpretar los signos de los tiempos.

Enseguida, el timbre; breve, inapelable.

EL PADRE, de pie, sobre la tarima, los observó a cada uno mientras entraban. La raya de una sonrisa delineada a medias, definía, por lo común, una cordialidad apenas sin cambios, como el asceta que, más que el cuerpo, había reducido la influencia de los humores. Detrás sobre la pizarra, con letra finísima, el título de la lección: ¿Ética contra moral cristiana? En ese turno, abundó sobre el valor semántico y conceptual de cada término en un resumen brevísimo: el deber ser de la moral y el por qué debe ser de la ética. Y partió de la relación de la ética civil, laica, con la filosófica, que parte también como la teológica de la falibilidad de nuestra especie. Es, como sabemos, una secuela de las tantas que dejó el pecado original. Y el pecado original no descubrió nada oculto en nuestros atributos sexuales y sentimentales. Más bien el pecado colmó nuestra cuerpo y nuestras facultades para la maldad. ¿Acaso cuando pensamos, por ejemplo, en una mujer, cuando la miramos, no nos sentimos atraídos? Es una reacción involuntaria; nuestra naturaleza ha sido tocada con los dedos de Dios, y, por lo tanto, ¿podrá surgir de los deseos de Dios lo pecaminoso? El padre se introducía anticipadamente en la casuística, propia del currículo teológico. Los estudiantes de filosofía se miraban sorprendidos. Nunca ningún profesor había utilizado palabras tan explícitas, sin encubrirlas en un papel rosado de pudor. Pues bien, ¿es pecado sentirlo, es pecado incluso admirar la belleza de la mujer, si penetra por los ojos y nos remueve sin que lo queramos o pretendamos retenerlo? Después de mirar al grupo, y apreciarlo interesado en el enfoque caminó de un extremo a otro del estrado. No podremos aceptar que la mujer sea obra de Satanás. Eso es propio de frailes neuróticos, de distorsiones de la recta conciencia, de doctrinas implacables como el jansenismo con su horror a la carne, que para mí es un apego al placer carnal *a contrario sensu*. Ustedes lo saben: el pecado está en seguir, asintiendo, la reacción del instinto cuando la ética religiosa nos lo veda.

De pronto, el profesor acudió a la literatura. En particular mencionó un poema de Gonzalo de Berceo para decir que los poetas, incluso los creyentes comunes, tienen una percepción más práctica, atienden más a la *doxa* que a la *epísteme*. Si siguiéramos su propuesta, el comulgatorio estuviera vacío. Berceo, sacerdote también, versifica: "Los omes del buen sesso ovieron a asmar/ que grant peligro era cutiano comulgar / ca non puede el ome siempre limpio estar/ ovieron otra guisa la cosa a temprar".

Preguntó si habría alguna dificultad en comprender ese castellano viejo. Al menos están muy claro los versos que nos interesa analizar. El padre leyó en voz alta. Y comentó que en el siglo XIII la comunión diaria, El "cutiano comulgar" no era frecuente, ni bien visto en esa época y las siguientes. Y la razón dicta el argumento: "ca non puede el ome siempre limpio estar". ¿Es verdad? No. Nunca estaremos limpio, limpio sólo Dios, pero estamos asistidos por su misericordia, como sabemos, y cuanto más comulguemos tal vez más limpios seamos por la operación de la Gracia, sin que por ello nos convirtamos en cristales transparentes.

Emigdio, que ya se distinguía por el estilo de sus composiciones, preguntó por la palabra *cutiano*; nunca la había visto ni oído. Aracil no respondió y le reprochó saber latín sin saber aplicarlo desde una perspectiva etimológica.

-Primeramente recurre a tus referencias culturales y explica cuál es el sentido que se sobrepone al significado en el sintagma el "cutiano comulgar

-Parece que se relaciona con diario...

-¿Y con qué otro sinónimo?

-Tal vez cotidiano.

-En efecto, *cutiano* proviene de... A ver, Rivas, responde.

-De *quotidianus*.

-Tú, Orestes: esa palabra latina está compuesta, por cuáles otras.

Orestes titubeo, y luego acertó.

-Creo que de quotus y *dies*. Como sabemos, juntas quieren decir *cada día*.

El profesor se asió a esa traducción, y ascendió un escalón en su discurso. Y c*ada día*, dijo, debemos de preguntarnos cuál es el origen de los problemas del mundo, ayer, hoy, y quizás mañana. ¿Acaso, como dice Carlyle, nuestras confusiones y perplejidades provienen de haber olvidado excesivamente a Dios? Calló unos segundos mientras observaba a cada uno de aquella decena de alumnos.

-No lo creo-dijo.

Quizás como había calculado, apreció sorpresa. Algunos supusieron que el profesor negaba aquello en que creía. ¿No es el pecado olvido de Dios y de sus leyes? Ninguno, sin embargo, habló. Y Aracil completó su proposición repitiendo que no, no hemos olvidado a Dios. Lo hemos sustituido por intereses. Los intereses nos separan, y los intereses que expolian a unos para enriquecer a otros, que son los menos, también expolian a Dios. A partir de ese escolio, la lección comenzó a atraer más atención, porque estamos hoy como a mitad del siglo XIX. Los pensadores entonces se inquietaban. Buscaban la esencia del cristianismo mediante el juicio de la praxis social. Pero, ¿ha sido así siempre? En Cuba, Fray Bartolomé de las Casas condenó el cristianismo de los conquistadores; un cristianismo que no veía a Cristo en cada uno de los aborígenes encomendados, ni después en el negro esclavizado. Intereses. Solo intereses puramente materiales en un choque explosivo entre la ética como disciplina filosófica y la moral del cristianismo. Ahora bien, dijo bajando el tono, ¿cuál es nuestro Cristo, nuestra imagen y definición de Cristo: el reformador social de Renan; el socialista utópico de Constant, o el Cristo reformado de alemanes como Hauptmann?

Orestes levantó la mano, y tras la anuencia preguntó escondiendo su afirmación: ¿No será el Cristo de Fidel Castro y el Che Guevara?

El padre paseó entre sus alumnos de un extremo a otro del aula. Caminaba despacio, con las manos trenzadas en la espalda. Y como hablando consigo mismo, preguntó qué buscamos: ¿ser plenamente individuos siendo héroes de tragedia? No olvidemos que el héroe podría convertirse en antihéroe, en caricatura frustrada de lo trágico, en cómico ademán. Hoy parece, en efecto, que las campanas tañen por el cambio. Y estoy seguro que alguno entre nosotros vacila con respecto a sus días, duda de que haya elegido la vocación exacta, esa que los ha traído aquí o los ha llevado a otras casas de consagración religiosa. Puede ser que le hayamos dado una respuesta orgánica al llamado, o tal vez fue un absurdo condicionado por una situación de desamparo. Por tanto, ante la duda, ante la crisis colectiva, busquemos a nuestro Cristo, el Hijo de Dios en carne humana. Esto es, leamos a los Evangelios como una doctrina realista, incluso revolucionaria. Ergo, una doctrina que no trata de consolarnos de las desdichas, sino que se propone transformar el mundo. ¿Cerraremos nuestros parpados ante la visión salvífica de Dios, o es que hemos hallado, con la revolución, otro método para alcanzarla: empezar a construir el reino de Dios a partir de esta vida? Oh, confusión de confusiones, y sólo confusión, exclamó entre aspavientos con las manos cuando regresaba a la cátedra coincidiendo con el timbre del fin de la clase.

CUANDO CONCERTARON la cita en un hotel y estuvo desnudo ante ella, aquella fuerza permaneció fláccida, indiferente. Eso suele suceder, amor. A mí no me pasa; no tengo que demostrarte nada; puedo no sentir y fingirlo; tú tienes que echarte hacia adelante, y establecer la posibilidad, el hecho. Es el mandato del macho en un orden que le asigna la fuerza, la agresividad, y eso somos aquí tú y yo: macho y hembra. Tendrás que acostumbrarte a ser paciente. Y sigilosa, coruscantemente, su boca se arrodilló, y la lengua empezó a orbitar, y poco a poco aquel polo amordazado fue desarrugando la cerviz, incorporándose al fluir del imán, mientras las manos de ella servían de rosca sobre la envoltura tubular que bajaba hasta la raíz y subía trayendo el premio infalible del desvanecimiento. Luego, acostados en la posición de la inocencia —él sobre ella que lo acogía en la prisa del desboque- nada pudo amortiguar el envión cuando la penetró con el esplendor flamígero de las espadas arcangélicas que, en vez de custodiar, violaban el paraíso. Ella, ducha, pidió que desanclara la unión, y le susurró que había que extender el suplicio, porque aunque ella podría sufrirlo tres o cuatro veces, necesitaba que él pudiera embridar la prisa para la plenitud de ambos, porque ella sabía que el macho, tras la flaccidez, recibía la melancolía, incluso el arrepentimiento.

Mi Arca de Noé

Emigdio no había querido caer de manera tan pecaminosa, pero la conversación de sus compañeros de trabajo, que evocaban crónicas eróticas colmadas de suficiencias y predominio, la excitación que provenía de la televisión y el cine, de las propias mujeres que lo abanicaban con el balanceo de sus formas ultrajantes, fueron tentándolo hasta cuando permitió que ella le pusiera la cabeza sobre su hombro mientras le entregaba la ropa limpia. Creyéndose obligado a expresar su gratitud, o urgido por la ternura sorprendida y consecuentemente dislocada, la tomó la mano cuyo contacto detonó nuevamente un surtidor de luces en su cerebro ávido de percepciones femeninas. Ella lo miró, y empequeñeciendo los ojos, como saturados de una pesadumbre llegada a un punto sin retorno, le dijo bésame, bésame, como el dejo insoslayable de una súplica. Su primera historia de amor había comenzado. También nuevas angustias que le transmitían los rigores de su fe y la moral que la acompañaba. Inútil fue que comparara su amor con el *Cantar de los Cantares*, la exaltación bíblica de la relación erótica, ni que apelara a sus sentimientos limpios hacia aquella mujer que, en el fondo, solicitaba amor. Ante su pecado, todo lo demás: su capacidad solidaria, su abnegación, su ofrenda a los pobres, parecían poquedades de la ética. Nada lo tranquilizaba. Ni nada tampoco le impedía volver con aquella mujer. La epístola de San Pablo a los romanos abría ahora toda su claridad: por qué, señor hago lo que no quiero y dejo de hacer aquello que quiero. Si Aracil estuviera aquí, se lamentó. Porque el confesor que eligió en el templo de La Merced para intentar la solución de aquella apasionada mezcla de pecado y virtud, le exigió la ruptura inmediata. Pecado es pecado. Penitencia, penitencia. Y el sacramento exige restitución. En tu caso, hijo, restitución de la moral católica en tu vida. Por lo tanto, ante la inhábil certeza de que con un tajo de su voluntad separara aquellos vínculos escandalosos, el padre le negó la absolución, porque no quiso oír la catarsis de un alma que, apta para despojarse de límites y lágrimas negándose a obedecer cánones deducidos por la rigidez del espíritu, optaba por los clavos y la cruz, esto es, la lucha contra sí misma, pero racional, humanamente. El cura lo expulsó del confesionario. Y le auguró un destino que oscilaba en una disyuntiva aterradora: el manicomio o la cárcel.

Enrumbó por la calle de Merced hacia la de Monserrate. Andaba tan ensimismado que apenas se percató del tráfico bullicioso de los pregoneros que ponían en el aire sus quejumbres de precaria subsistencia, dotadas de un ingenio que intentaba conmover: "Marchanteee, mandarina de comer/ como caramelo de miel, / hermosa, jugosa y deliciosa, / la princesa, la almibarada, / la de plato grande/ manteniendo mucho jugo/ que es lo más importanteee". Ajeno también al tránsito paralizado por aquel camión que, subido sobre la acera, descargaba con parsimonia rollos de tela en un almacén, al tiempo que sobre los claxons apremiantes una voz oculta disparaba el insulto de ocasión, ¡hijodeputa!, que obligó al conductor arrellanado en la cabina, a ventear con la cabeza afuera el origen de la ofensa. Se detuvo en la intersección con Monserrate; miró a la izquierda y la terminal de trenes resaltó en el medio con sus torres calcadas de modelos norteamericanos. De lado opuesto, emergiendo como un globo, la cúpula del capitolio, obra estéril que, aunque copia de un similar romano, se había edificado para emular con el de Washington. Luego dobló a la derecha; andaba por la acera de la izquierda, yendo hacia el mar. Miró hacia unos estanquillos y vio pequeños y amarillentos libros pornográficos con el sello de La Cortina Roja. Apartó la vista, y tropezó de improviso con una mujer. Prensaba con los dedos de la derecha una cajetilla de cigarros mentolados y un monedero rojo; vestía una saya muy estrecha, una blusa descotada hasta los hombros, y calzaba sandalias. Encimándosele propuso: -Oye, pollo, dos platos por un peso.

Tres cuadra más arriba a la izquierda, enderezando la ruta a lo largo de la calle de Monte llegó ante las vidrieras del Ten Cent. Aún, después de la nacionalización, le restaba la mitad de su mercancía de antiguo palacio del consumo trivial. Reparó en una minúscula caja fuerte, una alcancía infantil, y al observarla detenidamente se sorprendió al confirmarse, en los cristales, vestido de miliciano. Carajo, el cura debió haber pensado que yo era un provocador.

Aunque un tanto espontáneo e insensible, el trayecto conducía a un sitio prefijado. Se había acordado de Monasterio. Los acontecimientos los había distanciado y, por ello, tenía que hallarlo nuevamente en una búsqueda intuitiva sobre los datos conocidos, porque podría, incluso, haber emigrado poseso de la histeria que se extendía tanto a los necesitados de marcharse como a los que no habían reparado en esa posibilidad antes de las circunstancias impuestas por la revolución. O pudiera estar preso después de la invasión y las detenciones que previamente efectuaron el G2 y las milicias para neutralizar cualquier empeño interno de apoyar a la brigada 2506, alertados nadie sabe por qué confidencias u operación de inteligencia. Llegó a la esquina de Monte y Belascoaín, en el sitio nombrado Cuatro Caminos, donde a esa hora de la mañana ya se concertaban trovadores de música campesina que, vestidos de camisas urbanas, reñían sus controversias de acuerdo con el pie forzado de los transeúntes, demorados un momento en los portales del restaurante Los Parados, o de Las cuatro vías, o de La segunda estrella oriental. Subió a la ruta 20, cuyos ómnibus verdes de la *General Motors*, como los de cualquier otra línea, empezaban a viajar con frecuencia más dilatada a causa de roturas que acentuaba la escasez de piezas. Se bajó en Aldecoa. Ya le fue más simple por la experiencia anterior descubrir la puerta del escueto apartamento de los padres de su amigo. No estaba. Y a veces sus visitas se espaciaban demasiado: residía en la casa de una hermana, pero trabajaba de administrador en un almacén de pienso en la calle de San Joaquín, próximo a la Escuela Normal.

Allí lo halló esa tarde. Esperó a que Monasterio autorizara la salida de un camión repleto de sacos en cuyo exterior se apreciaba el polvo fino exfiltrado a través de los poros del tejido. Tras el abrazo y el cálculo del tiempo durante el cual no se habían visto, se sentaron a la puerta del establecimiento. Monasterio, al verlo en traje de miliciano, le preguntó qué hacía vestido de tal manera cuando ya todos iban dejando de utilizar ese uniforme, del cual se habían burlado ciertos grupúsculos descontentadizos o de oposición al decir que los soldados populares marchaban al son del *un, dos, tres cuatro, comiendo mierda y rompiendo zapatos*. No respondió, protegiéndose en el silencio habitual cuando no pretendía secundar la propuesta o el desafío. Y Monasterio sonrió con aquella mueca cerrada que a veces quería decir que comprendía; luego, atropelladamente, le refirió una noticia que no podía esperar más dilación, porque, aunque no le alegrara, le interesaría saber, para cualquier efecto posterior, que su enemigo, aquel que le había cerrado la única salida religiosa, Siberia, había sido expulsado en el vapor Covadonga hacía unas semanas. Y a Masique, por si te importa, lo fusilaron: quemó una tienda en cuyo incendio murió una empleada.

Emigdio murmuró un *requiescat in pace*, y prefirió aplazar las preguntas sobre la vida, las ideas, las aspiraciones de Monasterio, y le esbozó el problema que impedía concentrarse en sus faenas, incluso en su práctica religiosa. Debo alegrarme; piensas en mí cuando el diablo te hinca. Sí, hermano; lo reconozco, pero hablemos de ti después. De mí no hay mucho que decir; mi intelecto, lo sabes, no se apesadumbra tanto: miro, valoro, y actúo. Como César. Ah, sí, aún recuerdo la frase del latín, que tanto se me resistía: *veni, vidi, vici*; ¿no? Sí; pero yo he llegado, he visto y parece que soy el vencido - apuntó Emigdio cabizbajo. ¿Qué hago, Monasterio? Meterte en mi apellido... bueno, es un decir; apartarte, alejarte de esa mujer. ¿A dónde te conducirá: al matrimonio? ¿Estás convencido que deseas casarte? ¿Es ella la Mujer, con mayúscula?

Emigdio no podía responder con certeza. Jamás había reflexionado durante su pasión sobre las disyuntivas que decidirían el lado del cual caerían sus propósitos personales sobre lo que la tradición llamaba la formalización, el definitivo enseriamiento de la vida sexual con fines familiares. Gustas del presente, lo vives como en un éxtasis, y lo crees inacabable. Tanto necesitas de esa mujer, que supones que el tiempo se ha detenido, las obligaciones abolidas, y el espíritu reforzado, porque no es el cuerpo el único que goza cuando uno se reconoce dominador, dispensador de goces; también el espíritu, que necesita de la identificación carnal, del embrujo de una ficción. Entonces aparece el suave invento del amor, la fórmula que intenta tapiar todas las rendijas, que pretende arrogarse el centro, el eje de tu existencia, y uno, Emigdio, no puede permitir que el sexo lo entrampe, como el alcohol al borracho; el amor, digamos, el sexo, no puede influir en uno más que los acontecimientos o los ideales. Monasterio apreció que su ex condiscípulo, cuya inteligencia era exaltada en el seminario, lo escuchaba mirándolo a los ojos. Cierto orgullo le embarrancó la voz que liberó con un carraspeo un tanto estruendoso. Yo me he protegido; no afirmo que he vivido en la abstinencia, pero he ido donde las prostitutas; nada te exigen, salvo el dinero; no necesitas amarlas, vas a desahogar como un animal tus fluidos en la alcantarilla, y ella finge un suspiro que tú sabes repetirá más tarde con un nuevo cliente. Pero eso es egoísmo, cinismo- dijo Emigdio. Es sentido práctico, y lo tuyo tontería, porque la amas y sabes que no puedes; intuyes incluso que tu paraíso termina allí donde nació su hijo y donde radica el esposo que le ofrece la seguridad que tú no le darás... Un ómnibus al bajar por la estrecha calle de San Joaquín, los interrumpió echando ruido, humo y aire. Además, aunque tu generosidad, tu fuego cristiano, cancele el prejuicio, temes en el fondo que la misma infidelidad con que ella ofende a su marido, pueda emplearla contra ti. Oh, no. Sí, no seas iluso; proponle vivir juntos, desatar sus nudos; y podrás, si fuese negativa, usar su reacción como pretexto de la ruptura. Pobre mujer, murmuró Emigdio. Pero si te dice que sí, el pobre serás tú, porque te pondrás, incluso, contra ti mismo, contra tu fe, porque no bastará que sea buena, o hermosa; será preciso que desde el primer instante hasta lo más remoto del futuro, te vuelvas loco por ella...

MI ARCA DE NOÉ

EL VIEJO MAESTRO

AHORA, CUANDO LA FECHA DETERMINA que han pasado más de cuatro décadas de mi encuentro con José María Chacón y Calvo, los recuerdos se insubordinan, se plantan con sus carteles y me exigen evocar al Maestro y repasar sus enseñanzas. Por asociaciones generosas, llegué a su puerta. Ascensión, Chon, Tejera –de quien hablaré más adelante–, hija de Diego Vicente, el poeta de "La hamaca", me recomendó a José María a finales de 1967. Y a partir de ese momento, cada sábado al anochecer, yo arrimaba mi sillón a su sillón, le preguntaba sobre un hecho, un libro, o un personaje. Él me hablaba de sus estudios sobre José María Heredia; de sus investigaciones sobre los romances en Cuba; de *Hermanito menor*, poesía lírica en prosa, comunión sensual y mística a la vez con la naturaleza; de *Ensayos sentimentales*, tierna, grácil evocación de amigos y maestros; de *Las cien mejores poesías cubanas*, antología que a sus veinte años espigó como homenaje a uno de sus mentores literarios: Marcelino Menéndez y Pelayo. O yo le mostraba uno de mis textos ingenuos. Y si hoy no escribo como él intentó enseñarme, la causa se enrosca en mi insuficiencia, escasez de talento que por lo común casi nadie reconoce en sí mismo.

Me acuerdo en particular de una de sus críticas cuando leyó uno de mis primeros poemas. Conservo todavía la carta donde encapsuló su parecer. Vale como un principio estilístico: La originalidad nunca puede derivar en "fealdad agresiva". En mi pretendido poema, había escrito como trazándome un programa poético: "(...) que las rosas del estilo fluyan como vómitos biliosos". En otro momento me recomendó: "Sé más personal". Era el antídoto al objetivismo que cadaverizaba aquel artículo que le mostré sobre Zenobia Camprubí, la esposa de Juan Ramón Jiménez. Semanas más tarde acerté. Le llevé un breve, rápido ejercicio ensayístico, una semblanza vibrante de emotividad, a mi juicio, sobre el escritor a quien había entonces adjuntado a mis lecturas: León Bloy. En una de sus primeras cartas dirigidas al central Amancio Rodríguez, antes Francisco, mi nuevo centro de trabajo, Chacón me comunicaba que había enviado mi "bella página" sobre el autor de *El Desesperado* a don Alfonso Junco, director de Ábside, revista de cultura mexicana que este otro escritor inscrito en las "tablas alfonsíes" de México, mantenía con su peculio. Dos o tres meses después me golpeó el susto de leerlo. Mi padre y mis hermanos me reenviaron el sobre al ingenio, entonces inserto en la provincia de Camagüey, y hoy en Las Tunas.

Transcurrían los meses finales de 1968. Aún conservo el ejemplar y la carta que lo acompañaba, firmada por don Alfonso, y que el autor de *La jota de México y otras danzas*, también calificaba mi ensayo periodístico de "bella página". Junco era el creador de esa entrada periodística que aún azuza mi envidia, desafía la rutina y establece nueva norma a la imaginación, con que empezó en el *Universal* su crónica sobre el deceso del suculento escritor de *Ortodoxia* y de *Herejías*: "Chésterton acaba de darme el único disgusto que me ha dado en su vida: se ha muerto".

La de obra del doctor Chacón y Calvo era la pizarra donde se me ilustraba la enseñanza recibida en aquellas visitas. José María —así lo llamaba, porque me había abierto la cancela de su confianza— era personal, esto es, emotivo, aun escribiendo una nota acerca de un poeta del siglo XIX o analizando la estructura de un romance hallado bajo el sombrero de un aldeano o un campesino. Era lírico. Un lírico que nunca escribió un poema, porque, según le oí, carecía de oído musical. En cambio, dotó a su estilo de una delicada emotividad que convertía en entrañables las conclusiones de sus estudios o apreciaciones críticas. El *Diario* en la muerte de su madre – cuaderno íntimo, doméstico– resulta también una pieza ejemplar: forjada dolor a dolor, vaciada despaciosamente en la humedad de quien sufre con el tacto del poeta: sofrenando el grito para no estropear con la estridencia la autenticidad de la pena que se queja.

En ello me parece haberle seguido la señal. He pretendido con exceso ser personal, tanto que algunos de mis colegas, me acusan de "onanista abstracto". Pero permanezco como empotrado en un montículo de perseverancia y fidelidad a lo aprendido. Como aseguraba Bola de Nieve[6] de la suya, yo escribo con voz de persona.

Las cartas de José María expresan incluso su vocación lírica. Conservo cuatro, respuestas a las mías. En todas, a pesar de la llaneza que propiciaba la amistad, reconozco su voz sensible. El 9 de agosto de 1968 me escribió: "Tus cartas me hacen mucho bien. Mas en estos momentos en que te escribo, en que estoy bajo el peso de un dolor profundo. Acaba de morir en España un entrañable amigo mío, amigo de más de cuarenta años, unido a mis mejores días en ese país de maravilla y ensueño. Se trata de Antonio Oliver Belmás, Director del Seminario–Archivo Rubén Darío y primer titular de la Cátedra que lleva el nombre del gran poeta, en la facultad de filosofía y letras de la Universidad de Madrid. Tenía 65 años. Deja la que considero la mejor biografía de Rubén: *Este otro Rubén Darío*, de la que se prepara una nueva

---

[6] Ignacio Villa, cantante, compositor, pianista cubano (Guanabacoa, La Habana, 1911 – Ciudad de México 1971).

edición".

La última la recibí el 12 de diciembre de 1968. Un mes más tarde, un traslado laboral hacia la ciudad de Matanzas, me facilitó, por su vecindad con la capital, visitarlo de nuevo cada sábado. En aquella carta final comentaba la muerte reciente de su amigo Ramón Menéndez Pidal. "Cada vez vive más hondo en lo íntimo de mí el maestro que acaba de perder España (...) Como homenaje a su memoria releo uno de sus grandes libros: *La España del Cid*. Y esta gran tarea de reconstrucción de una época y de su héroe me depara muchas lecciones; una de ellas es la humildad. Con ánimo humilde se acerca el maestro al lugar donde nació el Campeador. No se encuentra Vivar en la guías de viajeros. Y don Ramón levanta al pueblito, a la pobre aldea, ante nuestros ojos. Y así penetramos en el lugar del Cid...".

La humildad caracterizó también a Chacón y Calvo. Lo fui conociendo completamente despegado de su título nobiliario de Conde de Casa Bayona, heredado de sus parientes, señores de Santa María del Rosario, villa habanera donde nació y cuya quietud y paz coloniales le condicionaron acaso la serena visión con que se aproximaba a los seres humanos y a las cosas. Y humildad era recibir, de día o de noche, a un muchacho deseoso de aprender –sin más mérito que ese: desear aprender a escribir y juzgar–, y atenderlo como si el ignorante interlocutor fuera la persona más relevante del planeta. Le oí confesiones que nunca he visto en papel, salvo cuando las cité en *Bohemia*, en 1992 durante el centenario de Chacón. El 10 de marzo de 1952, el general Batista lo llamó por teléfono para que ocupara la dirección de Cultura en su gobierno anticonstitucional. Chacón se negó. Había sostenido en sus funciones públicas una teoría peligrosa: la apoliticidad de la cultura. Pero no era tan ingenuo para mezclarse con la política de un jerarca de bota y fusta que reingresaba al ejercicio de la dictadura mediante un golpe de Estado. Apoliticidad o neutralidad de la cultura significaba para Chacón y Calvo la exclusividad de la persona humana cuando entraban solicitando ayuda en su despacho de funcionario oficial o diplomático: no le importaba que fuese comunista o conservador, creyente o ateo. En el diario íntimo de sus años de empleado consular en Madrid, habla de las personas, de uno u otro bando, que ayudó a preservarles la vida durante la república española, enconada y agraviada en los días previos a la guerra civil. La cultura y la persona humana carecían, para él, de filiación ideológica ante la solidaridad. Y pude comprobarlo cuando, en una de mis visitas, me leyó una carta de Nicolás Guillén concediéndole un favor previamente pedido. El poeta, presidente entonces de la Unión de Escritores y Artistas de Cuba, argumentaba que lo servía porque nunca podría olvidar el apoyo que el ya renombrado crítico le había dado a *Motivos de son,* libro capital en la gloria poética del Guillén cubano. En esos años, el presidente de la república, Osvaldo Dorticós, también accedió a una solicitud del viejo humanista. Aducía la misma razón: cuando nadie quería emplear al abogado cienfueguero por sus ideas políticas, Chacón y Calvo, director de Cultura, le dio trabajo.

En aquellas conversaciones de sábado me habló de algunos de sus grandes amigos: Alfonso Reyes, Azorín, Juan Ramón Jiménez, Agustín Acosta, Pablo de la Torriente, Manuel García Morente, García Lorca, el propio Alfonso Junco. A Pablo de la Torriente le gestionó con una editorial de Barcelona publicar *Presidio Modelo.* Los editores aceptaron con una condición: que el autor tachara las palabras obscenas o soeces propias de la jerga carcelaria. Pablo no aceptó, y el hoy clásico testimonio, expresión anticipadora del periodismo literario y de la literatura testimonial, permaneció inédito hasta el triunfo de la revolución cubana.

De Madrid lo invitaban. Y para mantener su archivo de Madrid, en la casa de la calle General Pardiñas, acordó con Gregorio Marañón, hijo, que la Institución Hispano Cubana de Cultura pagara el alquiler y el mantenimiento, y que a la muerte del polígrafo cubano los fondos documentales y bibliográficos pasaran a esa entidad.

José María nunca ser marchó de Cuba. Tampoco de mi corazón.

MI ARCA DE NOÉ

LA VIOLENCIA DEL AMOR

NUNCA ME HE ARREPENTIDO DE haber publicado fuera de Cuba aquel primer texto apto para ser leído por ojos ajenos. Si no en Cuba, ningún otro lugar mejor que en México, patria doble de tantos cubanos, como tampoco me lacera que mi primer libro de prosa narrativa *–El Cabo de las mil visiones–* haya aparecido en portugués antes que en español, con el signo de Casa Amarela y por la generosidad del brasileño Sergio de Souza.

Hace poco me advirtieron que el reloj de mi edad ya apuntaba la hora en que debía matar a mi maestro impreso. Pero, si León Bloy estuvo en el principio, habrá de estar en el final. Este fue mi texto primero, en *Abside:*

"El triste penitente jura de rodillas ante el sacerdote enmudecido por la perplejidad, execrar sobre los vasos sagrados donde la sociedad oficia su culto a la avaricia y la sinrazón ¿Quién es este desesperado imprecador que armado de su total abandono se arroja a las calles de Sodoma para defender los derechos de Dios? León Bloy. A fuer de ser originales no nos ahorraremos el título que universalmente se le ha dado: Vociferador de lo Absoluto. Quizás un fanático con la evangélica misión de ejercer de carillón a las trompetas celestiales.

"Nace a mediados del siglo decimonono, en los años en que un fehaciente positivismo ocupa a muchos espíritus de Francia, no tanto el propugnado por Comte o Spencer cuanto un positivismo mercantil de dividendos y acomodo. Surge a la vida, que será hasta su postrer alarde de vitalidad combate ininterrumpido, con un prisma doloroso, estoico, ante los ojos. La Gracia formaba desde los primeros vagidos al profeta, y ella en su sabiduría no permitiría que el elegido conociese el sosiego de los simples cuando poseen un salario de por vida.

"Es intensamente aleccionar ahondar en la existencia de León Bloy. Resulta asombroso seguir los pasos del joven inadaptado rebuscando su espacio en el mundo, atenazado por las lecciones de buena economía del padre mesurado y materialista. Era un genio; nadie lo sabía y creo que él no se percataba cabalmente de su condición. El exceso de fuerza que lo desequilibraba y las pasiones avasalladoras que lo desesperaban y hacían inútil para lo común, las vertía en sus entusiasmos literarios y las encauzaba por el odio a Cristo.

"Parece paradójico este León Bloy con el descrito en las primeras frases del artículo, y en sus últimas raíces lo es. En la superficie un sicoanalista –como también ciertos exegetas– vería la rebelión de la adolescencia, el derrumbamiento de los valores morales que la sangre en su correr joven y ebullente se encarga de golpear. Pero en las entrañas de estos sentimientos se hallan Dios y su voluntad rectora; es paradoja que tendrá sus consecuencias felices o, más certeramente, inmejorables, como que están fabricadas por la Divina Contradicción. Por el odio a Cristo llega a Cristo. Y una vez abrazado al Nazareno de palabra de oro, vive y es capaz de morir por su amor.

"Encajarían en la boca de León Bloy las palabras del poeta bíblico: "El celo de tu casa me devoró y los oprobios de los que te ultrajan cayeron sobre mí." No es el primero que llega a ser devorado por el celo de Dios por esta vía. Su mutación espiritual nos recuerda la de San Agustín, para citar nada más un ejemplo que integra la constelación de convertidos por el odio. He ahí la paradoja: Bloy convertido, por el odio a Cristo, en un apasionado amador de Cristo.

"Después de la catarsis casi fanática, el literato cobra vida ubérrima. Su pluma puede rasgar el papel impelida por el Amor. No necesitará otra cosa en el resto de sus días. Nunca hubiese escrito por el afán abominable de dinero. Si el amor no hubiese trastrocado sus rumbos él habría inventado por quién y por qué vivir y escribir. El hombre y el escritor formaban una unidad orgánica y moral; llevaba en su alma el estigma de la generosidad y sus pies pisaban hondo, muy hondo. No importan sus injusticias que le impiden ser un santo.

"Ahora que conozco al panfletario con honor que combate denodadamente contra las suciedades de la sociedad, que desfigura la hipocresía que desfigura los rostros maliciosos de los hombres, se me ocurre detectar homología, salvando el tiempo y la distancia, con otro escritor también francés, también poseído del mismo horror. Sin dudas, entre el autor de El Rojo y el Negro y Bloy hay puntos de tangencia, pero ambos lucharon con armas distintas. Si Sthendal se hubiese llenado con la pureza que inflamó al Desesperado, la cabeza de Julián Sorel hubiera venido abajo por causa más digna.

"León Bloy, el león de manso corazón, fue despreciado. Tanto los idólatras de Baco como los cristianos arrebatados por el infierno que llevamos dentro, sentían el estallido colérico del flagelo sobre sus espaldas y lo rechazaban enérgicamente. Destino de profeta en su tierra como en la ajena: ser incomprendido, ser apaleado. Era su destino; estaba comprometido con el Amor y seguiría vociferando hasta que su garganta hinchada no pudiese más; y aun así no callaría, pues continúa imprecando con el estruendo del rayo...".

Leyendo el *Diario* de Alejo Carpentier, supe que el autor de *El siglo de las luces* le recriminaba al panfletista de *El desesperado* su inflexibilidad y tozudez. Pero no mataré a mi maestro literario. Seguiré respetándolo, aunque León Bloy haya repudiado al suyo –Barbey

D´Aurevilly. Alzaré su nicho como si con el tiempo gana-
ra un puesto cada vez más selecto en el escalafón de la
gloria, aun cuando yo llegue a aceptar, contra toda lucidez, escribir mejor que mi maestro. Cuantos me instan a
incinerar sus páginas, alegan: demasiado antiguo y
desmesuradamente personal, y por ello ya parece crípti-
co. Me lo advierten porque una tarde reciente de verano
confesé deberle a mi maestro, a mi autor predilecto, el
libro que soñé dedicarle a mis 22 años.

León Bloy o la violencia del amor. Así pensé titularlo.
Y quién es. Qué ecos levanta. Qué propone al hombre de
la postmodernidad. Quienes lo han leído, les resulta fa-
tigoso explicar con acierto por qué fue incapaz de alimentar a sus hijos pequeños, dos de los cuales fallecie-
ron de hambre. Qué razón lo apoyará por no haber cumplido el primer deber de un padre. Ante las objeciones,
algunos amigos repiten, insisten, intentan doblegarme,
y luego recomiendan: mátalo. O –de nuevo el recurrente
mandato– tuércele el cuello, como al cisne de los modernistas.

No lo mataré. Habría que dilucidar antes cuáles son
las aspiraciones del hombre configurado por la tan enca-
recida postmodernidad. Y qué ofrecen los escritores de
esa corriente más fantasiosa que real, más especulativa
que concreta, retrógrada por la vía del extremo opuesto:
navegar en círculos, que es una vuelta a lo primitivo
mediante la estilización del gusto y el vestido. Con lo
cual la estampa del hombre en la vidriosa red del cibe-
respacio, resulta la de un solitario cazador de desnude-
ces, en cuya oreja derecha cuelga un teléfono celular con
la geometría imperfecta de un signo de interrogación.
Moderno o postmoderno, el hombre sufre habitualmente
las mismas necesidades de afecto, amparo, justificación
ética. Y como en cualquier otra época sigue experimen-
tando la desazón de su destino irreversible: quedarse a

solas con la muerte.

Mi maestro, pues, no merece morir, porque todavía me está dictando a gritos que sin fe, sin causa, sin coraje para sacrificar lo más cercano y propio, uno deriva hacia el acomodo silencio de una campana desprovista de badajo. Bloy me seducía, y aún lo consigue, porque sufría; sufría por vivir en oposición a la moral vigente en la sociedad burguesa de Francia. En una página de su diario comentó la noticia de alguien que se había suicidado arrojándose desde una ventana. Y apostilló, cito de memoria: Si me hubiese arrojado al vacío cada vez que me sentí sin fuerzas, desencantado, miserable, las ventanas de París y sus arrabales no me hubiesen alcanzado. Ese era, pues, mi ideal de escritor: el golpeado, el desgastado por haber vivido y peleado.

Tal vez sea León Bloy el único varón al que le tolero las admoniciones en voz alta. Porque escribía en un grito. Más bien era un grito desbordante de fe, de la prístina fe de un cristianismo desafiante, retador de todo lo verosímil, lo palpable, lo racional con que justificamos una existencia sin espíritu, ni trascendencia, hedonísticamente encarnizada en un hacer sin responsabilidad. León Bloy nunca estuvo de moda, ni se atuvo a la moda. Ahora necesitamos que sea puesto como una moda reivindicadora de cuanto ha perdido la literatura en el último siglo. Que venga, con voz desmelenada, a ultrajar el realismo sucio, o las bagatelas místicas, o las exigencias de un mercado que no tolera los libros sin sexo crudo, sin sangre, sin la banalidad y la presunción como control del índice cualitativo de la escritura.

Tras haber vivido, he aprendido que las actitudes de un hombre, de un escritor también, no son solo válidas por su afinidad con la razón o la verdad; más bien lo son por la intensidad, por el grado de pasión que fluye en la acción o la escritura. León Bloy desafió a la ortodoxia religiosa, al menos la jerárquica; insultó las conveniencias sociales; obró contra la razón; pidió tal un mendigo, un Mendigo ingrato como se calificó. Pero se respetó a sí mismo irrespetando la hipocresía, el descoco, los aspavientos de una generosidad calculada para enmascarar la vergüenza. Puso en un altar de pobreza, a la honradez. Y solo conservó, además de los títulos que él mismo se atribuyó como Desesperado y Vociferador de lo Absoluto, el que le estampó Rubén Darío en un libro cuya intención era ser justo al concederle la originalidad de *Los raros*. Extraño lo llamó Abelardo Castillo, también conquistado por ese escritor aborrecido y menospreciado a la vez que incomprendido, e incomprendido por temido.

La honradez empieza dentro del hombre. Como la libertad. Y como la violencia. Cuanto más honda la honradez más justificado, más puro, el furor y la libertad que lo elige y gobierna. Miguel de Unamuno, otro violento, confesó que Bloy le agradaba porque sabía indignarse. Pero saber indignarse asusta a las mediocridades, a los apegados a posiciones y créditos. Y el autor de *La mujer pobre* fue despreciado, rechazado, satanizado por quienes, en la sociedad francesa de entonces, se inclinaban ante el poder político, el dinero, la vanidad. La violencia les repugnaba, incluso la violencia del amor, que era la pasión que exaltaba a Bloy y convertía sus escritos en un látigo en cuya punta colgaba la provocadora sonoridad de un grito.

Fue un enfático. Su estilo se concretó como "en un estado de sitio permanente" al decir del español Ángel Zapata a propósito del énfasis en la escritura. Pero habrá que deslindar las esencias y las apariencias. Si el estilo de Bloy andaba de manera común por los superlativos techos de la expresión, no era la hipérbole rabelasiana, la pantagruélica selección de los estrambotes para coser la frase o el párrafo, lo que campeaba en sus páginas.

Más bien el desbordamiento de su propia naturaleza. El hombre Bloy espiraba a lo Absoluto. Y el escritor lo magnificaba como a través de un carillón cósmico. El término medio le estaba prohibido por aquel celo que lo devoraba, como al salmista. Aquel celo de la Casa de Dios. Aquel celo encabritado contra la impureza, empeñado en que la sociedad volviera a penetrar en el ancho y silencioso templo de la Edad Media, donde Dios regía, reconocido e indiscutido, como Señor de la Historia.

He leído a Bloy repetidamente desde aquellos mis tiempos juveniles cuando lo elegí como maestro, seducido por aquel estilo grueso, crudo, que aleteaba en su ira como si fuese un elefante sacudiendo sus orejas, y que en la debilidad del hambre física y en la desolación de la angustia moral, golpeaba con tanta contundencia que pocos se atrevían a acercársele para presenciar su agonía. Y de cuanto he leído —El Desesperado, La mujer pobre, Aquella que llora, Exégesis de los lugares comunes— me inclino a releer las páginas de su Diario y las cartas a su novia, Juana Molbech, hija de poeta, danesa protestante, a quien la pasión de Bloy atrajo al catolicismo heroico de un alucinado.

En esos libros queda su más abarcadora revelación: el hombre que escribía por la urgencia inaplazable de sacudir, barrer, expulsar, disgustar, vomitar frente a un espejo pulido por los dedos de mil señoritas incólumes, después de haber sido dilacerado por las uñas de mil malvados y asfixiado por el llanto de mil pérdidas y ausencias.

LUIS SEXTO

EL PEREGRINO AMERICANO

EL SITIO QUIZÁS CAREZCA DE importancia, porque lo principal resulta el encuentro con un autor o con una obra. Me acuerdo, sin embargo, que hallé aquel libro entre las fichas de la biblioteca Gener y Del Monte, en Matanzas. Porque buscándolo con vehemencia, no lo había encontrado en otros centros y porque algunos episodios descritos en aquel texto se relacionaban de cierta manera con el lugar donde lo leí en noches sucesivas. Hacia las ocho, después de haber terminado el trabajo en la delegación provincial del ministerio de la Industria Azucarera, y de haber comido en la pizzería de la calle del 2 de Mayo tras una cola de dos horas, pedí a Blanquita – ¿así se llamaba una de las bibliotecarias?– *La montaña de los siete círculos*, autobiografía del monje y escritor norteamericano Thomas Merton.

Decursaba mi edad por los aparentemente inacabables 24 años. El almanaque había digerido los primeros cuatro meses de 1969. Y mi vida giraba y tropezaba en la búsqueda de líderes espirituales, de índices confiables que dibujaran las señales para hallar el asiento definitivo del espíritu, que oscilaba entre la abnegación y el desbordamiento. Thomas Merton no me era desconocido. Ya había leído más de una vez su libro de apuntes e impresiones monásticas titulado *El signo de Jonás*, y *Conjeturas de un espectador culpable*, *Semillas de destrucción*, y más recientemente su "Canto bilingüe al Che Guevara", en una selección de poemas dedicados al guerrillero recién asesinado, publicada por el Instituto Cu-

102

bano del Libro, en 1969. Un poema, para mí, desconcertante: porque provenía de un autor a quien no le podrían faltar prejuicios para incomprender a "ese niño de la noche callada"[7].

Muchas de sus páginas, aun conmoviéndome, me resultaban insólitas: todavía no estaba completamente al tanto de la ética y la estética de Merton. Y pienso que otros lectores pudieron también desconcertarse ante una especificidad intelectual que, de acuerdo con la tradición, no podía arroparse bajo la cogulla de un monje dado a la soledad y el silencio. Después aprendí que nada era sorprendente en Merton, Hermano *Louis* en el monasterio cisterciense de Nuestra Señora de Getsemaní, en Louisville, Kentucky. Y alcancé una devota comprensión de ese místico contemporáneo especializado en la convivencia de los opuestos o lo disímil.

Quizás por su hábito de obrar a contrapelo de un canon rígido, iracundo, intolerante sorprendía a cuantos se suscribían al prejuicio en materia de opiniones. Su serena y ancha mirada lo condujo a estudiar el budismo Zen con el propósito ecuménico de acercar al Oriente y el Occidente en lo religioso. Y lo impulsó, con las velas de un nuevo signo de Jonás, a un hotel de Bangkok donde murió electrocutado en 1968 al encender un ventilador mientras esperaba entrevistarse con el Dalai Lama.

En 1948, Merton comenzó su obra literaria conmoviendo a los lectores con *La montaña de los siete círculos*, su autobiografía, escrita a raíz de su ingreso en el monasterio de Nuestra Señora de Getsemaní. Allí expe-

---

[7] LETTERS TO CHE: CANTO BILINGÜE: Te escribo cartas, Che, / En la sazón de lluvias / Envenenadas. / They came without faces / Found you with eyeless rays / The tin grasshoppers / With five–cornered magic/ Wanting to feed you / To the man–eating computer/ Te escribo cartas, Guerrero, / Vestido de hojas y lunas / But you won and became/ The rarest jungle tree / A lost leopard / Out of metal's way / Te escribo cartas / Hermano invisible / Gato de la noche lejana / Cat of far nights / Whisper of a Bolivian kettle/ Cry/ Of an Inca hill / Te escribo cartas, Niño / De la música callada.

rimentó que el ser humano a veces no puede escapar de aquello que lo mortifica o le reduce el sentido de la vida. La contradicción parece manifestarse como un sistema dentro de la recurrencia circular de los días, y en un recodo, sin haberlo supuesto, se reencuentra con el fardo que estimó dejar atrás. Quiso, pues, sumergirse en el silencio y el anonimato, y en cambio, luego de la explosión de su autobiografía, se convirtió en uno de los escritores católicos más solicitado por el estilo, la audacia del pensamiento y la visión tan cercana al hombre y sus problemas en el siglo XX. Fue, por ello, obligado a mantener un diálogo constante con incalculables lectores que, incluso, le escribían, y él a algunos debía responderles como en una dirección espiritual a distancia.

La letra fue su principal oración por este mundo cuyo indulto tendrá que concederlo Dios un día en que "esté enfermo", según César Vallejo. Y por tanto su tarea primordial en el monasterio, además de orar, leer libros sagrados o edificantes, ejercitar la liturgia, el canto gregoriano y el trabajo manual, educar novicios, consistió en escribir libros por mandato de su abad, a quien lo subordinaba el voto de obediencia.

Con su retiro desdoblado en militancia activa, Merton desacredita el tan extendido prejuicio que supone a los monjes contemplativos en la Trapa, la Cartuja o una abadía benedictina, prófugos del movimiento gregario de la civilización. El apartamiento es solo aparente. El monje no abjura de la sociedad; se repliega.

La montaña de los siete círculos me puso al tanto de la vida de Merton y de su conversión al catolicismo. Y me lo erigió en una especie de guía, ideal, meta. Cuántas veces tuve nostalgias del ambiente recóndito, neblinoso, pacífico de Getsemaní, y con cuánta insistencia pretendí escribir con la original precisión de Merton. En ese texto que lo inicia en la literatura y en un peculiar apostolado mediante libros, artículos periodísticos y cartas, cuenta sus contactos con Cuba antes de ingresar en el monasterio. En 1940, visitó a la "Isla luminosa". En Camagüey comenzó a leer bajo una palma real el texto español de la autobiografía de Santa Teresa. Recorrió templos de La Habana. Caminó en Matanzas por el parque de la Libertad; conversó con los paseantes aburridos –como me aburría yo años más tarde cuando mis deberes me trasladaron a orillas del San Juan y el Yumurí– en una ciudad excesivamente discreta, silente, plena de opacidades que se resuelven también como los encantos más disfrutables de Matanzas.

Merton llegó a Santiago de Cuba donde realizó el gesto más trascendental de ese viaje. Ante la imagen de Nuestra Señora de la Caridad, en el Cobre, se postró como un peregrino desvalido, humilde, converso reciente que intentaba olvidar las cervezas del Coney Island de Nueva York y las arenas movedizas de una dedicación intelectual sin más futuro que el vacío. A la Patrona de Cuba le pidió su intercesión para que Dios le concediera la gracia de ser aceptado como aspirante al sacerdocio. Dos décadas después, una correspondencia bastante estable irradió desde la abadía de Getsemaní su magisterio entre varios poetas cubanos. Cintio Vitier contó, a su modo grácil y hondo a la vez, esa relación con un monje que a pesar de haber eludido el mundo seguía inquietándose por el mundo. Ese monje le había encarecido la necesidad de pasar poemas de ojo en ojo, como un periódico que, en vez de noticias, informara sobre los valores hacia los cuales el Hombre había sido llamado desde cuando la poesía empezó a ser una entrega sangrante, precio del rescate de la animalidad.

Tanto el viaje a Cuba como la relación con intelectuales cubanos, hace a Merton un poco nuestro. Y un poco mío. Mío, porque en momentos de angustia, de afrontamiento del hacha que había de cercenar uno de mis miembros más amados y urgidos, la lectura de *El Signo de Jonás* ha sido una oración sucesiva, renuente a la interrupción. ¿Cuántas veces he pasado esas páginas, ya cristalizadas, desenhebradas en mi volumen de la Editorial Sudamericana? Me parece creer que hasta hoy suman más de diez. Está subrayado. Anotado. También aprehendido. La atmósfera de prístina humildad, de imbíbita actitud ante la naturaleza, esencia poética de la contemplación, me ha transpuesto hacia las colinas y los pinares de Getsemaní. Cuando he necesitado relajarme, al cerrar los ojos la imagen que se transforma en mi "mantra" evoca al monasterio trapense de Louisville.

Aspiré a visitarlo como un aprendiz a su maestro. Quise, como mínimo, andar por sus senderos, entrar en la iglesia donde Merton por más de 30 años cantó salmos en la madrugada. La oportunidad llegó. Solo un viaje desde Miami en automóvil, que nadie de mi familia me negaría. Pero si Merton podría ser mi padre, mi hijo, entonces mortalmente enfermo en aquella ciudad adonde habíamos llegado para intentar curar su mal no sé por obra de cuántas decisiones solidarias, me puso ante la disyuntiva. Primero mi obligación paterna; luego la filial. Si el niño no estaba en condiciones de acompañarme, de llevarse en su viaje definitivo a deshora la paz recóndita del monasterio, el olor medieval del silencio, yo no podía dejarlo solo, aunque quedara con su abuela.

Esa actitud de renuncia, esa matemática que discrimina los signos que pueden avalorar el egoísmo, para potenciar cuantos acompañan la abnegación solidaria, Thomas Merton me la había trasmitido hacía muchos años. Porque no importa el lugar donde lo veas o lo leas. Lo primordial es que lo lleves dentro.

MI ARCA DE NOÉ

AMIGO VIEJO, DOLOR TEMPRANO

EN LA CALLE A DE La puntilla, en el Miramar de La Habana, desde donde se ven las aguas negras del Almendares desteñirse un tanto mientras se mezclan con el mar, me reprocho la frivolidad juvenil que me dotó de cierta incapacidad para valorar el privilegio, las bendiciones del azar. Suerte que la juventud sea la etapa más fugaz del hombre. Porque cuarenta años después he asumido sustancial y emotivamente el contenido de unas cartas viejas que he vuelto a leer. No recuerdo haber sentido a mis 22 años lo que hoy, cuando desde una perspectiva aritmética he vivido el triple de esa edad. Las remitía Ascensión Tejera de Forcade, Chon, residente entonces en este edificio, ante cuya fachada me detengo.

Ella fue mucho más para mí: "madre postiza", como dice en una de esas cartas. Y nunca antes valoré, al menos conscientemente, que la hija mayor del poeta Diego Vicente Tejera me hubiese querido con tanta ternura. Quizás nunca habría vuelto a leerlas si no hubiera necesitado un dato para cierta crónica. Abrí la carpeta donde se protegen del desorden, desde no sé cuándo, las cartas más queridas, y empecé a leer las de Chon creyendo saber cuánto me dijeron más de cuatro décadas atrás. Fui, sin embargo, sorprendiéndome al enterarme de aquel maternal cariño envuelto en una letra ancha, en un estilo correcto, sabio, mechado de frases italianas de estímulo. "¡Bravo ragazzo! Tu carta me revela tu vocación: eres un escritor en cierne, persiguiendo un estilo y una originalidad... Tampoco creo recordar si aproveché su

opinión para fortalecerme en mis días de dudas y desesperanza, cuando mi obsesión literaria flaqueaba en el
desacierto. Mi vocación era consciente. Pero ¿por qué no
me acuerdo de haber encontrado en la certeza de Chon,
las luces que me sacaran del pantano? Tal vez las depo-
sité en el inconsciente, y la fe de esa mujer en mi vocación me ha empujado imperceptiblemente hacia el ideal.
He sido injusto. Intento reparar mi ingratitud recor-
dándola como dueña culta y cordial de su sala frente a la
desembocadura del Almendares, donde la frecuen-
tábamos jóvenes aficionados a la música, la poesía. Viuda de Alfonso Forcade, ex diplomático durante casi 20
años en el Vaticano, vivía acompañada por un joven que
ella había criado y educado. No tuvo hijos. Pero asumió
la maternidad en algunos de nosotros. Y a mí me lo confesó –en una carta, como dije– luego de que mi madre
emigró hacia los Estados Unidos contagiada de la fiebre
centrífuga que entonces se extendió por Cuba hasta hoy.
Me percato, al evocarla, que su figura no se me ha di-
luido. La he conservado prístinamente, aunque por años
estuvo entre paréntesis. En el último de su vida la visitaba todas las tardes, y le oía sus historias sobre la Santa Sede donde, mujer recia, ducha en relaciones humanas, también la consideraban como "embajadora". Con
monseñor Montini, subsecretario de Estado de Pío XII –
más tarde Papa Pablo VI– sostuvo incluso una frecuente
correspondencia, cuyas cartas quiso regalarme. Le suge-
rí que me las diera más adelante. ¿Por qué? ¿Por no saber valorar la dádiva? Más bien por discreción. Porque
no viera en mí a un joven que se aprovechara de su bondad, de su maternidad nunca conseguida. Y esa conside-
ración, ese respeto por quien me quería, me apartó de
ella poco antes de morir. Mi única virtud era saber oír.
Le hacía preguntas, de modo que supe de episodios íntimos de personajes hoy insertos en la crónica nacional y

que ella trató de niña o adulta, cuyos actos menos nobles *Chon* me exigió nunca revelar. La tentación ha sido casi angustia, pero aún creo no haber contado en ninguno de mis textos alguno de esos secretos que, quizás a nadie importen, pero que para mí componen un conocimiento velado por el compromiso del silencio.

La he redescubierto: sigue pendiente de mis aspiraciones, mis ideales, que en aquellas tardes juveniles se beneficiaron con la espiritualidad de Chon, con su apego a la cultura, a autores como Jacques Maritain, San Pablo, Pascal, y su cariño vigente por su padre poeta, a quien tantos disgustos, tanta fama de acomodado –me dijo– le causó un poema grácil, voluptuoso, indolente, cubano, al que, como suele ocurrir en nuestra patria, pocos en su momento le comprendieron el humor y la fantasía de una siesta en "La hamaca" donde la "existencia dulcemente resbalando se desliza...".

Amigo viejo supone dolor temprano en el afecto del joven. Se enfermó de improviso. Y en el hospital, unos días antes de morir, me dijo: "Vete a la casa y repártete las cosas de valor con Roberto...". No cumplí su encargo, y no fui más a verla para evitar suspicacias o rivalidades. Para mí, superaba cualquier interés que no fuesen sus valores espirituales: su fe cristiana, su cultura actuante y actualizada, su cubanía a pesar de su formación francesa e italiana. Lo que de ella heredé lo recibí en entereza, optimismo y fe cuando en aquella misma hora jadeante y temblorosa de su fin a los 80 años, me dijo: "Debo despedirme de mis sueños". No había dolor. Percibí, en cambio, la melancólica resignación de no seguir mirando el mar desde la sala mientras por un instante levantaba la vista de una página de Maritain o de Teresa de Jesús, en su irrenunciable indagatoria de la perfección evangélica mediante la cultura.

La recuerdo ahora al pasar por esta calle que bordea la desembocadura del Almendares. Junto con las aguas, el río ha arrastrado la vida que el tiempo arrastra hasta el mar del morir, según el término verdadero de Jorge Manrique. Pero Bécquer a veces no tiene razón al hablar de la soledad de los muertos. Porque qué solos nos quedamos los vivos ante ciertos muertos. Y ya casi acercándome a los finales, prefiero oírla en la despedida de sus cartas: "Ti ricordo assai...".

MI ARCA DE NOÉ

MI DESCONCERTANTE AMIGO SAMUEL

"¿CREES QUE ESTOY LOCO?". LA pregunta de Feijoo me desconcertó como un golpe bajo del boxeador que él había sido. Tuve que apretar el timón y mantener la vista derecha. Viajábamos por la avenida de Rancho Boyeros hacia El Cacahual y otros poblados cercanos a La Habana. Según suponía entonces, el autor de *Juan Quinquín* me clasificaba entre sus amigos clandestinos. Porque cuando venía a la capital desde Santa Clara o Cienfuegos, y me pedía que le diera una vuelta en automóvil, también me recomendaba que no hablase entre escritores de nuestra confianza. A qué grado de peligrosidad habré llegado durante la década de los 1980. O tal vez Feijoo me protegía. Porque el peligroso podía haber resultado él con aquel gesto excéntrico de aparecer en TV con un tibor en la cabeza, o decir en la Revista de la Mañana que entre Reagan y un mojón votaba por ese desecho maloliente que no es el hito que exhibe el nombre de calles y carreteras, con el consecuente riesgo de alarmar a los que en Cuba tildan de loco a cualquiera que se aparte de las avenidas principales para circular por las secundarias.

– ¿Dime? – apremió la respuesta.

Mirándolo por el rabo del ojo le vi su perfil de hombre ahondado, que no hundido, en la mansa espiritualidad de sus libros de poemas; quizás un tanto irónico en la media sonrisa de sus ojos. Y reí mientras le decía que yo no era psiquiatra. Ripostó muy serio:

–Yo no estoy loco.

Pensé seguir lo que creía un juego añadiendo: Eso mismo creen los locos. Pero no quise llevar la confianza hasta el borde de una duda que hiciera parecer choteo, lo que era simpatía por aquel viejo tan respetable y admirable bajo una fantasmal cubierta de contradicciones y dislates. Un tanto solemnemente ratifiqué mi verdadera opinión:

—Lo sé, Feijoo, usted no está loco.

Por cuanto yo sabía de él y de mí, la relación entre dos locos encarnaba un explosivo y altísimo *electroshock*, y Feijoo amparaba, con el sigilo nuestro dúo confidencial de conversadores telefónicos y paseantes de algún domingo silvestre. Por apreciación, Samuel me diagnosticó, e ingresó en su mismo sanatorio. Conservo una dedicatoria manuscrita en la que me entregaba hoja clínica tan honrosa, honrosa porque él la colgaba de su crédito, en la dedicatoria de uno de sus libros: "Al loco Sexto, de Feijoo, Loco uno."

Presumiblemente, olía algo torcido en mi vida, aunque a veces registraba mis pupilas y pontificaba: "Eres noble, las tienes pequeñitas". Pero todo lo dicho sobre mí, o sobre él, ya es comadreo. Prosa rastrera de las tolderías literarias. Lo humano, lo ejemplar se muestra en mi afecto por Feijoo. Lo quise desde cuando lo empecé a leer. Hace unos días, una amiga escritora me comentaba en un mensaje electrónico cuán difícil era hallar un hombre o una mujer enteros, íntegros, detrás de dos libros publicados. Aún no le he respondido. Dejo pasar las horas para que no se aburra de mi cháchara. Le responderé que agradezcamos que los libros sean legibles. Lo demás, la organicidad entre obra y ética personal no pertenece a la literatura, aunque pueden existir afinidades entre las palabras predilectas y la calidad humana de las personas.

Nunca he cribado las palabras de Feijoo para averiguar cuál era la predilecta, la repetida y repetible. Probablemente fuera limpio, porque él se obsesionaba por despojarse del churre de la hipocresía, la vanidad, los cascabeles de cobre de la petulancia. "Loco, ¿tú crees que yo estoy loco? Todas mis locuras son para limpiar mi vida de los cagajones del orgullo, de las ceremonias indiscretas". Eso me dijo aquella mañana de principios de los 1980. La limpieza le atañía y la valoraba en los demás.

Tras la lectura de su libro *Cuentacuentos*, en 1976, hilvané 40 líneas que publiqué en el periódico *Trabajadores*, todavía quincenario. Encarecí la lozana cubanía, la solidaria simpatía de sus personajes, la importancia de no llamarse Ernesto ni Juan sino de ser. Ser... Quizás esa fue otra de sus palabras preferidas. A la semana recibí un telegrama que agradecía mi "limpia crítica". Entonces no nos conocíamos de cara y voz. Luego empezó a llamarme durante sus visitas a La Habana. Me invitaba a Cienfuegos. Me prometía libros de la suculenta colección de la Universidad Central. Pero no supe caer en la cimbreante tentación de la culebra frente a la vulnerable Eva. El precio no podría seducir una visita que yo hubiera realizado solo para dejarlo en su casa, como amigo, como creyente devoto de su magisterio y su honradez. A otros, tan queridos como Samuel, los dejé esperando por el pudor de no aprovecharme de las necesidades ajenas. Ese rasgo de abnegada discreción está sobre todo en Feijoo. ¿Habré aprendido a no decir "qué me das a cambio" en sus poemas, en sus notas de historiador del ingenio y la intimidad del pueblo?

Durante las tres décadas finales del siglo XX, recorrí con frecuencia a Cuba. Entre la gente aprecié actos y actitudes que me conmovían. Y pretendí articular cuentos, fabular sobre personajes y conductas procedentes de la realidad, destacando, como en sordina, valores éticos como la solidaridad, la valentía, la abnegación. Le envié los tres primeros a Feijoo. Sin mucha demora, me remitió una carta con la sentencia que resumo de memoria, porque no quiero registrar en mí ya desflecado archivo para hallar aquel papel con el membrete de la revista *Signos* y garabateado con una letra ancha, como tragándose el espacio en pocas palabras. Decía: El primero, lo incorporé a una antología de cuentos de humor; el segundo, lo envié a *Bohemia* para su publicación, y el tercero... el tercero ha quedado sobre mi mesa mirando al techo.

Ojalá los hubiera castigado a los tres, y aún permanecieran mirando hacia arriba desde su buró. Tendría hoy menos de qué abochornarme. Recuerden, en un acto de indulgencia, que parte de la culpa de hacerlos públicos pertenece a Samuel.

Nos vimos por última vez un domingo de 1992. Hacía meses que sus noticias no llegaban a casa. Con mi esposa y mis dos hijos —todavía el menor no había partido definitivamente a lomo del ángel del destiempo—, bebía guarapo en la esquina de 21 y 12, en El Vedado. De pronto, vi a Feijoo que venía andando desde la avenida 23. Le salí al encuentro con mi vaso en la mano. Y mientras le decía con gozo: ¡Ah, carajo, está perdido!, pretendí abrazarlo. Pero armó rápidamente su guardia: quería defenderse. ¿De mí, Feijoo? ¿Acaso no me reconoce? Solo me miró desde una cara en blanco. Siguió. Y dobló encorvado en la esquina hacia la derecha. Quedé braceando en el desconcierto. Luego me expliqué la causa. Ya no era mi amigo Samuel. Semanas después, murió.

Mi teléfono aún siente nostalgia de los timbrazos de Samuel Feijoo. Quería en él a uno de los poetas más hondos, acendrados, místicos de Cuba, cuya sabiduría oscilaba en el equilibrio entre lo mágico, lo culto y lo popular. Ahora podemos sucumbir a la tentación de olvidarlo. Pero cuando pasen la presunción, las claques, las corporaciones de laureles recíprocos, persistirá la obra de Feijoo.

MI ARCA DE NOÉ

En mi casa le agradecemos aquella amistad clandestina y el tacto desconcertante con que evadía cualquier homenaje, cualquier tratamiento especial de nuestro afecto. Una vez llamó a casa, y mi mujer aprovechó la coyuntura para rogarle que viniera a almorzar.

– ¿Qué le gustaría comer?

Y la desmanteló a través del teléfono con el deseo de un plato único:

–Un bisté de nalga e'pulga, mi'ja.

LUIS SEXTO

PARECIDO A LA VIDA

ONELIO JORGE CARDOSO FUE ignorado como
cuentista de obra singular hasta 1962, cuando José Rodríguez Feo lo leyó, se asombró, y lamentó que los críticos, incluido él, lo hubiesen negado prejuiciadamente
durante 20 años[8]. A fin de cuentas, para qué leer a un
escritor pueblerino que no hablaba de otra cosa que no
fuese de la tierra, y de personajes criollos con diseños
más propios de la sociología que de la literatura.

Con su estilo cargado de valores estéticos y éticos, y
señor de las estructuras del cuento breve, si no fue reconocido a tiempo por la crítica –que solían ejercer escritores insertos en temas, técnicas y escuelas distintas a las
del autor de *Taita, diga usted cómo*–, Onelio Jorge Cardoso debió recibir, en cambio, la aceptación como periodista. Los lectores de *Bohemia* y *Carteles*[9] no debieron
de pasar la página ante aquellos textos donde el cuentista trasmutado en periodista escribía sobre la gente sin
nombre y sin historia. Mayormente se limitó al reportaje. Y era natural. El reportaje es el género periodístico
más ligado a la narrativa. En esencia, un reportaje consiste en narrar una historia mediante personajes, acción, descripción, diálogos. Como un cuento sin ficción.

Pero no tendríamos ninguna razón si separáramos, en
la forma, el cuento y el reportaje, el periodismo y la literatura. El estilo de Onelio Jorge, tanto en el periodismo
como en la narrativa, se caracterizó por su atmósfera

---

[8] Denia García Ronda, U*n poco más allá*, Ediciones Unión, La Habana, 2009.
[9] *Carteles*, revista cubana de interés general. Dejó de circular en 1960.

poética, mediante una prosa rítmica, entreverada de tropos y con tendencia a definiciones que podríamos llamar "filosóficas". Se le aprecia, además, una evidente capacidad de concisión, claridad, y sobre todo, desde el principio, una voluntad de despertar el interés del lector. Estos, obviamente, son rasgos periodísticos que él trasvasó a la literatura. Claro, fue un periodista literario: mezcló las normas del periodismo y las técnicas y el estilo de la literatura para escribir sus reportajes y crónicas. Es decir, enriqueció, sin falsearla, la verdad noticiosa con un tratamiento artístico. Y en dirección opuesta, benefició la ficción despojándola de palabrería y desnudándola hasta la esencialidad. Por ejemplo, cuando en su cuento "El homicida", dice que el hombre venía caminando "con un pie descalzo y el otro no", es decir, venía con un solo zapato, ese dato es una observación periodística, por su exactitud, que redondea y define la percepción literaria del personaje. Una descripción parecida emplea en "Vicente Torres Tur, navegante", reportaje publicado en la revista *Carteles* en 1958. Al decir que el marinero, de 80 años, maniobraba en medio de un temporal con una mano sana y la otra tullida, el detalle corporal en el enunciado periodístico logra prestigio literario por la singularidad del personaje. Según mi parecer, no sugiere tanta exactitud la fórmula de con su mano sana maniobraba. Porque realmente en una emergencia hasta la inservible podría ser útil.

Entre los reportajes y los cuentos de Onelio Jorge hay vínculos recíprocos. Es el mismo autor lleno de humanismo, de dominio de la síntesis y con una característica tendencia poética en la prosa. Desde luego, a pesar de las tangencias, hay diferencias estilísticas y de tratamiento: en un cuento, las sugerencias son fundamentales; el periodismo, en cambio, se apoya en la precisión de las evidencias. Y en ese mismo sentido de las definiciones establecidas, la metáfora en la narrativa literaria suele ser más abstrusa, más difícil de decodificar, aunque, tanto en ambas formaciones estilísticas, el tropo opera como recurso que, además de acusar una voluntad estética, ejerce una función cognitiva.

Se detectan, sin embargo, incongruencias. En *Gente de pueblo nuevo*, reportajes escritos a partir de 1959, ciertos lectores – y también lo estimo así– aprecian una ruptura, y lo que antes era más poético, más literario, es ahora menos interesante en su factura. ¿Por qué? Tal vez porque empezó a escribir desde el poder: sus ideas políticas también participaban de la revolución que sus cuentos y reportajes previos habían prefigurado mediante la denuncia y la crítica. Ahora, para Onelio Jorge, había llegado el momento de la apología.

Volvamos a *Gente de pueblo*, y veamos el primer párrafo de *Somos piedras que rodamos*: "Vamos a la Laguna de la Leche en Morón. Nos lleva Jesús Alfaro, pequeño, enteco, descalzo y humilde; con su viejo barco que se parece a él no sé por qué razones. Quizás porque el hombre está lastimado por los mil trajines de muchos días iguales sobre su vida, y el barco por las cargas distintas que lleva todos los días iguales".

¿No podría comenzar de esa manera uno de sus cuentos? ¿Acaso no empezaron muchos de sus textos narrativos con esa hondura poética que más que en el realismo a secas inscribe al autor en el realismo social poético? Más bien, en el realismo humanista, porque su cosmovisión socialista está siempre presente en el amor hacia sus personajes; en su enorme simpatía por el ser humano y en la maestría del lenguaje con que lo construye. En la sumaria descripción del patrón Jesús Alfaro – pequeño, enteco, descalzo y humilde–, utiliza lo que Leo Spitzer llama enumeración caótica y Jorge Luis Borges enumeración dispar, es decir, mezcla lo físico y lo moral de modo que podría litigar contra la lógica de la gramática y de la cordura del periodismo, pero no contra lo extra lógico de la literatura.

Mi ignorancia no dispone de indicios para asegurar que estudió periodismo, aunque se graduó de bachiller. El autor de "El caballo de coral" –nacido en Calabazar de Sagua, en Las Villas, hoy en Villa Clara, el 11 de mayo de 1914– transitó por múltiples labores: vendedor viajante de medicinas, maestro de primaria, aprendiz de laboratorio fotográfico. Y como sabía escribir, porque ya desde 1945 recibió el premio de cuento Hernández Catá por "Los carboneros", y después publicó su libro *Taita diga usted cómo*, quizás debió de leer a muchos y recomendables autores. O posiblemente a pocos, que le bastaron para prepararlo en lo reglamentario, porque no habituaba a citar frases ajenas, ni a autores como créditos de su saber. Pero los aciertos narrativos de Onelio Jorge no provienen del azar, de un afortunado e intuitivo "tocar la flauta del burro". Porque los repitió como sistema: como conceptos éticos y estéticos, y estrategia ideo temática prefijada y madurada en conciencia creadora. Su nombradía latinoamericana se corresponde con el dominio de sus facultades narrativas y estilísticas.

Al cumplir, 70 años lo entrevisté. Acepté la tarea sintiéndome dichoso. Entonces yo era colaborador de *Bohemia*, aspirante a integrar la plantilla de la más antigua casa entre los medios cubanos. Yo no lo conocía de cerca. Lo admiraba. El culto por el escritor partía primeramente de mi respeto por los ancestros, los antecedentes, los modelos, porque nunca tuve panza de Buda, ni complejo de Colón. Por tanto, me resabía el argumento y la forma de los cuentos primordiales de Onelio; recordaba en retahíla el nombre de sus personajes, y el tenerlos obedientes a la simple enumeración, sin haberlo pretendido en un ejercicio de memoria, era para mí una prueba de la prominencia literaria y la hondura humana de los textos del maestro de "Mi hermana Visia", cuento adolorido en su humana observación de la persona y su circunstancia.

Me le presenté una mañana en su oficina de la Unión de Escritores y Artistas de Cuba, y al plantearle mi intención, se resistió. No precisé si era porque no conocía la marca del entrevistador, o se había contagiado con la filosófica suspicacia de alguno de sus personajes, y aún no había podido medirme la caja del cuerpo. Pero lo vencí con un argumento: vengo en nombre de la revista de la cual usted fue colaborador especialísimo. Lo acató. Me prometió responder el cuestionario. Antes de marcharme, le comenté fuera del formulario escrito, que a mi parecer él se había adelantado a Rulfo al renovar en lenguaje, síntesis e intensidad el cuento latinoamericano, sin soslayar la ruralidad esencial de la región. Y él, mirándome sobre los espejuelos, dijo brevemente, como socorriéndose del lugar común que asiente sin afirmar: "Bueno, eso lo dice usted...".

Dos días después me sorprendí al notar que las respuestas habían sido escritas entre dientes. A la pregunta de cómo escribía un cuento, si inventaba la fábula, o tomaba la anécdota de la realidad, me respondió en un tono que aprecié como de cólera. "Mire, eso de escribir es un problema tan delicado como para estar inventando anécdotas, y la realidad, si no más, es tan rica como la imaginación. Total que habría mucho que hablar...".

Por esa confesión, podría uno asociar periodismo y literatura en Onelio Jorge Cardoso. Esto es, si en la década de los 1950 viajaba a provincias los fines de semana, acompañado al principio por el fotógrafo José Tabío Palma, con el plan de hallar historias que contar en revistas y periódicos, resulta un tanto razonable suponer que esas vivencias lo ayudaron también a encontrar personajes y circunstancias para sus cuentos. Como en un trasvase de la realidad a la ficción. Un escritor, además de leer y escribir, necesita vivir. Y para un escritor, viajar –andar y ver– compone una fórmula ideal de vivir.

Pude pensar también que Onelio era un hombre amargo, ríspido. Sus respuestas se constreñían en una capsular parquedad, como su estilo. Pero después nos conocimos más de ojo a ojo. Y su bondad guajira –que a veces se le disfrazaba con una malla de hoyos minúsculos para que no se filtraran las moscas o los mosquitos– me autorizó la confianza. En 1986, le pedí algunas cuartillas con el propósito de difundirlas como servicio especial por los circuitos de Prensa Latina, agencia de noticias donde yo era jefe de la redacción cultural. Me advirtió que hacía tiempo no escribía. Sin embargo, estaba pensando volver a sentarse a la máquina, y me prometió que el primer texto sería para mí.

Semanas más tarde me telefoneó; lo visité. Cuca, la esposa, me abrió. Onelio iba a bañarse, pero no me permitió esperar: salió a la sala en libérrimo short e íntimas chancletas, y me entregó las cuartillas sobre un reciente viaje a Yaguajay, acompañado del poeta Raúl Ferrer. Habían visitado al central Narcisa, fábrica de azúcar en cuya escuela ambos, siendo jóvenes, levantaron cátedra de llaneza magistral y de tierna pedagogía. Calificarla de hermosa, buena, bella, linda, equivaldría a lacerar la memoria de aquella crónica. Era un original propio de Onelio: con toda la fineza con que excavaba en lo más poético de un paisaje, lo más afilado de una emoción, lo más lancinante de un dolor. Le asigné un turno en una próxima emisión de notas culturales de la agencia.

El final de la historia no era entonces previsible. Días después murió. La muerte suele ser también más rápida que el periodismo. Y aquella crónica circuló por las redacciones de los clientes de Prensa Latina como el testamento literario del narrador que, en simbólica coincidencia, moría en La Habana el 29 de mayo de 1986, casi a la par que Juan Rulfo, fallecido el 7 de enero en la ciudad de México. Todavía me pregunto la causa de aquella rispidez de Onelio cuando fui a entrevistarlo. Podría evocar mil razones especulativas o someras y podría actuar injustamente. Me inclino a concluir que la modestia de Onelio se protegía de los entrevistadores y las entrevistas. Porque al marcharme le dije que en otro momento, cuando él dispusiera del tiempo y la paz que ahora le limitaban los sucesivos homenajes por su cumpleaños 70, yo lo entrevistaría indagadora, largamente. El, mirándome como solía, por sobre sus espejuelos, me recomendó:

—Sí, está bien; pero demórelo bastante.

MI ARCA DE NOÉ

UN ALMUERZO CON SOLER

LA ÚNICA VEZ CUANDO JOSÉ Soler Puig me visitó es suficiente para agregarle a la casa donde resido en el Vedado, hace 50 años, un valor literario o artístico más. Porque en este edificio fui vecino del violinista Diego Bonilla, uno de los miembros del Grupo Minorista[10], y antes vivió el escritor venezolano Andrés Eloy Blanco y hasta su muerte la profesora Delfina García Pers, dilecta discípula de la investigadora Carolina Poncet. En frente se ubica la casa del que fue controvertido en política, pero periodística y estilísticamente acatado y disfrutado, Ramón Vasconcelos, y una cuadra más abajo, el edificio en uno de cuyos apartamientos Enrique de la Osa enhebraba su sección en Cuba para *Bohemia*.

Aquel día Soler almorzó en mi casa un pollo cuyo desdén por las masas tratamos de pasar por alto mediante una charla, durante la cual la voz abaritonada y despaciosa del novelista movió la batuta. Luego, en una sobremesa de casi toda la tarde, efectuamos el careo de preguntas y respuestas que semanas atrás habíamos concertado en Santiago de Cuba. Yo pude alguna vez haber leído las novelas de Soler, y haber muerto de angustia en *Bertillón 166*, y caído con *El derrumbe*, y soñado en *El pan dormido*, y haber mirado por las rendijas de *El caserón*, pero recuerdo sobre todo el resplandor humano, la antigua humildad filosófica del escritor.

---

[10] Grupo de intelectuales de las artes plásticas, la literatura, las ciencias sociales. Sus fines consistían en defender valores de la ética y la cultura cubanas, incluyendo la independencia entonces amenazada por los Estados Unidos. Fundado en 1923, se disolvió en 1927.

Humildad complicada. Artista consciente de cuanto sabía y realizaba, pero con un núcleo cálido de hombre a quien el vivir lo superaba haciéndolo más raso, despojándolo de las lentejuelas de un oficio que vive del aplauso.

Quizás por ello confundía a primera vista. Algunos se espantan ante la humildad y la tildan de torpeza, porque para ellos el almidón y el cepillo de la vanidad han de ser el destello del talento. Le ocurrió a aquel periodista de esmerada presencia –extranjero o cubano, no se sabe– que Soler vio acercarse a una vecina y preguntarle algo. El novelista estaba sentado en el piso del portal de su casa, en el reparto Sueño, con los pantalones un tanto recogidos y con los pies en chancletas o cutaras. Parecía un jugador de dominó vespertino esperando las fichas y la mesa. La señora respondió señalando al escritor. Y el extraño apuntó hacia Soler, como diciendo: ¿¡Ese?! Y se marchó mirando hacia atrás. Tal vez asustado.

Sin proponérmelo, aquella entrevista, realizada en 1988 y aun parcialmente inédita, sirvió para que José Soler Puig se colocara ante un espejo y con el paño de la verdad borrara colorines, desfiguraciones de su vida. Se decía entonces que el novelista había aprendido a escribir copiando a lápiz *Los miserables*. No lo negó. Él, dijo, no creía en el talento. Solo en el trabajo. Su mérito consistía en ser un obrero. Si lo hubiera sido en la actualidad, habría sido ejemplar. Le gustaba trabajar. Y por ello pasaba el día con su obra en las manos o en la cabeza. Hasta soñaba con la solución de los problemas que le iba planteando la novela en creación. Si logró algo fue por su capacidad de trabajar y meditar. Porque, cuando lo sorprendió el fervor literario, escribía muy mal. Y "me pasé años, veinte, veinticinco años copiando", reproduciendo otros textos para aprender la técnica. Pero no copió enteramente *Los miserables*. Solo fragmentos. Porque, si no, habría estado aun pasando a papel la fatigosa novela, con una ampolla en el índice del tamaño de un huevo.

Más o menos en 1935, con unos veinte años de edad, la idea de ser escritor lo intranquilizaba tanto que, además de copiar páginas ajenas como método de aprendizaje, emborronaba un cuento al día. El que consideraba aceptable lo remitía a la revista *Carteles*, que publicó algunos. Leía, además, cinco o seis horas diarias. Y trabajaba. Desde los nueve años se acercó al trabajo, y aprendió a respetarlo en la panadería de su padre. Su padre poseía una panadería. El niño desenraizó sus amaneramientos pequeñoburgueses entre los operarios, y comprendió temprano cuánta injusticia campeaba impune cuando unos sudaban y otros, por ser tan solo dueños de los medios de trabajo, recibían el mayor beneficio. Ya su padre –desde la igualdad de la muerte– debe de haberle perdonado que siendo tan pequeño aprendiera a repudiar a la clase en cuyo ámbito material e ideológico había nacido.

Entre esos cuentos de ejercicio tozudo y reglado, Soler envió uno a *Cúspide*, empeño editorial que en el central Merceditas, en Melena del Sur, dirigió José Cabrera Díaz entre 1937 y 1939. La revista publicaba poemas, cuentos, ensayos, asuntos de historia, de cultura. Y entre sus firmas aparecían Fernando Ortiz, Mirta Aguirre, Enrique Serpa, Ángel Augier, Dora Alonso, Fina García Marruz. El de Soler, según el propio autor, fue el primer cuento de ciencia ficción escrito en Cuba. Se llamó *Sueño infernal*. "Fíjate qué enredo. Al amante de cierta mujer le injertan, por error, el cerebro del marido engañado. En aquellos momentos la operación era, al menos, legalmente irrealizable. Me muero de la risa cuando lo releo". Pero, al verlo publicado, continuó escribiendo.

Soler, como de Matanzas Carilda Oliver, nunca pudo

escribir fuera de Santiago de Cuba, ni sobre otra mesa que no fuese la habitual, y con lápiz porque el bolígrafo le inhabilitaba la imaginación. Vivió en cuatro ciudades. Y en ninguna –tal vez un poco mejor en Guantánamo– se acomodó como en Santiago. Santiago, confluencia de contrastes. Moderna y antigua. Marina y serrana. Segunda y primera. Exactamente la segunda por población y tamaño después de La Habana. Pero no me atrevería a regatearle la corona de la capital histórica de Cuba. El transeúnte pasa de una calle a otra, y en cualquier fachada lee una tarja donde se habla de que allí nació o murió o vivió alguien a quien la patria agradece una obra o la donación de su vida. Ciudad de las cunas y las tumbas trascendentales, por Santiago comenzó la historia de Cuba en sus perfiles generales. Pues siendo Nuestra Señora de la Asunción de Baracoa la ciudad primada, a tiro de arcabuz de La Española, le cedió en 1522 la prelacía del obispado y catedral de Cuba a Santiago, la última de las siete primeras villas, fundada en 1515. Y cedió a desgano los más encopetados pobladores, que poco más tarde partieron hacia la conquista de México, con la que ofrecieron al Reino un cuerno mitológico de riquezas.

Todo eso es Santiago. Y Soler no lo ignoraba. Pero escribía solo sobre lo "más grande de Santiago" y que él conocía como a su propia alma: los santiagueros, a cuyos gestos, a cuyas réplicas a veces se adelantaba. En Santiago se estaba bien. En La Habana no podía meditar. Ruido. Actividad. Recreo. Seducciones. "Todo te lo dan de golpe. En Santiago, aunque ahora la aturde el ajetreo de gran ciudad, todavía se puede meditar horas sin que alteren tu ritmo". En Santiago ocurren situaciones curiosas que a Soler Puig le gustaban. Por sus calles anduvo, sobre un carretón, vendiendo pan, y trabajó en una fábrica de tubos y en otra de aceite de coco, y vendió seguros y solares, y se metió a soldado. Oía. Aprendía. "Ahí está la plaza de Marte. Hace muchos años los santiagueros decían de Marta, y los cultos comentaban: qué ignorancia. Pero razón tenía el pueblo. Era de Marta. Porque así se llamaba la señora que la costeó." ¿Quién le cambió el nombre, quién trajo a Santiago el dios romano de la guerra: los cultos o los incultos? Nunca lo averiguó. Su empeño consistía en alcanzar la magnitud de los santiagueros, cuyas virtudes principales, para Soler, eran sentir la cubanía con pasión, simbolizar la rebeldía del pueblo, ser muy fraternos, tan cuadrados ante la doblez que cuando dicen: Qué le pasa, compay, calorizan sinceramente el dicho.

Los santiagueros lo trataron con veneración, con tanta, que pensó no merecerla. Lo agobiaba la duda de que no hubiese captado el carácter de ese ser que él creía conocer hasta el punto de tocar cada amor, cada odio, cada acción con el pensamiento. Era también santiaguero. Puro santiaguero. Y cuando fue a mi casa, a dejarse entrevistar y a compartir un pollo enhuesado, lo estaba confirmando en la plenitud de su humildad.

LUIS SEXTO

SERES APOCALÍPTICOS

COMO MINÚSCULOS DIOSES, LOS FOTÓGRAFOS recortan segmentos del tiempo y convocan una quinta dimensión de la vida. ¿Pero interesará filosofar sobre la fotografía y sus administradores, los fotógrafos? ¿Acaso el hábito de verlas, atesorarlas no limita cualquier intento de meditar sobre esa magia tecnológica, química y física domesticadas, que echó sus planchas definitivas en el siglo XIX, apoyándose en Niepce, en Daguerre, que se basaron en Da Vinci, incluso en Aristóteles, y en el XX se desarrolló tanto que se concibieron cámaras tontas, esto es, sin necesidad de ojos y dedos sabios? No tengo intenciones de penetrar en la trastienda de la fotografía. Quise simplemente presentar el tema. Porque lo capital ahora es reproducir dos cartas inéditas de Dulce María Loynaz. En esas dos tarjetas de cartón, de 13 por ocho centímetros, la desgarrada y serena autora de *Poemas sin nombre*, confiesa aversión hacia los fotógrafos –al menos hacia uno de ellos–, a la vez que les otorga un papel básico en la vida. Y divulga que les ha dedicado una novela.

A pesar de su brevedad, son documentos que favorecen pisar el dintel de la espiritualidad de la poetisa. Los doy a conocer, porque en 1981, cuando fui a entregárselos, ella me los dejó otorgándome el permiso para usarlos, con esta frase: "A usted le serán más útiles". Ese día, 9 de octubre, fue la única ocasión en que vi y hablé con Dulce María. Aquella tarde me preguntó de pronto: ¿Usted tiene *Jardín*? Y luego de responderle: No, vivo en

128

altos, dijo: "Me refiero a mi novela". Yo no lo había leído. Dulce María, en cambio, la leyó cada diez años, a partir de 1951 cuando la editorial Aguilar la publicó en España. No pude averiguar por qué cumplía un rito al que son renuentes otros escritores, que piensan que el libro, tras su difusión, no les pertenece, se les independiza, y por tanto lo olvidan. O temen hallarse con errores, deslices, que ya nadie podrá salvar, al menos en esa edición. Y no le pregunté la razón de su fidelidad a *Jardín*, porque en el momento de mi visita ignoraba yo su costumbre. La descubrí más adelante cuando terminé de leerla en el ejemplar que ella me regaló finamente dedicado. En la última página había escrito, con su letra desbordada, aparentemente inhábil: "Ayer domingo 9 de agosto de 1981, en compañía de Beba y Angelina leí por última vez este libro. Lo venía haciendo desde su publicación una vez cada diez años". Y debajo, su firma.

Dulce María leyó, o releyó, pues, cuatro veces su novela. La primera, en 1951, año de la primera edición; la segunda, en 1961; la tercera, en 1971, y la cuarta, en 1981. ¿La habrá releído en 1991? Lo dudo. Porque también parece evidente que me obsequió el único ejemplar de que disponía. La presencia de la nota autógrafa, lo atestigua. Y también el inapelable "última vez". Ese término sugiere que se había propuesto no oficiar más ceremonia tan íntima. Quizás, al regalármelo con el valor agregado de su decisión manuscrita, apartó la tentación inmediata.

Retornando a nuestro asunto, las cartas que intenté devolverle fueron dirigidas a Ascensión Tejera, hija mayor del poeta Diego Vicente Tejera y entonces esposa del doctor Alfonso Forcade, diplomático en la Santa Sede. Chon me las cedió. La primera data del 13 de marzo de 1940.

Este es el texto:
"Querida amiga mía:

129

"Muy buena has sido tú y tus compañeras queriendo oír mi palabra, pero más aún quiero que lo sean, que lo seas tú, Chon, complaciéndome en un pequeño ruego.

"Ayer tarde me retrató un fotógrafo, especie de ser apocalíptico que me inspira un verdadero terror. No dejes que mi retrato se publique, no dejes que se publique nada sobre mí. Guarden esa tarde para Udes. Y piensen que nada me es más grato que el silencio cuando puedo saber que no es indiferencia. Creo que tú sabes cuán sinceramente te lo pido.

"Eso espero de ti; y que vengas a verme también como dijiste. Tuya: Dulce María Loynaz".

La otra, en tarjeta similar, y sin fecha, pero aludiendo a los mismos hechos y por tanto a los mismos días, dice:

"Querida Chon, gracias por tu carta, una de las pocas que yo guarde; cartas como esa consuelan de muchas cosas.

"Todavía con la grata impresión del martes, te recuerda Dulce María".

Al dorso, una posdata:

"Los fotógrafos son cosa importante, son verdaderamente de las pocas cosas importantes que existen. Algún día te leeré algunas páginas de la novela que les he dedicado".

¿De dónde provino esa aversión a los fotógrafos? ¿Quién era ese ser apocalíptico: el género o un individuo? En cualquier respuesta, la contradicción planta sus púas, sus muelas, porque, no obstante el rechazo, ensalza a los fotógrafos hasta ubicarlos en el nicho de "las pocas cosas importantes" del mundo. Y en los años sucesivos, la fisonomía de la escritora famosa se introdujo en la cámara de decenas de fotógrafos. Quizás Aldo Martínez Malo, que le heredó la papelería y la frecuentó en la casa de 19 y E, en El Vedado, podía haber descifrado el jeroglífico, aunque hay más de uno. Porque, ¿por qué son de las verdaderas cosas importantes? Sobre esa cuerda tan floja y ante esas confesiones, otra pregunta importuna al cronista, y posiblemente al lector. ¿Será *Jardín* la novela que Dulce María dedicó a los fotógrafos? Se sabe, por confesión de la autora en el prólogo, que en 1935 ya estaba escrita. Y aunque no he hallado una referencia explícita a los fotógrafos, la atmósfera del libro huele a imagen, a instantánea. Es una mezcla de los claroscuros del pasado y del presente, de olores húmedos, rancios, y de aromas más jóvenes, limpios.

La obra toda de la poetisa de *Los juegos de agua* entraña un atreverse hacia más allá de las movedizas fronteras del tiempo. De viaje por Egipto, siendo muy joven, pretendió desdoblarse, aventurarse por las galerías de lo inasible, y le escribió una *Carta de amor a Tut–Ank–Amen*, el adolescente faraón, entonces recién extraído de la profundidad momificada y arqueológica del pasado. "Daría —le dice— mis ojos vivos por sentir un minuto tu mirada a través de tres mil novecientos años...".

Esa, a mi entender, es la clave poético literaria de Dulce María Loynaz. Ella, como sugiere en uno de sus poemas sin nombre, está siempre doblada sobre un recuerdo, haciendo alusiones a las sombras.

Y qué otra cosa puede ser la fotografía sino la sombra perdurable de la luz. La petrificación de la luz. Cuánto poder el del fotógrafo, que, como minúsculo dios, si no crea el tiempo, lo detiene. Nos pone a hibernar en una estampa rígida, pero expresiva, definidora, como acuse de la memoria en el fervor hiriente de la nostalgia.

Tal vez por esa facultad de hacer claudicar el fluir de los días, para Dulce María Loynaz el fotógrafo era una "especie de ser apocalíptico". Apocalipsis en su raíz de revelación. Y Nicéforo Niepce, que en 1826 captó en el cajón de su cámara la primera fotografía de la historia, y Jacobo Daguerre, que mejoró el invento, quizás más que técnicos hayan sido poetas: buscaban la visión de lo eterno en lo perecedero, y a la vez, supone uno, los aterraba el vacío del pasado.

La poesía no es asunto de hablar una consigo misma

EL PORTÓN Y LOS VENTANALES están casi siempre cerrados, y ante la madera y los herrajes coloniales el transeúnte ocasional percibe una atmósfera de misterio en la casa de la calzada de Tirry 81, en Matanzas, donde parece que sólo hubo vida en época remota cuando alguna señora salía a la puerta a comprar verduras y quizá una niña asomaba unos ojos asombrados por entre altos barrotes.

Son apariencias. Porque allí, aunque el amor mantiene en el aire los olores del pasado, sigue habitando la vida, la ilusión y, sobre todo, la poesía.

Es la casa de Carilda Oliver Labra, mujer sola, rodeada, sin embargo, por la presencia innumerable y distante de los lectores de sus libros: autora de tumultuosos poemas eróticos, suaves estrofas de evocación familiar y enardecidos versos políticos.

Demoró en abrirme. La casa es amplia, profunda. Y mis toques tardaron en llegarle a las habitaciones del fondo, más allá de un breve patio florecido por donde penetra un cuadrado de sol.

Intensas pupilas verdes. Rostro rejuvenecido por la sonrisa. La miré mientras le explicaba que pretendía oír –y revelar– sus secretos, si es que guarda alguno porque –dije– los poetas no tienen secretos: todos los fijan en poemas que son como periódicos unipersonales. Ella, modificando mis propósitos, accedió a compartir parte de sus meditaciones.

He vivido más de los que he leído

–*Usted dice en un verso: "Qué bueno que mi desesperación fuese prestada / que yo viviera de libros". ¿Puede un poeta vivir de libros?*

–Un poeta que se aparte de la vida y en vez de lanzarse a la calle y recoger en esencia misma las motivaciones de lo cotidiano y real, se nutra únicamente de libros alcanzará a ser un actor libresco, apoyado en experiencias ajenas, en hechos que ya fueron recreados a través de intelectos diferentes y que, al ofrecerse de nuevo en otro parto artístico, no poseerán esa chispa genuina, ese hálito de autenticidad que laten en la verdadera obra de los creadores.

– *¿Hasta dónde, pues, son necesarios los libros?*

– Si fuéramos a fijar en términos matemáticos la respuesta, siguiendo, desde luego, mi personal circunstancia, los libros sólo serían necesarios en un treinta por ciento, mientras que la experiencia vital no podría limitarse a menos del setenta por ciento. Podemos escribir sin haber leído, pero no sin haber vivido, aunque dudo mucho de la calidad del producto en ambos casos. Las dos condiciones son indispensables. En cuanto a mí, afirmaría que he vivido más de lo que he leído.

–*En la última décima de su poema dedicado al asalto armado al cuartel Goicuría, en abril de 1956, usted increpa al verso, al poema, diciéndole: "Tienes que hacer muchas cosas". Explique qué cosas tiene que hacer la poesía en el mundo.*

Alzó la vista hacia las vigas del techo. Permaneció unos instantes como arrobada.

–Decir la verdad, alabar y crear lo bello, contribuir al gozo intelectual, aliarnos a otros hombres, denunciar la injusticia, enriquecer la vida misma. En una época como aquella, bajo la tiranía de Batista, la poesía tuvo que convertirse en clarín, pólvora, rayo...

Deslindar poesía de panfleto

– *¿Cuáles son, a propósito, los riesgos cuando se canta a hechos y figuras políticos?*

–Aunque trasparente sinceridad, el poeta siempre podrá parecer inmediatísimo, parcial, partidista a juicio de sus enemigos. Afronta también otro peligro, inherente a la creación comprometida: no poder deslindar, a veces, la verdadera poesía del mal panfleto. Es un género difícil, y tanto lo es que existen muy pocos poetas políticos grandes. Y aún estos, con señaladas excepciones, no lograron en varias de sus piezas políticas la misma eficiencia artística que en el resto de su obra.

– *¿Pero podría ser válida una obra poética que evada los temas políticos y sociales?*

–Una obra así será parcialmente válida. Esos temas no son más que la prolongación de nuestra propia individualidad. Ocuparse de uno mismo y no de otros es casi imposible en la creación artística. Ello la haría subjetiva, ensimismada, egoísta.

"Ahora – prosiguió– el creador lucha por conquistas imprescindibles para la superación del hombre, y se le ve en tareas que en vez de limitar su don lo fecundan y vivifican. Los escritores en su mayoría están dando una batalla por el desarme y la paz del mundo. Y ello es más provechoso que cantarle a una puesta de sol. Claro, no hay que excluir el cultivo de la cuerda íntima. Pero un poeta no estará justificado si se pone a cantarle a una rosa cuando su gente y su tierra sufren una catástrofe natural, o las calamidades de una tiranía, o cualquier otro dolor colectivo".

Se detuvo. Oímos el tímido maullido de un gato. Poco después el animal entró en la sala. Carilda lo miró con ternura.

Y pregunté intentando colocar algunas espinas en el interrogatorio.

– *¿Para usted en qué parte de su obra radica lo mejor?*

–La respuesta es ardua… máxime cuando nada de lo que he escrito me dejó complacida. No voy a citarle determinados textos. Diría que la zona de mi obra en la cual considero que está lo más acertado, es aquella abarcadora de los poemas en los que, al tratar de expresar el amor erótico, el amor de la pareja, lo integro al amor por todos, al amor universal. La poesía pasa entonces de goce estético a ser una ofrenda colectiva.

La buena décima es un milagro

–*Usted utiliza con frecuencia la décima, ¿no se siente disminuida al emplear una forma tan usada incluso por quienes no son poetas?*

– ¿Disminuida? Me enaltece la décima. Aunque de origen español, es la estrofa predilecta de nuestro pueblo. En la actualidad tenemos decimistas muy felices. Desde luego, es difícil. O sea, al componerla podemos pecar de facilistas, de amanerados: lindar con la vulgaridad, o, por el contrario, resentirse de frialdad, de rigidez, de pérdida de frescura si nos esforzamos demasiado en depurarla.

"Una décima será perfecta si a pesar de tener un encabalgamiento no lo parece: si es una gota de música y, a la par, una gota de sabiduría, si al oírla no se espera la rima como campanada de reloj; si disimula que es décima y a la vez esplende como décima… No sé si me hago entender: la buena décima es un milagro".

Cuba hace guardia en mis noches

Carilda se levantó. Aplazó con un gesto la próxima pregunta, y trajo una pequeña caja donde supuse que conservaba recuerdos de su existencia ya sexagenaria.

Mostró fotografías, que con la crónica gráfica de su belleza. En las imágenes de su juventud noté la mirada de una mujer firme, enérgica, a un paso de transformarse en garra. Luego sacó medallas: galardones merecidos por su brillantez poética, entre ellos el Premio Nacional de Poesía a su primer libro *Al sur de mi garganta*, en1949. Para la poetisa ese texto "nació virgen y sin intelectualismos". Cuando lo escribió – a partir de 1945– sólo tenía 25 años, "y no era culta, no tenía relaciones en el mundo de las letras". "Era un cuaderno desmañado, aunque puro. En él se incubaba el conversacionalismo, pero yo no lo sabía".

–*Heine escribió que el pasado es la patria del alma: ¿podría aplicársele a usted esa definición por su recurrencia a la infancia y al pasado familiar?*

–Suscribo en parte la sentencia de Heine. Tuve una niñez feliz y una familia maravillosa. Una aún me llena de fuerza y armonía; la otra, a pesar de que vive lejos de mis ojos, me fulgura por dentro. Ese pasado es, en efecto, la patria de mi alma. Pero, por suerte, no vivo de tales bienes. Está Cuba también acompañándome. Ella es quien hace guardia en mis noches, y me sostiene.

–*Dicen que Usted es una suerte de noctámbula, que trabaja de noche. ¿Qué encantos tiene para Usted la noche?*

Vi como la malicia de una niña en sus ojos.

–La noche ejerce magia sobre mí. Todos los propósitos para disciplinarme han sido inútiles. Me la paso inventando historietas, fingiendo figuras en las sombras del cuarto, oliendo la albahaca, la dama de noche, el galán que entra por la ventana, interpretando rumores, oyendo grillos inexistentes, y aunque haya ido a la cama temprano termino por levantarme. La noche es cariñosa. Todo ese misterioso mundo, todo ese insondable cosmos, toda esa tiniebla que me sirve de madre, luego se me hace luz dentro.

– *¿Usted busca el poema o le viene espontáneamente: parte de una idea, de una frase?*

–Parto de una idea, de una frase o conjunto de frases que aparentemente son sólo frutos de la intuición ya que me asaltan por sorpresa. Pero, si analizamos, son el efecto de una causa, viva desde hace tiempo en nuestro interior. El desarrollo ha sido subconsciente y el primer verso, al nacer, ha servido de chispa reveladora de todo un proceso de contemplación o participación en una experiencia humana. Hay otro modo de escribir: cuando nos proponemos un poema sobre algo que nos interesa, pero no sé por qué el acto de hacer poesía, si es absolutamente volitivo, le quita un poco de magia a la creación. Al menos ese es mi caso.

No soy una escritora disciplinada

– *¿Escribe sus poemas de un tirón?*
–De un golpe, y no puedo agregarles nada después. Eso sí, vuelvo a releerles varias veces, en distintos días, y a cada nueva lectura les quito alguna línea hasta llegar a lo más sobrio y económico posible.
– *¿Ha estado mucho tiempo sin escribir: digamos, una semana, un mes?*
–Frente a grandes cataclismos espirituales estuve muchos meses sin escribir. Cuando toda mi familia abandonó el país, no logré poner una letra en dos años. Cuando perdí a mi esposo, en septiembre de 1981, no pude escribir hasta abril del siguiente año. Entonces, de un tirón, hice un libro dedicado a él: *Se me ha perdido un hombre*, texto que desarrolla todas las formas de la versificación española.
"No soy una escritora disciplinada: nunca he podido trabajar a diario. Sin embargo, cuando llevo tiempo sin hacerlo me consume una desazón extraña, una incon-

formidad ante todo..."

Un lindo ejército de palabras

–Usted, por momentos, utiliza en sus poemas frases aparentemente antipoéticas, como esta: "Váyanse a la madre que los parió". ¿Se percata de que pueden ser una ruptura del lenguaje poético?
–No fueron puestas a propósito: salieron disparadas sin yo poder evitarlas. Me percato muy bien de que, como Usted dice, son una especie de ruptura, pero resultaron imprescindibles para dar una exacta dimensión de la violencia e impetuosidad de mis sentimientos. Lo mismo que la plástica y la música colaboran en el instante de la creación poética, es natural que la prosa (o la conversación) venga en ayuda de la poesía cuando esta no se basta a sí misma.
– *¿Y no es un riesgo?*
–Es cierto... Sólo en manos inexpertas. Por otra parte, si la poesía precisara de un lenguaje específico, volveríamos al Modernismo. En nuestra época, cuando el hombre se ha arriesgado a todo, muy pobre sería el creador que sólo tuviese en uso un lindo ejército de palabras...
– *¿Cuáles son sus poetas favoritos?*
–No soy muy original: siguen siendo los de la Biblia, Bécquer, Sor Juana Inés de la Cruz, Antonio Machado, Darío, Martí, Gabriela Mistral, Neruda, Vallejo, Rilke y Rimbaud.
– *¿A quiénes lee actualmente?*
–A Einstein y los físicos modernos.
¿Broma o verdad? No le pregunté. En el transcurso de la entrevista, Carilda fue a veces lacónica, sentenciosa: a ratos irónica o ingeniosa como cuando quise saber si ella escribía para darse gusto a sí misma y me respondió: "La poesía no es asunto de hablar una consigo mis-

ma". Y cuando pretendí conocer las causas de su residencia estable en Matanzas –fuera de la cual nunca ha podido concebir un verso –, dijo entonces con ánimo de punto y final:

–Porque me tocó nacer en ella. Fue un amor a primera vista.[11]

---

[11] Entrevista publicada en *Bohemia*, Año 79 Nro.24, 12 de Julio de 1987.

A QUÉ HORA SE LEE A ELISEO

LEYENDO A ELISEO DIEGO ME he preguntado si la poesía pide la hora exacta para ser degustada. Como el té de los ingleses. Lo he leído por lo común al atardecer, cuando se nos viene la sombra quejumbrosa del día en su fin. Y quizás sea natural. Porque su poesía, como la tarde, es serena, quieta, amortiguada luz de una vela.

¿Estará en mí, lector al fin, esta preferencia horaria, esa impresión crepuscular, o ciertamente la poesía de Eliseo Diego se arrima a lo vespertino? Solo el poeta pueda quizás esclarecerlo. El poeta no escapa a su autodefinición. En un poema, en un verso habrá la imagen que contenga la silueta del hombre, o la sustancia de la obra. También en la palabra más recurrente, la más repetida, que aparece y sorprende por la escasa distancia con que fue dicha vocablos antes. Y puesto, pues, a ese gratísimo conteo, entre otros códigos posibles topo con "oscuro" y sus afines como noche, nocturno, penumbra, sombra.

Ahora me percato de una contradicción. Qué tiene que ver esa filiación estilística a palabras semánticamente tan opacas con la poesía de Eliseo Diego, donde "la demasiada luz forma otras paredes con el polvo", y por tanto esa claridad ahuyenta las cáscaras del desorden, la impuntualidad verbal de lo inacabado. La poesía de Eliseo Diego ha sabido registrar, reflejar la luz afilada de la tierra donde el poeta siente y conversa la euritmia intachable del poema: "En mi país la luz / es mucho más que el tiempo, se demora / con extraña delicia en los contornos / militares de todo, en las reliquias / escuetas del diluvio. / La luz en mi país resiste a la memoria / como el oro al sudor de la codicia, / perdura entre sí

misma, nos ignora / desde su ajeno ser, su transparen-
cia.". No he visto nuestro paisaje solar tan sustanciado,
tan filtrado en los aljibes interiores de un poeta. La cubanía es característica e intención de los poeta señeros
de *Orígenes*[12], y quizás el nombre de ese grupo, esclarecido epígrafe de la literatura cubana, no responda tanto
al nombre de un padre de la Iglesia Católica Romana
cuanto a un apego humilde y subterráneo a la patria.
Las referencias a la luz, intento explicarme, son objetivas, descripción de lo exterior. Y tendría, para responder a mis preguntas iniciales, que ir al encuentro de la
pieza o el verso auto definitorio, auto explicativo, de que
hablé un poco más arriba. Y entre otros también posibles, hallo en su libro *El oscuro esplendor* la pieza
deseada. Su título: "No es más": "Un poema no es más /
que una conversación en la penumbra/ del horno viejo,
cuando ya / todos se han ido, y cruje / afuera el hondo
bosque; un poema/ no es más que unas palabras que uno
ha querido, y cambian/ de sitio con el tiempo, y ya / no
son más que una mancha, una/ esperanza indecible; / un
poema no es más / que la felicidad, que una conversación
/ en la penumbra, que todo / cuando se ha ido, y ya/ es
silencio.".
En ese poema hallo la atmósfera predominante en la
poesía de Eliseo Diego. Nos explica por qué *En la Calzada de Jesús del Monte*, o en *Los días de tu vida*, o en
Versiones, o en cualquiera de sus libros, los poemas nos
parecen vistos a través de la niebla. Y como en una espi-
ral al revés —de arriba hacia abajo—, va degradándose la
intensidad de la entonación, como en una conversación
lenta, morosa, musitada en la esquina más recoleta, íntima, oscura de la casa familiar.

---

[12] Grupo literario fundado en 1944. Encabezado por José Lezama Lima, sus
integrantes se empeñaron en rehuir una poética simple y evidente, y cultivaron el
neobarroco como escuela y estilo predominante.

MI ARCA DE NOÉ

La penumbra, según otro poema, compensa al poeta: "Habiendo llegado al tiempo en que / la penumbra ya no me consuela más / y me apocan los presagios pequeños...".

Cómo habré de figurarme al autor de esta poesía tan hilvanada como las cuentas de un rosario que alguien desgrana en anublada soledad. Lo imagino tal un fraile, monje contemplativo que, libro de horas al pecho, anda cabizbajo por la huerta de la abadía meditando en los misterios universales de la muerte, el tiempo, un muñeco guardado en un baúl, un payaso, una dama retenida en un óleo, o el misterio del niño que sabe "conmover la tranquila tristeza de las flores".

No podré seguir dudando, según las sensaciones anuentes de mi lectura, que la poesía de Eliseo Diego se relacione con lo crepuscular. Por lo dicho antes, me convenzo de esa suave, apagada, mortecina luz que se oscurece en el tono de sus ámbitos poemáticos. Y lo acepto porque un poeta también es hijo, obra de los libros que lee, como de su sensibilidad y de las circunstancias sociales que la moldean. Quizás de la poesía inglesa que leía y traducía; de los cementerios, esquilas, brumas del norte anglosajón, le provenga a Eliseo Diego su afición a la niebla, al crepúsculo, a la noche, que se afilian a la atmósfera de la nostalgia, del íntimo mirarse dentro cuando el poeta intenta hallar el único y vario sentido de las cosas que renombra, pero no acaba de comprender.

O pudiera ser que la poesía, y su lengua universal —el sentir común a unos y otros—, que a pesar de palabras tan disímiles resulta inteligible en cualquier espacio humano, tenga su concreción más lancinante en lo borroso, lo entrevisto. Y más que en el júbilo solar, hiriente de la oda a la alegría, elija su nicho más acogedor, abrigado, en la evocación nostálgica de "todo cuanto se ha ido / y ya es silencio".

LUIS SEXTO

AMIGO TANGIBLE

EL DECESO DE CINTIO VITIER en 2009 me obligó
a tomar de entre los libros domésticos, dos de sus títulos
más recurrentes en mis horas: *Ese sol del mundo moral*
y *Vida y obra del Apóstol José Martí*. Tal vez ninguno de
los cubanos que hallan en la lectura la justificación de
su ser y su circunstancia, pueda permanecer impasible
ante estos volúmenes. Si en alguna ocasión reciente he
dudado de mi vocación o de mi modesta persistencia en
asumir el destino de mi patria, he hallado en estos libros
la justificación de los días que desvivo. Cintio me recuerda que la historia, que el pasado y la tradición pro-
meten el sentido de la vida a quienes eligen las incerti-
dumbres del ser ante las certidumbres del tener.

Nacido en Cayo Hueso, Estados Unidos, en 1921, quizás pocas veces el gentilicio cubano ha sido tan exacto y
tan justo. Porque Vitier se dobló sobre cuartillas frescas
y documentos viejos para dar a Cuba una visión clara,
ancha de sí misma a través de la literatura. Escribió
versos, ensayos, estudios críticos, novelas. Fue un poeta
de aproximaciones lúcidas al investigar y evaluar la papelería de cinco siglos concerniente al pasado literario
cubano. No dudo en llamarlo uno de nuestros humanis-
tas. También, por ello, asumió en estilo y verdad la talla
de los descubridores.

Muy joven me convertí en lector asiduo, admirador
lejano y anónimo de Cintio y de su esposa Fina García
Marruz, pareja tan ejemplar en lo artístico como en lo
ético. De Cintio leí cuanto podía hallar. Al adentrarme

en sus letras sabía que era un autor en plenitud de sinceridad y cultura. Aun cuando podría estar en desacuerdo, encontraba yo una razón de aprendizaje. *Lo cubano en la poesía*, uno de sus libros capitales, me trasmitió otra dimensión de la historia. Y la vida y la obra de José Martí me alcanzaron desde un mirador ético, sin el cual –me parece que Cintio lo demostraba– no es posible juzgar ni entender a Cuba y a su historia

Esta nota no puede, sin embargo, transitar por el resumen de todo cuanto Cintio escribió. Su muerte me tocó como si con él hubiera se cercenado uno de mis miembros más útiles. No he de decir que me apareé al pie de sus jornadas, como un centinela o un vecino de puerta con puerta. ¿Pero acaso ha de ser necesaria la proximidad espacial para estar próximo? ¿No tienen los afectos más entrañados el pudor que los distancia del objeto querido a la vez que los exalta y los acendra?

En 1968, tenía yo casi 23 años. Un sábado visité, como de costumbre, al ensayista, investigador, polígrafo José María Chacón y Calvo. Y mientras esperaba por la lentitud de su pierna enferma, registraba sus libreros de modo que tropecé con el polémico libro de don Ramón Menéndez Pidal sobre el Padre Las Casas. Me lo regaló. Otra noche, encontré *Temas Martianos*, de Cintio Vitier y Fina García Marruz. Pero me lo negó. Está dedicado, le oí alegar en cierta protesta de su generosidad.

Entonces opté por pedírselo a los autores, en una carta cuya línea inicial recuerdo sin lamentar el verbo husmear, tan aparentemente impropio si desconocemos que uno o dos años antes de su deceso, libros de José María, o de sus amigos difuntos o emigrados, aparecían en cualquier rincón de la casa del achacoso hispanista como fragmentos de lo derruido o amontonado. Sirvan de muestras, las dos torres que sobre el piso condensaban los tomos de *Obras Completas* de Martí, publicados por Trópico; habían pertenecido a Jorge Mañach, algunos de cuyos subrayados leí con devoción influido más bien por la resonancia del autor de *Indagación del choteo*. Escribí, por tanto, a Cintio y Fina: "Husmeando en la biblioteca de nuestro común amigo Chacón y Calvo...". Ellos no me conocían ni de nombre: no había ninguna razón; tampoco las hubo en lo sucesivo. A poco, el cartero me entregó un ejemplar de *Temas Martianos*, firmado por Cintio y Fina: "A Luis Sexto Sánchez con saludos martianos de sus amigos".

Lo que quiero decir, pues, es que aquel gesto de 1968 fue el anticipo, la piedra fundacional de la dicha que en 2005 merecí sin merecerla. Momento es para volver a contarla. Un día de ese último año Cintio y Fina me invitaron y recibieron como amigo tangible. Leían mis prosas periodísticas, y querían decírmelo como si fuesen lectores comunes deseosos de conocer al autor predilecto. ¿Sabían que premiaban la lealtad de un lector?

Experimento cierta desazón al resumir este episodio. Mi escasa relación personal con Cintio y Fina a quien honra es a mí. Ellos pudieron seguir nutriendo su crédito, su prestigio de personas y artistas, sin haberme conocido en cuerpo y alma. Yo, en cambio, gané el estímulo, el reconocimiento de dos poetas a los que había querido, enconchado en la incógnita, durante casi dos tercios de mi existencia. Los empecé a querer, ya dije, por su integridad y por su sabia y lírica sustancia cubana. Luego, por su obra literaria de honduras y empeños cubanísimos. Y siempre con la misma intensidad del discípulo que necesita maestros y los asume en actos y libros ajenos.

A esa entrevista –a la que faltó Fina por móviles involuntarios; después nos veríamos– llevé un libro: *Prosas leves*, de Cintio. Al final, le pedí que me lo dedicara. Es mi predilecto entre los suyos, le advertí. Yo también lo prefiero, confesó. Su dedicatoria fue para mí la plenitud de aquella inicial, tan delicada y sobria, de 37 años antes. Ahora sí podría estar seguro, satisfecho, de que tanto Cintio como Fina –o tanto Fina como Cintio, el orden del binomio no alteraba la sensibilidad– conocían, en la acepción de "poseer", al Sexto a quien le autografiaban un libro. Los días se habían aglomerado en fila larga para favorecer esta confluencia que traté de presagiar y disponer en mis años liminares como aprendiz de letras y estilos. Cintio escribió esta dedicatoria: "Para Luis Sexto, periodista de prosas leves...". Lo demás, lo guardo en ese lado izquierdo donde afirma nuestra lengua que radica lo más entrañable del ser humano. Y en ese mismo nicho conservaré aquel modo tierno, sincero, inesperado, quizás inconsciente, con que Cintio, en mitad de nuestra charla, me dijo: Hijo mío.

¿Podría ahora, cinco años después, no llorar o lamentar la muerte de Cintio? Puedo llorarlo, sobre todo extrañarlo como algo propio, necesario. Y puedo prometerme continuar leyéndolo, reencontrándome con el estilo de un escritor cordial, porque sobre mi mesa continúan abiertos sus libros.

NUESTRA SEÑORA DE LAS LETRAS

FINA GARCÍA MARRUZ PERMANECE JUNTO a mí, invisiblemente cercana, con su delicadeza de espíritu, la maestría de su estilo y la profundidad de su saber y su sabiduría. Su nombre me llega como creo ella prefiere: en voz baja, en presencia humilde, escurridiza. Demás está decir, pues, que la mantengo entre mis escritores guías, mis correctores a distancia. Cuando me dispongo a leerla, debo deshollinar mi conciencia: ir a las páginas de Fina tan limpio tal los ojos en su primer engarce con la luz. Sus libros me lo exigen. Sus poemas o sus ensayos, en particular los que develan la figura y la obra de Martí, equivalen a un bautismo en las aguas de un ejercicio literario tan honrado que contagia de blancura a cuantos se le aproximan.

La mirada interior de esta señora de las letras cubanas ha definido a la poesía como "el secreto de la vida". Esta cápsula de índole filosófica se conoció en público el mes de mayo de 2012. Había ganado el concurso Federico García Lorca, en España, entre 43 pretendientes, y ante la travesía atlántica en que el reloj parece demorar su *tic taquear* en la fatiga del vuelo, José María Vitier, uno de sus hijos, la representó y leyó el discurso que la poetisa había escrito para recibir premio tan literariamente sugestivo y moralmente sustantivo por el poeta que lo nombra.

En el discurso que José María leyó en Granada, Fina García Marruz escribió como poetisa y como ensayista. Las diferencias entre una y otra condición literaria, a mi parecer, son de síntesis y extensión, porque la intensidad del disparo es pareja. Uno aprecia que el método y el estilo del ensayo se apoyan en la lírica, en la poética actitud del que penetra en una idea, un asunto por un impulso de amor, como en un poema. Y con ambos filos indagadores, Fina advierte que la poesía tiene un misterioso significado. Tantos años prensándola y llamándola, le permitan quizás intuir el significado de la poesía. Pero la autora de *Visitaciones* está atenta a que no se le olvide decir que es un misterio, una sugerencia, muy velada sugerencia que solo podemos sentir como una emoción apenas intuida al escribirla o leerla. A la poesía –ha sostenido– no se le ha de señalar fines. Sería no comprender que el poeta ha de vivir dentro de ella, porque la poesía no es otra cosa que el secreto de la vida. Sus fines no son visibles.

Pero si no son visibles sus fines, la obra poética de Fina García Marruz se apega visiblemente a la tierra, a las cosas que la rodean. Sus ojos se fijan en esa columna de la casa familiar, en el encaje de una sábana, en la línea del ferrocarril por la que ya no pasan los trenes, en aquel nombre apenas recordado, el árbol ya distante... Todo aparece con el ropaje que convierte en misterio la interiorización de las cosas, y ya disueltas en el poema, florecen como surcos, desgarraduras en el papel. Y por tanto, "Ese árbol ya no parece un árbol. / Lo han dejado sin brazos, sin cabeza. / Mira con sólo un ojo, desmochado, / las casas bien guardadas tras las verjas...". Fina no convoca a la poesía de adentro hacia fuera. Es al revés: el sonido, los objetos, los seres animados le suplican la mirada que les añada el color y la independiente perennidad de un génesis escriturado viendo las cosas pasar. "La mano del otoño me toca suavemente, / dice: vamos, es tiempo todavía, / pronto será ya tarde, recorramos / la eternidad posible que nos das como un dios...".

¿Para tanto ahondamiento no ha de bastarle el talento y la cultura? Le sobra algo más: la unidad entre lo humano, la ética y la letra, a cuyos elementos se suma la cubanía. Porque esta mujer universalizada en su vivencia y conciencia, es literaria y éticamente cubana. De una ética que se afinca en las letras ejemplares del padre Félix Varela y el maestro Luz y Caballero[13], y de José Martí. De esta mujer nacida en 1923, que ha decursado por nuestra cultura de brazos, par a par, con Cintio Vitier, fallecido, pero seguramente a su lado; de esta mujer podemos esperar definiciones que nada definan para definir mejor lo que apenas se puede intuir como se intuye el misterio de la rosa. El misterio queda esclarecido cuando la ceguera se asoma a las luces de lo oscuro y se revela como es: misterio.

De qué otro modo, pues, podré de hablar de Fina si desde cuando la leí no la pude ya jamás olvidar –ah, este entrometido y pertinaz verso de Amado Nervo.

---

[13] Ambos integran el conjunto de intelectuales fundadores de la ética y la identidad nacionales.

ENTRE LAS SOMBRAS

ANGELINA FANTOLI ME HA PERSEGUIDO con la insolencia del espejismo que promete el agua y se disuelve en la arena. Hace quince años intenté leer su traducción al italiano de *Mis mejores tiempos*, libro de memorias del polígrafo cubano Raimundo Cabrera, y desde entonces la música del nombre persistió en mi oído como un bolero nocturno cuyo autor no se recuerda. ¡Angelina, Angelina Fantoli! ¡Quién eres tú, Angelina! No creo que me haya enamorado del nombre; ya estoy viejo para esas apuestas fantasmales. Quizás mi interés provenga de la críptica afinidad de dos seres, en un curvo engarce sobre el tiempo y la muerte. ¿La habré conocido a través de una reminiscencia platónica y, al toparme con su nombre, Angelina empezó a llamarme, o la habré amado en una de nuestras reencarnaciones, según la candorosa doctrina hinduista? La verdad es más sencilla. Y la contraseña del enigma se ha posado en la muerte. Mi sensibilidad de lector, que lee además para escribir, se conmovió al conocer la nota de los editores de aquel libro cubano, impreso en París y en italiano. Elogiaban la inteligencia, la preparación y el gusto de Angelina Fantoli, italiana de origen, y lamentaban que su deceso, en La Habana, doblemente trágico por lo prematuro, le hubiera tapiado el placer de apreciar sus empeños intelectuales. Había enviado las cuartillas originales a una editorial de Milán. Y ya fuese porque la Primera Guerra Mundial impidiera la normal travesía del correos, o porque la Casa no quisiera aceptarlas, la traducción apareció en 1921, promovida por "una mano

amica", que así le rendía un homenaje a la traductora
recién fallecida.

A partir de entonces me apliqué con la insistencia de
los obsesos a saber quién había sido Angelina, qué
muerte tan atroz le había repatriado sus sueños. Bus-
qué. Pregunté. Registré en los archivos del cementerio.
Y, según los indicios de aquel rastreo en el polvo de tanto inventario funesto, su cadáver no había sido sepulta-
do en la necrópolis de Colón. Se me escabulló así la oportunidad de empezar a localizarla desde la cruz de su defunción.

Pero Gonzalo Salas, tan experto en referencias que si
no conoce el dato sabe dónde hallarlo, me desbrozó el
acceso hacia esa mujer enigma con un mínimo de señales. Y en la Biblioteca Nacional, revisando las páginas
de *Heraldo de Cuba* –periódico dirigido entonces por el
italiano Orestes Ferrara– topé con la nota de su deceso.
Angelina había sido colaboradora del *Heraldo* desde la
fundación del diario. Escribía crónicas sobre novedades
literarias o asuntos europeos en una sección "para las
damas". En un estilo transparente, tejido sobre la sencillez –según comprobé– escribía también de lo mismo en
la sección Femenidades en *Cuba y América*, fundada por
Raimundo Cabrera en 1897, y rectorada por él hasta
cuando la revista desapareció en 1917, después de varios cambios de periodicidad y de formato.

La nota necrológica de *Heraldo de Cuba* describía a
Angelina como poseedora de "un espíritu inquieto y pe-
netrante y en su figura juvenil y agradable albergaba un
corazón lleno de dulzura y entusiasmo por la belleza".
Falleció en la mañana del sábado 14 de febrero de 1920,
en "un fatal accidente". Y ya no pude saber más. Ni la
edad, ni la precisión de su nacionalidad, ni el tipo de accidente. Los periodistas de antes, como los de hoy, acudimos a los circunloquios ante la muerte: larga y penosa

enfermedad, trágico accidente, aunque una enfermedad o un accidente puedan aplastar a un ser humano con mil fórmulas diversas.

En el prólogo a la traducción con que Angelina trasladó al italiano *Mis mejores tiempos (I miei bei tempi)* de Raimundo Cabrera, los editores, entre otras vaguedades, informaron también que Angelina murió cuando, "ya esposa y madre" podía respirar la felicidad. ¿Lo habrá sabido ella? Uno nunca sabe que es feliz. Y cuando los demás lo aseguran ya uno no está para averiguarlo. Y si Angelina Fantoli continúa siendo para mí una incertidumbre, pues todavía la veo al esfumino, entre la disolvencia de pinceles irresolutos, vaporosos, como un espejismo, espero que nadie me descubra cuanto ignoro de su retrato cuando yo ya no esté.

LUIS SEXTO

CABALLERO SIN ESCUDERO

LA IMAGEN DEL CABALLERO VESTIDO de alambrón, en 23 y J, en La Habana, se yergue airada, furibunda sobre un rocinante increíblemente encabritado. Pero cuando me le acerco echo de menos a una figura. Le falta Sancho. No sabemos dónde estaba el escudero cuando el escultor Sergio Martínez tejió los hilos cobrizos de ese caballero andante belicoso, tan tenso como el alma de un loco.

El Quijote, parece ley, no debe andar sin su escudero. Como al gato su cascabel, hay que insertar cerca la contrafigura que exalta la figura del alucinado caballero. Me percato de que Don Quijote brilla en la medida que se opaca y apoca su pusilánime ayudante. Tal vez esa furia descuerada, esa acometividad que le obliga a representar en 23 y J una bronca perenne, espada en mano, sea su protesta por no tener a un chasquido de su retórica de armadura y lanza al Sancho dicharachero y previsor. Lo necesita. Para ello lo convocó a esa aventura donde ambos ilustran la pareja más contradictoria y más humanamente complementaria de la historia. El escudero no solo se ocupa de los bastimentos del cuerpo y que al caballero le importan poco cuando no es hora de comer. Sancho le advierte también que los molinos son molinos cuando lo son de verdad, y que chocar con ellos implica rodar por tierra.

Pero la ausencia de Sancho parece ser otro símbolo de la idiosincrasia nacional. No quieren los cubano que, cuando conciben la dama de sus sueños, o el ideal que justifica su vida, una voz excesivamente cauta o racional le estorbe el impulso, el ademán medio trágico y medio cómico, advirtiéndoles de peligros o equívocos. Un rasgo del espíritu de Don Quijote se multiplicó entre los habitantes de Cuba. Hablo de ese afán de salvar doncellas en peligro y de compartirse sobre la mesa de la solidaridad. Muchos –los tipos de cuello rígido, abundante tanto ayer como hoy– tachaban de locura esa actitud. Y el viejo caballero respondía: "Yo sé quién soy".

Casi al mismo tiempo en que echó a andar sobre Rocinante por el Campo de Montiel en su primera aventura, llegó Don Quijote a América trayendo un mensaje de rebeldía entre sus, en apariencias, inofensivos episodios. Meses o semanas después de que en España empezara a circular la primera edición de la historia del generoso y demente don Alonso Quijano, en 1605, un número de ejemplares se embarcaron en el puerto de Cádiz con destino a las costas americanas. Datos dispersos, y por lo general incompletos, impiden determinar a quién correspondió lo que con los siglos sería el mérito histórico de haber introducido, en tierras americanas, el primer ejemplar de *El Quijote*. Pero si ese detalle puede mantener insatisfechos a historiadores poco ocupados, a la generalidad basta saber que *El ingenioso Hidalgo don Quijote de la Mancha* fue en Hispanoamérica, una especie de *best seller*. Varios pasajeros de la misma nao, y de otras, manifestaron haber leído durante el trayecto por el Atlántico –y "con gran contentamiento"– la entonces recién publicada novela de Miguel de Cervantes, recaudador de impuestos de la corte y sin más linaje que su trabajo y la inutilidad de uno de sus brazos, ganada en Lepanto al servicio del rey.

Y ese hecho compone una paradoja. La censura religiosa y política de España otorgó franquicia a la obra de Cervantes sin percatarse que no era lo que aparentaba ser ni lo que de ella decía su autor. El *Quijote* es –a jui-

cio de este transeúnte– un texto en el que se expresa
una nueva dimensión del hombre, capaz, según intenta
demostrarlo el genial loco, de establecer la justicia en el
planeta.

No sé si alguien sabe por qué puerto, en qué barco y
quién trajo a *Don Quijote* a Cuba; ignoro si existe la
fuente donde está escrito el viajero, o el importador del
Ingenioso Hidalgo. No lo sabía Irving Leonard, el norteamericano, que acopió muchos datos sobre las peripecias
del caballero andante en su obra sobre *Los libros de los
conquistadores*. Puedo, sin embargo, responder esta
pregunta: ¿Cuándo Don Quijote llegó a mí; cuándo entró
en mí? Pasó antes de mis veinte años por el puerto ávido
de mis ojos, de mi tiempo juvenil echado sobre la hierba
a orillas del Almendares ya maloliente. Leer el *Quijote*
fue tarea lenta, constante... Aplazada hoy, recomenzada
la semana entrante. Ya lo decía Enrique Labrador Ruiz
en un libro muy tierno, pero ya perdido: *El pan de los
muertos*, en el que escribía sobre amigos fallecidos, de
Cuba y de América. Y decía que a los escritores cubanos
de su época y antes –a mediados de los 1950– les resultaba casi una faena inacabable o desechable escribir novelas. Cuentos, sí; poesía, más aún. Pero novelas... Y
leerlas, en particular cuando son largas, es como, tal decía la irónica, erguida y culta prosa de Labrador, ir al
país del nunca por el camino del ya voy.

¿Acompañé a Don Quijote hasta su deceso? No recuerdo. Quizás no hizo falta. El Quijote es un personaje muy
próximo, sin que lo hayamos acompañado hasta la última hoja de su vida. Bastan las páginas de su primera
parte, para trastornar al lector joven. Consolémonos con
una página de Somerset Maughan. Creo recordar que el
autor de *Servidumbre humana* dijo, al contarla en su
selección de diez novelas ejemplares, que la historia del
Ingenioso Hidalgo Don Quijote de la Mancha era tan

larga, porque en el siglo XVII imprimir implicaba un alto costo, y por supuesto los impresores precisaban el volumen justificador del acto reproductivo. Ello tal vez, nos releve de proseguir la peripecia en la lectura. Con lo sabido bastará. Y como sucedáneos menos abultados nos socorren las exégesis de Unamuno, Azorín, Madariaga, del cubano Justo de Lara. Empleando cierta economía de lector, parece que ganamos por partida doble en menos tiempo: seguir ahondando en los valores del caballero loco mediante segundas manos y conocer de primera a los émulos e intérpretes de Cervantes, el escritor que nos enseñó a escribir, según la verdad dicha por María Teresa León. Ahora bien, Umberto Eco dice que "Hoy en día existen dos tipos de libros: aquellos que se leen y aquellos que se consultan". ¿Y por tanto pertenecerá el *Quijote* de un tercer tipo de libros: esos que no se leen y se dicen leído mediante un proceso de ósmosis entre lo que quiero y puedo hacer, y no hago?

Ante el caballero de 23 y J, puro alambrón tenso, áspero, detenido sobre un Rocinante a punto de emprender un salto con sus manos apoyadas en el aire colérico de su jinete; ante esta figura eléctrica pregunto nuevamente dónde está Sancho. ¿Habrá cruzado la avenida de 23, para pedir —él, tan pendiente del yantar— una ración de pescado en el restaurante Los siete mares, y por ello, en el momento de erguirse el tejido de su amo, perdió el puesto en la estampa como jinete sobre un borrico? Tal vez haya ido a Puerto Padre a averiguar qué pudibundez pueblerina le mutiló al Quijote de los Molinos la desmesurada y erecta espada que desde su pelvis de metal aterrorizaba a la población femenina de aquella marina ciudad. Es posible que el escultor Sergio Martínez muriera sin decir los móviles de su decisión de alejar al escudero de 23 y J. O configuró al caballero cuando el campesino sometido a la servidumbre de las reglas de la caballería se hallaba en la ínsula Barataria gobernando según las normas quijotescas el destino de aquellos isleños. Y si se hallaba, pues, tan lejos de su amo, no veo el modo de haberlo puesto en este parque. Pero ya, al final de mi búsqueda, he visto donde está el escudero que le falta al descarnado Quijote. En un sitio público, bajando por la calle de Obispo, en un parque próximo a la Plaza de Armas vive en igual soledad inexplicable un Sancho Panza de alambre. Tendremos que convencer al Historiador de la Ciudad, para que lo pongan junto a este Quijote que, en 23 y J, parece gritar expandiendo el peligro: ¡Aquí, en esta esquina, no hay más gallo que yo! Y así pueda Sancho, muy próximo, avisarle desde su sabiduría refranesca: Tenga cuidado, uno nunca llega a saber. No siempre los gigantes son molinos de viento.

Sorpresa en el parque

PRIMERAMENTE FUE LA PLAZA. Después el parque, versión cómoda, sombreada y trasnochada de los espacios colectivos. Surgió como democrático estacionamiento y superficie para el vaivén. ¡Y son tan polivalentes, asumen tantos papeles los parques de pueblos, o de barrios! Por momentos, solitarios parajes de citas, confesionarios de amor. Tribunas de peroratas y rincón de ideas susurradas. Peñas de lo banal. Recintos de la frustración. Academias del aburrimiento. Cuartones de los mitómanos. Corral de ensueños.

En los parques convergen directores a distancia de béisbol, gobernantes de la suposición, periodistas del rumor, estrategas de romances, narradores de fantaciencia, filósofos sin cátedra y poetas aprendices. ¡Parques! Ámbito escueto en lo físico y ancho en sus deseos donde, al fin, como los bueyes al trapiche colonial, la gente da la vuelta para reconocer las mismas caras, los mismos árboles, los mismos bancos.

Retengo de los parques un único recuerdo personal, carnalmente doloroso, sin mezcla de nostalgia; tal vez de lamento. A Sergio Hernández Rivera, poeta de Remedios y Caibarién, los parques sí le provocaban remembranzas, fantasmas de sensaciones envueltos en las batas anchas de muchachas lindas e imposibles, o aventuras creadoras que le afirmaron su vocación, su búsqueda de la poesía, aunque de poemas, en la época de su juventud, en vez de vivir se podía morir. Lo leí en el borrador de sus memorias que me llevó a casa unos meses antes de fallecer, ya retirado y abstraído. Con unos 20 años,

LUIS SEXTO

junto a dos amigos más jóvenes –Panchito de Oraá y Carlos Galindo Lena–, que en el futuro serán poetas de hondura y sortilegio en una expresividad original, improvisó un tríptico de sonetos al general independentista José Maceo. En Cuba versificadores y cantadores componen décimas en la inspiración entusiástica de la controversia repentista. Pero el soneto es estrofa de mayor tino, más apegado al filo descortés de la exigencia formal y la precisión de la idea. Ellos, sin embargo, lo consiguieron para enviar la obra a un concurso y tratar de merecer los cien pesos que metalizaran un tanto sus ayunos de místicos pueblerinos.

El esfuerzo reclamaba un estimulante, un paraíso de lentejuelas, una sicodélica estancia de ángeles. Carecían de peculio para ron, incluso para un plebeyo aguardiente. La fantasía de Panchito de Oraá superó gallardamente el trance. Había leído que el jugo de caña regalaba al cuerpo humano un sucedáneo de embriaguez. Y reuniendo los centavos que por ignotos rejuegos se dispersaban en sus bolsillos, obtuvieron capital para cinco vasos de guarapo por boca.

Inflados, tal vez distendidos, pero vacíos de prefiguraciones esotéricas, encontraron un rincón en el parque de Caibarién, y convocaron, mediante la conversación apropiada, la presencia del General José. Creada la atmósfera histórica, la composición imaginaria del lugar, Sergio, de pronto, ordenó:

–Vamos, Panchito, comienza tú; pero con endecasílabos.

Oraá, alzando la mano en un gesto habitual, recitó como si extrajera el verso de una memoria imprecisa y consciente a la vez: "Hermano digno del coloso oscuro". Galindo, asumiendo la dirección, dijo:

–Arriba, Sergio, tú ahora.

Y Sergio: "Fruto inmortal del vientre de Mariana". Y

Galindo: "Que abriste con tu brazo la ventana". Y Oraá, a un ademán de Sergio, completó el primer cuarteto: "Hacia el amanecer más alto y puro". A los 20 minutos habían compuesto tres sonetos. El primero seguía así: "Bajo tu empuje irrefrenable y duro / Cedió la furia de la hueste hispana, / Y fue tu corazón áurea campana / De libertades sobre el patrio muro. // Tu sangre perfumada y florecida, / Hoy, desde el surco fértil de la gleba, / Resurge en flor brillante y encendida, / Mientras tu voz despierta el horizonte / Con un grito que cada palma eleva / Y hace estremecimiento cada monte".

No ganaron el concurso. Ganaron más: la certeza renovada del talento propio y la justificación del parque como expresión de libertad para aquellos que cuerdos o locos tienden a encontrarse para soñar, o mirar el cielo entre los árboles.

Por el contrario, yo nunca he escrito poemas en los parques. Y no besé muchachas en agraz bajo copudas sombras clandestinas o cómplices. Y menos moldeé mentiras como aquel compañero que haciendo retroceder el recuerdo, relataba que un día matriculó en la universidad, y se dijo que hasta que no se hiciera abogado no se detendría. Luego callaba. Y todos suponíamos que era abogado. Así, de vez en cuando hacía alusión a su pretendida carrera. Una noche, alguien le preguntó si había cumplido su empeño, si se había detenido o había continuado contra cualquier oposición o dificultad. Tartamudeó. Y logró admitir que esa pregunta nadie nunca se la había hecho, porque a fin de cuentas se podía colegir de su historia el resultado final. Por tanto, el tampoco contestaría a quien no sabía emplear la imaginación, ese borde delantero de la inteligencia, porque él había aprendido, en la academia militar que... Y añadió otro diploma a un currículo que crecía en esa universidad fantasmal y siempre activa de los parques.

Pero aún me agobia el único hecho que me correspondió protagonizar en un parque. Sucedió mientras conversaba una noche de jueves con varios condiscípulos. De pronto, una pelea. No supe nunca por qué causa. Y me inmiscuí con mi vocación de buen samaritano, que Juan Ángel Cardi, escritor y humorista, reconoció años más tarde al dedicarme un cuento de su libro *El caso del beso con sabor a cereza*. Dentro, pues, del concierto de puñadas y trompicones, echando a un lado a unos y a otros, recibí un golpe en la nuca. Un mazazo cuya contundencia requería premeditación del puño tan certeramente teledirigido. A veces trato de intuir qué incógnito enemigo aprovechó la confusa circunstancia, y lo que hallo en la penumbra es una especie de aversión hacia los parques donde tantas opciones pululan y donde, sin embargo, elegí la menos conveniente para contar después cualquier historia.

MI ARCA DE NOÉ

EL PUEBLO DE VILLAVERDE

LA LUZ DEL ATARDECER SE dispersa por occidente como en una explosión silenciosa. Acabo de llegar a San Diego de Núñez. Y ante la vista del lomerío que lo restringe, uno comprende la incapacidad del poblado para desbordarse y diversificarse en su configuración alargada y escueta, aunque la gloria elige cualquier sitio para establecerse.

Si el 20 de marzo de 1839, hubiera acompañado a Cirilo Villaverde en viaje a su región natal, habría subido al tren en la estación de Garcini, hoy Oquendo y Estrella. A unos 20 kilómetros por hora, la máquina habría llegado a la Aguada del Cura. Y poco después, en El Rincón, casi sin percatarnos de la rapidez recién estrenada ese año sobre el primer tramo del ferrocarril, a caballo habríamos continuado hacia San Antonio de los Baños, Ceiba del Agua y Guanajay. Luego, el poblado de Quiebra Hacha, antiguo bosque de ese árbol duro, desenraizado para solidificar ingenios azucareros. Y ahora, entre neblinas, las alturas del Rubí: nos adentraríamos en las lomas de la Sierra del Rosario. Y pasaríamos por San Blas, cerca de donde poseía una finca Francisco Estévez, el rancheador, cuya fama de hábil e inapelable cazador de cimarrones rebotaba en las paredes de la sierra y corría por el llano. Una hora después, orillando el curso encaracolado del río, que brotaba del tronco de un jagüey, llegaríamos a San Diego de Núñez.

Desde sus primeras casas, el pueblo pervivió adscrito como barrio a Bahía Honda, y luego a Cabañas, y otra vez a Bahía Honda, entonces en la jurisdicción de Pinar del Río. No aparece, ni como excreta de mosca, en el mapa de la geografía política. Se extravió en la modorra del campo. Y en la toponimia sin importancia. Pero su pequeñez no impidió que fuera una de las capitales, uno de los poblados matrices de la literatura cubana. Su nombre, sus paisajes, la rispidez de sus tierras, perviven en las obras fundadoras del escritor que, amando a su mínimo y opaco lar, aprendió a querer a Cuba. "Nuestro coterráneo Villaverde", afirman allí donde, a cambio de la desmemoria que sepulta al pueblo, preservan el recuerdo precario y el busto pobre del autor de *Cecilia Valdés*[14].

En un momento, cierto auge lo espabiló. Su única calle, en una época de tráfico, compuso un tramo del camino real que conducía del norte de Vueltabajo a La Habana. Y por ello, cuando en 1805 los vecinos de San José de Granadillar, asentamiento costero, empezaron a mudar sus enseres y techos para procurar la seguridad de las lomas ante los ya en decadencia bandidos del mar, fueron edificando junto con las casas, a partir de la iglesia, tres o cuatro tiendas para servir a los viandantes. Por entonces esa zona, cerca de Bahía Honda, redoblaba trapiches y multiplicaba azúcares en un entusiasmo que provenía del este hacia el oeste.

Del pasado permanece aquí el paisaje que, visto desde la colina donde se aplana el pueblo, reluce con sus hondonadas y alturas como la certificación histórica de que los hombres pasan, se suceden, y la visión natural persiste inmóvil e imponente. Y permanecen también dos sepulcros, cuatro paredes ruinosas y algunos pedazos de

---

[14] Cirilo Villaverde, autor de la principal novela cubana del siglo XIX. De contenido antiesclavista, *Cecilia Valdés o la loma del Ángel.* supera el costumbrismo y se adscribe al realismo decimonónico. Se publicó en La Habana parcialmente en 1839. Mientras residía en Nueva York, concluyó su obra en 1879. Se publicó en 1882 en la misma ciudad. Falleció en 1894.

mármol del primitivo cementerio. Ya no es un camposanto. La maleza lo desfiguró. Es un yermo que se afinca sobre una huesa ya sin nombre. Arrinconadas, como monumentos colindantes de patios vivos de humanidad y cloqueos, ambas tumbas, en forma de nichos o de gavetas, aptos para un par de ataúdes, se alumbran el día de difuntos con las velas que los vecinos les encienden en repetido culto a sus imprecisos antecesores. Más acá, una lápida de piedra, recostada a un árbol, anuncia que perteneció a don Agustín Peyret, fallecido el 2 de junio de 1850. Entre esos vestigios luctuosos, ante la crónica sobria de la muerte, y por la presencia del mármol y la solidez de los sepulcros aún enteros, uno admite que el pueblo respiró jornadas de prosperidad. En época de esplendor fue partido de tercera clase, y lo componían las haciendas de San José de Granadillar, La Seiba, San Blas y Santiago.

Cirilo nació el 28 de octubre de 1812 en Santiago, ingenio construido a fines del siglo XVIII a la vez que el Nazareno, El Recompensa, el San Juan de Dios. De aquella fábrica azucarera, surgida en la explosión de caña y dulce que entonces encandiló a los cubanos, perdura hasta hoy el nombre, batey al borde de la carretera entre Cabañas y Bahía Honda, donde aún se conserva una casa renqueante de ladrillos acostados y techumbre cubierta con tejas francesas, edificada mucho más de un siglo atrás, y en cuyo patio se oxida un antiquísimo tacho metálico, caldero enorme donde se cocinaba el guarapo.

El padre, don Lucas Villaverde, era médico del ingenio. Los primeros años el niño los vivió frente a la Sierra del Rosario. Desde la parte trasera de la casa, espacio que hoy ocupa otra vivienda, el párvulo pudo arrobarse, embobarse, ante un valle abrupto, alfombra que de pliegue en pliegue se empalma con la base de la sierra, envuelta en azuleada gasa, en un fondo un tanto lejano,

165

pero asible por los ojos. Ante esa visión, la sensibilidad del escritor no tuvo tal vez otra opción que poetizar, en su prosa minuciosa y leal, aquellos parajes en los que germinó su identidad.

Villaverde confesó en su *Excursión a Vueltabajo* que la gloria de San Diego de Núñez radicaba en haber encantado la infancia inocente y juguetona del escritor. Quizás escribió el relato de su excursión para perpetuar los valores humanos y paisajísticos del pueblo donde residió su niñez. La familia Villaverde y de la Paz pasó en 1819 a la cabecera del partido. Aún San Diego de Núñez era un caserío escuálido como perro sin casa, estimulado en su aburrimiento por el paso de algún viajero sobre una bestia de monta, o a pie con un gallo de lidia acunado en un sombrero de guano. En torno: café, cañas, ganado. Más de 400 caballerías de tierra lo rodeaban pregonando riquezas que uno de los propietarios, Núñez, al ceder un área para el poblado, posibilitó que se acrecieran. Núñez, dicen, se nombraba Diego. Y de esa coincidencia proviene el nombre del pueblo, y del santo patrón de la iglesia, San Diego de Alcalá, cuya cabeza de madera sobrevive magullada en el museo de Bahía Honda.

La oscuridad nocturna en medio de la serranía inspiraba al niño nostalgias de cualquier parte, miedos de cualquier cosa. Opresión de la noche que se vuelve más desolada en la soledad. El pueblo comenzó a despegar en 1832. En 1846 el censo indicaba 260 habitantes. En 1863, 701. Pero Cirilo, el niño, ya lo había abandonado. Cinco años después de haberse trasladado desde el Santiago a la casa cómoda que el padre construyó en San Diego, el muchacho, con once años, partió a estudiar. En la iglesia había aprendido a leer y escribir. Mas, faltando el cura, el doctor Villaverde envió hacia La Habana a aquel hijo, uno entre nueve, en quien tal vez el padre previó cualidades que el tiempo confirmó entre contradicciones: don Lucas será uno de los supervisores de la cuadrilla de Estévez, el rancheador; Cirilo, su hijo, escritor antiesclavista, cuya novela más difundida y elogiada *Cecilia Valdés o La loma del Ángel*, testimonia un pasado que hoy he venido a imaginar, bajo a la luz benigna del ocaso. Y desde mi alma sola, la melancolía observa el paisaje amodorrado, silente, incoloro de un día que se pareció a otros días iguales más de 200 años antes.

LUIS SEXTO

VEN, VAMOS A CONVERSAR

MI MUJER ENTRA A VECES en la sala, y me pregunta puntillosa: ¿Conversando, eh? Estoy, en efecto, conversando con algún amigo a cuya confianza no le parece intromisión, ni grosería, el reproche conyugal. Ella se preocupa admirablemente por mi trabajo. Los tres sonreímos. Luego voy a responderle, y pienso que antes pudiera recitar un álbum de conceptos sobre la conversación para explicar mi actitud de aparente derrochador del tiempo. Porque cuanto más vivo más creo que si Robinson Crusoe no hubiera hallado a quien llamó Viernes, él mismo lo habría inventado transfundiéndole la vitamina del movimiento a una estatua de arena. Lo imagino, aún sin compañía, en un día cualquiera de su soledad náufraga e isleña, sentándose frente a las pencas cabizbajas de un cocotero para iniciar un diálogo monologado, como un sordo ante otro sordo. El propio Daniel Defoe se percató de que, sin un compañero, el novelesco paladín de la autosuficiencia hubiera resultado antipático por inhumano.

Quisiera equivocarme cuando sostengo que la conversación —el diálogo promotor del bien y el conocimiento— casi se ha extinguido como costumbre cubana. Quizás la radio, la televisión y el cine han coadyuvado a que la conversación se haya reducido a cháchara, a diálogo monosilábico. En el siglo XIX tuvo su esplendor en un espacio más bien familiar en que se oía leer y se hablaba sobre lo leído u otras propuestas. Las peñas actuales no sustituyen la tertulia; les falta la espontaneidad de lo doméstico o vecinal.

Hablemos, sin embargo, de la conversación como necesidad humana. Y veamos un expediente más sugerente y conmovedor. El monje trapense Thomas Merton y el Dalai Lama iban a entrevistarse en la capital de Tailandia cuando el contemplativo norteamericano se electrocutó al oprimir el interruptor de un ventilador en su habitación de hotel. Un periodista español, de nombre que ahora he olvidado, quiso imaginar el encuentro como el diálogo de dos hombres que nunca hablaban. ¿Qué tendrían que decirse el monje cristiano, del monasterio de Gesetmani, Kentucky, y el líder budista del Tibet? Quizás no haya conversación más intensa que la de dos hombres que suelen hablar dentro de sí. Antonio Machado confesó conversar con el hombre que lo acompañaba interiormente, en una alteridad, en un eco, que duplica el monólogo en la imagen de sí mismo. Por tanto no hay términos más ajustados, ni precisos, que los que surgen del develamiento y la evaluación interna del silencio. Porque este no es sino la espera generadora de la conversación; el callar para luego decir. El colombiano Vargas Vila, famoso quizás por el estruendo de sus prosas y sus discursos orales, dijo en un librito ya muy escurridizo sobre Darío que el poeta nicaragüense no hablaba. Su conversación se ajustaba a monosílabos. La deidad que lo otorgó el genio de la imagen y la palabra, le quitó a cambio el de la conversación. O quién sabe si la poesía, la más entrañable, necesita del silencio para incubarse.

Pero me inquieta que exaltando el silencio rebajemos la conversación, que parece resultar un diálogo de medular estela en un fluir lento, distendido, sin la estridencia polémica del furor; más bien, con la anuente displicencia del que no desea tener la razón, sino buscar la verdad. Un arte educado, según Augusto Monterroso. No habrá conversación si hay charla, cháchara o palique. Estos tres demonios de la conversación banal se arruinan en su propia insuficiencia, en su incapacidad para convocar el buen juicio, la constructiva multiplicidad de todas las flechas de la rosa náutica hacia un concierto reflexivo. Este es el ojo de la aguja: la esquiva consciente de lo trivial, que es el caldero donde cháchara, palique y charla, se convierten en un caldo aderezado con la excelencia de lo insustancial. Habrá conversación cuando el meridiano cero perviva más allá de cualquier numeración creciente, de cualquier contacto con la urgencia del aburrimiento. Y se mezclen lo utilitario con lo sensible, lo racional con lo intuitivo. Saber y placer. Porque registrado el concepto en sus expedientes más antiguos, conversación implica trasvase de ciencia y experiencia, que luego maceradas creadoramente en la conciencia se transforman en carne primordial del carácter. Es ese el decir de Stefano Guaso para el que "chi non conversa no ha esperienza", sabor supremo de la civilidad renacentista por donde el juicio nos evita el ser "poco men che bestia".

Desde el vivir inmediato, la conversación traza los términos de la convivencia. Combina la geometría más corta entre dos personas. Amor que no conversa se anula en la trágica ficción de los cuerpos, como los polos que chispean al juntarse y se queman en la misma vaguedad del roce. Cama y mesa, tradicionalmente, convocan la conversación. Nunca entendí por qué en el refectorio de los seminarios preconciliares y en cuarteles de reclutas el silencio regía la maquinal animalidad del comer. La conversación humaniza el acto de masticar y tragar que evidencia nuestra insuficiencia como especie. En silencio, somos como leones que, en vez de gruñir, hacemos sonar los cubiertos. La paz comienza en una mesa animada, dispuesta a la satisfacción orgiástica y por ende a la anuencia, al perdón que legitima las explicaciones; la guerra puede surgir en una mesa callada, seca, donde el hartazgo traga sobre todo el desbordamiento espiritual reprimido. Ocurre igual en la cama. Previo al acoplamiento, al viaje de uno y otra hacia el interior ajeno, se humedece en la conversación, un recoger cabo que acerca el bote al espigón. Después, en la laxitud, el abismo nervioso del orgasmo se enriquece en el intercambio de aquellas regiones a las cuales no se llega si no en la palabra, que desnuda y desbroza.

El creyente, incluso, ha de conversar con Dios. La oración recitada, los textos concebidos como mercancías piadosas defraudan la buena fe. Podría cansarse de escuchar frases no sentidas, anotadas como en el libreto de un programa de televisión. Tal vez solo oye sentimientos, porque ve por los oídos el suspiro intermitente de la angustia, la oxigenación desesperada del alma inmóvil y muda en la soledad. Para Dios los ojos hablan: la mirada prendida del pasamano, que es nuestra inferioridad angustiada, y el deseo de escalar la ansiosa certidumbre de ser oídos en el luminiscente diálogo del alma vacía. Pero si se pronuncia alguna palabra ha de decirse en el intercambio susurrante de la conversación, en la humilde actitud del que habla para levantarse por sobre las limitaciones de su lengua. Ha de andar en lo cierto el pintor mexicano Newman, al creer que las manifestaciones grandilocuentes no son agradables a Dios: elevan un sonido falseado por la prepotencia. Yo pienso, en particular, que la humildad es el lenguaje de Dios, lo cual supone un problema teológico que a pocos habrá de interesar y que aquí no voy a acometer presuntuosamente.

El maestro que forma discípulos —no el profesor de pedantesca resonancia—, o el escritor que concierta y realiza a los lectores —no el que los aplasta y espanta— consigue, a mi parecer, la comunión mediante el ejercicio conversacional. Y paramos otra vez en la humildad. La conversación discurre sobre la ideología de la mansedumbre. Porque la polémica tampoco integra, ni sustituye la conversación. La polémica es puja, confrontación. De sólito los contendientes no se oyen; solo atinan a concentrarse en la argumentación que habrá de demoler al rival. La conversación alude al puente entre las dos orillas de un abismo. En la conversación empieza la convivencia. Porque el que conversa se independiza de sí y se enchufa a la boca del otro, en el más carnal reconocimiento de la libertad propia y ajena. Y se independiza, incluso, de la verdad. Que no hay verdad que sirva y sobreviva, si uno no escucha, tolera y acepta. Esto es, si uno no habla en la paridad reconocible del diálogo, oscilando entre la sabiduría y el placer. Como jinete sobre un jamelgo en camino desierto, despojado de los atuendos intransitables del reloj.

Debo, por consiguiente, muchas chispas, muchos arranques a la sugerencia de algún interlocutor. ¿Conversando, eh?, me cuestiona mi mujer. Y tras de agradecerle su interés, le respondo: No; trabajando.

El cuento de nunca acabar

LA CUARTILLA EN BLANCO o el vidriado papel de la computadora parecen sonreír a los escritores con la sádica mueca de un déspota que, al mismo tiempo, hace el guiño burlón del misterio o alarga la mano como un enemigo impredecible. Podemos colegirlo en confesiones y entrevistas. Cierto novelista holandés, que conocí en un hotel de Paramaribo y cuyo nombre se me perdió en aquellos días de la independencia de Surinam, en diciembre de 1975, me definió la cuartilla en blanco como un edificio en proyecto al que hay que levantar. Y Norman Mailer, después de 40 años de frecuentarla, la describió como una "señora muy fría".

Por esas dos definiciones y por la metáfora de García Márquez acerca de que escribir un cuento es como "vaciar concreto" y una novela, "pegar ladrillos", se evidencia que escribir no implica el ejercicio de un trabajo liviano, placentero. Tal vez porque algunos así lo estiman, personas poco dotadas o nulamente tecnificadas retan a la cuartilla en blanco. Y el resultado es eso: lo blanco, la nada. Se van en cero, como bateador sin *jits* en un partido de béisbol.

He indagado en memorias y declaraciones de numerosos escritores extranjeros, y por lo común les disgusta escribir, aunque aparenten en lo escrito que gozan de un juego hedonista. De un placer vivido a toda máquina. Escribir, por supuesto, no es un juego, ni ocupación de vagos. No juzgue mal a los escritores –periodistas entre ellos– que se aficionan a la conversación. Al hablar trabajan: limpian y tienden al sol sus ideas, o, en el inter-

173

cambio, les suman perfiles complementarios. Tampoco rechace al que permanece silencioso, como alelado, o se aísla: sólo piensa, se concentra. Un libro, una crónica, se arman en la cocina de la meditación.

Cuando vea a un escritor doblado sobre un machete, una guataca, una escoba, no crea que trabaja. Descansa. Son variados y disímiles los modos de creación. Luego de recordar que Maiakovski advertía que no hay reglas para hacer de un hombre o mujer un poeta, Ilia Ehrenburg apuntaba: "Diferentes escritores llegan a la literatura por distintas vías, escriben de modo diferente y tienen diferentes maneras de experimentar el proceso creador". Sólo una regla permanece invariable y se ajusta a todos los temperamentos y las técnicas. La prescribió François Sagan y ella, temiendo le colgaran el escapulario melodramático de otros momentos, aclaró que podrá parecer "un poco folletinesco", pero "un libro se hace con leche, sangre, nervios, nostalgia, ¡con todo el ser humano, en una palabra!". Y tales ingredientes suponen un esfuerzo, una aplicación demoledora. Flaubert construía lenta, escrupulosa, sistemática, obsesiva, terca, documentada, fría y ardientemente sus novelas. Y mientras escribía Madame Bovary –lo reveló Vargas Llosa–, "un buen día de trabajo" podía "significar media página definitiva". Aunque a veces estaba "loco de furor por haber pasado horas tratando de mejorar una sola frase".

Otro fanático de la corrección fue Isaac Babel. "Hay –decía– quienes escriben algo y no soportan verlo más. A mí, en cambio, me cuesta escribir y me encanta modificar". Y añadía: "Podrán flagelarme en plena calle (...) pero no entregaré el manuscrito ni un día antes de considerarlo terminado". A Norman Mailer no le gustaba lo que escribía. Una vez le confesó a *Le nouvel observateur*: "Sólo muchos años después me digo: caramba, si esto es mejor de lo que pensaba. Por tanto no estoy impaciente por escribir. Reflexiono sobre un libro hasta que él se presenta de la mejor forma posible. Todo está en la preparación. Pero el hecho de escribir no es agradable".

Entre el acto de escribir y el momento de realizarlo se interponen a veces ciertas operaciones, manías más bien, que aplazan el acometimiento, el acople del creador y la máquina, la pluma o el lápiz. García Márquez las llama pretextos en una entrevista con *La Gaceta de Cuba*. "A mí, por lo menos, me da mucho terror sentarme a la máquina de escribir. Le estoy dando vueltas, viéndola ahí, y hablo por teléfono, prefiero leer primero el periódico; voy ganando tiempo (...) Entre la máquina de escribir y uno, uno va creando una cantidad de obstáculos que pueden volverse espantosos".

Marcel Proust escribió sus libros en una habitación de paredes acolchonadas. Tal vez si le hubiera faltado semejante hermetismo, habría hallado el pretexto para tirar sus proyectos al limbo de los inocentes: el aplazamiento. Probablemente, el mar de los Sargazos que en lo inmediato le promete la cuartilla en blanco, compulsa al escritor a madurar la obra en la cabeza. Ezequiel Martínez Estrada dijo que hacia 1930, Horacio Quiroga escribía muy poco. "Pero aún no había madurado su aversión a hacerlo. Produciendo lentamente, construyendo mentalmente el cuento hasta en sus menores detalles; una vez encabado lo trasladaba al papel sin que tuviera que retocarlo mayormente".

Juan Marsé intenta desligarse cuanto pueda de la construcción de la obra. Sortea el orden. Porque, al parecer, el orden esclaviza con la disciplina. Con frecuencia parte de recuerdos personales, o experiencias ajenas. "De alguna manera estas imágenes se relacionan entre sí o yo veo una posibilidad de relación para organizarlas". Y cuando nota que de ellas puede resultar una historia interesante, empieza a redactar de manera muy caótica. "Incluso puedo empezar por un capítulo final o por la descripción de un personaje que no sé dónde meteré luego. Voy acumulando material, se va estructurando el libro, se va haciendo por sí solo".

El escritor de ficción afronta una dificultad suprema según el criterio de José Revueltas. El creador elabora "con mucha lentitud" una vivencia que procede de una memoria ficticia. "Tiene que recordar lo que imagina, lo que no existe". Por ello, "amo profundamente el orden, sobre todo en el trabajo, y creo que nada se puede hacer sin la cabeza lúcida y que no hay peor contrariedad que pensar que se puede escribir con hongos alucinantes o con alcohol en la cabeza". Juan Carlos Onetti piensa de manera opuesta. A la propia periodista mexicana que entrevistó a Revueltas –Margarita García Flores–, le admitió que "generalmente bebo cuando escribo". Pero poco. "Casi siempre bebo como una incitación, porque soy muy perezoso para sentarme a escribir. Entonces saco unos tragos y, no sé, me despiertan la voluntad...".

Pablo Neruda era también medio vago, según Matilde Urrutia, la viuda. Sus poemas, por extensos y rotundos que fueran, no le exigían una labor larga, paciente, incómoda. "No trabajaba casi nada. Se sentaba a una mesa y escribía como si le dictaran. En 40 minutos o menos de una hora hacía su trabajo diario". La "Oda al abecedario" la compuso en una reunión en la casa. Su esposa le recordó que aún no la había enviado a *El Nacional*. Y el poeta le dijo: ahora la escribo. "Se sentó a una mesa en la que había gente tomando vino. Llegaba una muchachita y lo interrumpía, llegaba otro amigo que preguntaba algo, y Pablo escribía, escribía. Tomaba un trago y decía ¡salud! Y luego me entregó la oda para que la pasara en limpio. Parece muy elaborada y fue escrita en una reunión". En esta técnica portentosa, además de un talento pulidísimo, se adivina la previa y demorada cocción mental del poema.

Lo fundamental de la creación se resuelve en las horas cuando aparentemente uno permanece sin hacer nada. Ese trabajo silencioso apuntala, consolida la intuición que luego irrumpe en minutos. Son pocos los ejemplos. Pero no dudo en aseverar que son universales. Con más o menos intensidad, con cambios entre uno y otro que no lastiman la regularidad, los escritores se comportan con similares actitudes y normas ante la cuartilla en blanco. Hace unos 20 años indagué entre cubanos, y las respuestas, que publiqué en *Bohemia*, se mezclan, se cruzan con las de los autores extranjeros recién nombrados.

Termino. Dejo estas cuartillas en la redacción. Y empiezo a calentar, en las circunvoluciones de mi habitación interna, la crónica del domingo próximo. ¿Habrá alguien que se atreva a afirmar que los escritores y periodistas no trabajamos?

¿Y ESE POEMA?

UN POEMA DE AMOR ASUSTA si usted se decide a componerlo. Leerlo es un trance distinto; suave, silencioso, compensador. Escribirlo, sin embargo, es como cruzar por los bordes de una tembladera donde puede enfangarse los zapatos el más incauto, o el menos experto. Es un resbalón que obliga al sonrojo en unos, y en otros, tal vez produzca una sonrisa agónica. Porque no consiste la arquitectura del poema en combinar imágenes, que a veces son joyas oxidadas por su mala ley, sino que se trata de hallar la originalidad y la calidad poéticas entre el tumulto de sensaciones e ideas, comunes al patrimonio de los enamorados.

El lector con oficio, quizás, no lea con frecuencia versos de amor. Al menos, pregunta primeramente por el autor. Ahora bien, el amor puede estar presente en cualquier poema, sin que tengamos que clasificarlo entre los versos relacionados con el Eros. Según mi parecer, "La niña de Guatemala" es y no es un poema de amor. Es tan exclusivo, tan único. En esa pieza de *Versos sencillos*, narra José Martí una tragedia de tanta intensidad que sus estrofas no pueden considerarse como de amor, sino más bien de dolor, de pérdida, de frustración, de ternura limpiamente zaherida:

"Allí en la bóveda helada / la pusieron en dos bancos; / besé su mano afilada, / besé sus zapatos blancos. // Callado, al oscurecer, / me llamó el enterrador: / nunca más he vuelto a ver / a la que murió de amor".

En los tiempos de mis dieciocho años, se vendían mo-

MI ARCA DE NOÉ

destas ediciones de poemarios amorosos. Uno los hallaba en alguna librería o en aceras del centro de La Habana. Hasta en la Terminal de Ómnibus Nacionales, el viajero podía topar con poesías y epistolarios galantes. Los caracterizaba la índole masiva de su composición. Lo mejor podía hallarse todavía en Hilarión Cabrisas, José Sanjurjo, José Ángel Buesa, cuyos versos algunos enamorados –a veces como propios– musitaban junto a los labios de "muchachas en flor", como diría Proust, o los reproducían en cartas donde eran incapaces de garabatear una palabra que no los avergonzara. Otros, en cambio, se atrevían a engrescarse con rimas y medidas. Los presuntos poetas pensaban que cualquier cosa escrita sobre el amor y con amor podría quedar bien y provocar el gusto de su dama. No le temían al ridículo. Yo tampoco. Y he de admitirlo: fui uno de esos imprudentes. Muy joven, había intentado escribir. Aún el pavor me sobrecoge al evaluar la mascarada ritual de mi primer soneto amatorio. O dicho con más exactitud: todavía la sangre me colorea la cara cuando recuerdo aquellos versos mal compuestos de mis 16 o 17 años: "Blanca paloma de rápidos vuelos, / mensajera fiel de querellas y cuitas, / ven, ven, remóntate a los cielos / conduce veloz mis quejas inauditas. / Llega. Detente. Y de su ventana / con suaves golpes los cristales toca / y a la áurea luz de fresca mañana / cuéntale dulce mi ternura loca...". Y concluía con una de las paradojas, afín a los poetas barrocos. Dile –le encomendaba a la rauda y blanca paloma, cartera de mis quejas; dile "que en mis noches sin sueño con ella he soñado". ¡Ella! ¿Quién era ella? No me comprometan, por favor. Hecha mi confesión y expuesto los huesos de mi experiencia, debo esconder el nombre de la víctima. Según crecí en edad y algo de cultura, nunca más escribí poemas de amor. Y en mis tres libritos publicados, esas palpitaciones se mezclan, se disimulan entre sentimientos y tropos menos específicos.

El lector, en cambio, ha seguido activo. Recientemente leí una *Antología de la lírica amorosa* de nuestra lengua, y repasé las distintas épocas: Edad media, edad de oro, barroquismo, romanticismo y modernismo, hasta la contemporaneidad. En unos tiempos predominaron la queja suave y el juego ingenioso, como en *Madrigal*, del español Gutierre de Cetina: "Ojos claros, serenos, / si de un dulce mirar sois alabados, / ¿por qué si me miráis, miráis airados? Si cuanto más piadosos / más bellos parecéis a aquel que os mira, / no me miréis con ira / porque no parezcáis menos hermosos. / ¡Ay, tormentos rabiosos! / Ojos claros, serenos, / ya que así me miráis, miradme al menos". Luego, los poetas acusaron el eurítmico impacto de las formas femeninas, y siguieron con la desmesura barroca, y más adelante se destacaron por los extremos románticos, y después, a fines del siglo XIX, invadieron la lírica con la afición modernista a los amores enfermizos, hombres y mujeres llamados a la muerte; qué decía, si no, el cubano Julián del Casal *Ante el retrato de Juana Samary*: "Porque al saber que de tu cuerpo yerto / oculta ya la tierra tus despojos, / siento que algo de mí también ha muerto / y se llenan de lágrimas mis ojos".

Debo confesar que me estacioné, hasta nuevo aviso, en la poesía amatoria del siglo XX. Cuánta intensidad exprime la imagen, cuánta distancia alcanza la palabra poemática de ese pasado tan cercano. El español Miguel Hernández me tira al piso cuando leo *Canción del esposo soldado*: "He poblado tu vientre de amor y sementera / he prolongado el eco de sangre a que respondo / y espero sobre el surco como el arado espera: / he llegado hasta el fondo. Morena de altas torres. Alta luz y ojos altos, / esposa de mi piel, gran trago de mi vida, / tus pechos locos crecen hacia mí dando saltos/ de cierva concebida...".

Pero mi favorito es aquel poema del peruano César Vallejo: "Amada, esta noche tu te has crucificado / en los dos maderos curvados de mi beso / y tu pena me ha dicho que Jesús ha llorado / y que hay un viernes santo más dulce que este beso...". Leería mil veces los catorce versos de esta pieza. Como leería igualmente una y otra vez, por todo el espacio intuitivo que le concede al lector, este intensísimo poema de Dulce María Loynaz: "¿Y esa luz? / −Es tu sombra".

El temblor subyacente

APARTÁNDOSE DE CORRIENTES ACADÉMICAS,
PARA dejar camino abierto a la reflexión, a la aventura
innombrable de especular en asuntos de por sí oscuros,
José Bergamín definió a la poesía como el arte de temblar. Y cómo podría la poesía temblar, mediante qué
medio el poema cimbra como la serpiente encantada por
la flauta de un faquir. Por lo pronto, aceptemos que en
las cuerdas en tensión del lenguaje halla su atmósfera
legitimadora la poesía. No me refiero al verso en su sentido más común, porque suele carecer de poesía. Quizás
lo festivo sea ingenioso, tal vez lo erótico sea apetecible
cuando olvida lo más humano del hombre para priorizar
la acción y el lenguaje más excitante e incitante. También podrá el verso agradarnos por el oficio con que ha
sido compuesto. En una controversia campesina suele
improvisarse de modo que el ingenio sea el que relum-
bre. En algún momento podrá chispear, pero a veces todo se resuelve en fórmulas que convencen sólo por su
habilidad y su agudeza.

Desligar a la poesía del común de los versos, reclama
definirla, o redefinirla. Y apenas resulta definible, porque es una sustancia maleable, temperamental, más expresiva por la intensidad con que la recrea el poeta que
por su propia autonomía. No hay más poesía que la que
está en el poema, según Jorge Guillén. Y por eso no se
palpa, ni se aísla como una sustancia en el laboratorio;
se siente cuando se objetiva en la conciencia de quien la
lee o la oye. Está y no está, como entre penumbras habi-

taran las claridades que nos acercan a definir la poesía. El poeta la capta en un estirón intuitivo, y la apresa y la expresa en el lenguaje mediante la cadencia y la tropología. Lo dicho parece un automatismo de mi pensamiento. Y lo es. Pero insoslayable. Porque, como la filosofía de Bergson, la poesía no admite otro vehículo para transparentarse que el tropo poético, de modo que el poema resulta de una lucidez intangible, momentánea, apenas aprehensible. Si decimos estoy triste, apuntamos el fenómeno. Si en cambio la filtramos entre el matiz del tropo y la cadencia, quizás la tristeza derive hacia formulaciones incomprensibles aunque perceptibles a través del trueque heroico de las apariencias por las esencias.

Como concreción espiritual en la materia de la palabra, la poesía partió de la magia, del movimiento acompasado y cadencioso del conjuro que en las culturas primitivas operó como fuerza productiva auxiliar, de acuerdo con el marxista Thompson en *Magia y poesía,* y también con Zalamea en *La poesía ignorada y olvidada.* Al confiar en la influencia de lo mágico, el agricultor en vez de cruzarse de brazos, recrudecía su tenacidad; su fe lo impelía a trabajar con creciente aplicación. La poesía, la intensidad del canto, implicaba un desbordamiento de la vida interior. Como el creyente que al rogar por asistencia mediante la oración, fortalece el círculo de sus propósitos de perfeccionamiento, y cuanto más fervor, más constancia en su catarsis. En 1942, el español León Felipe declara, como en un hipotético mercado de valores, el papel demiúrgico del poema:

"Hermano... tuya es la hacienda... / la casa, el caballo y la pistola... / Mía es la voz antigua de la tierra. / Tú te quedas con todo / y me dejas desnudo y errante por el mundo... / mas yo te dejo mudo... ¡mudo!.. / Y ¿cómo vas a recoger el trigo / y a alimentar el fuego / si yo me llevo la canción?".

Tal vez por esa capacidad de remover y abonar la espiritualidad de nuestra especie, la poesía acepte ser conceptuada como la expresión de lo más humano, entrañable del hombre, como definió el ecuatoriano Miguel Sánchez Astudillo. Posiblemente, la palabra más tensa sea la que lleve una carga mayor de subjetividad, de valores poéticos. Pero tendríamos que hacer una distinción entre lo poético y lo emotivo. Emotivo puede ser un insulto, y sin embargo un insulto no se cobija bajo el lenguaje de la poesía. La ruptura es demasiado soez aunque el crédito del poeta lo justifique; la tensión del insulto suele portar una carga de signo negativo, altavoz de valores superficiales u ocasionales: como el "yanqui, go home" en aquella foto de estudiantes saltando sobre las alambradas de una base militar norteamericana en el canal de Panamá. En esa situación, lo emotivo expresa un desiderátum plausible: lo justifica el patriotismo sometido por la injerencia extranjera. En otras circunstancias, los insultos pueden convertirse en anti valores, aunque podría mencionarse alguna excepción que signifique lo contrario.

Tal vez no necesite un vocabulario específico, pero sí urge de un vocabulario trasegado de la inanidad a la intensidad o a la tensión. Roberto Manzano, poeta, y uno de los ensayistas que con mayor certeza, hondura y estilo se ha acercado hoy entre nosotros al fondo teórico de la poesía, ha escrito que la mayor novedad en la poesía es la intensidad, acompañada de la música de las palabras cuando se combinan con tacto artístico, como en un pulimento sutil que viene aplicado desde lo interior hacia el exterior.

Fina García Marruz nos vuelve a mostrar la relevancia de la organización verbal en la expresión poética, cuando en su libro *Martí, Darío y lo germinal americano* cita este ejemplo, que reproduzco a mi modo: *De desnu-*

da que está, brilla la estrella. Si regresamos la frase al
orden regular: *La estrella brilla, de desnuda que está,*
"la poesía se nos viene abajo", reconoce Fina. Y según mi
oído, la cadenciosa armonía del primer verso sostiene el
juicio de la autora de *Visitaciones,* en contraste con el
segundo ejemplo, prosa indiferente a cualquier propósito
poético. La tensión o la intensidad del poema dependen
en medida reconocible del artificio sintáctico. Más que
comunicar significados, el empleo extra lógico de la sin-
taxis ha de suscitar sensaciones en alianza con la metáfora y sus afines tropológicos, en conjugación musical
con pausas y acentos, y en consorcio con la armónica sonoridad de las palabras cuando dependen unas de las
otras. Leyendo este verso: "Canta una emperatriz mirándose en su espejo de guadaña", me desconcierto.
¿Tendré razón? ¿No se queja el verso por haber perdido
color, música? ¿Qué sucedería si rescribiéramos, sin da-
ñar la obra del poeta: Canta una emperatriz mirándose
en la guadaña de su espejo? A mi manera de oír, lo que
leíamos y quedaba como entreabierto, recupera la cadencia, la intensidad sonora al redondear el orden de la
metáfora. Pero no es todo: conceptualmente "la guadaña
de su espejo" sugiere más apropiaciones al lector. La
tensión se caldea. Porque detenerse frente al espejo nos
permite experimentar el chas chas de una cuchilla de
cristales, tan cortantes como el tiempo cuyo desmán el
espejo acusa.

Hace poco, leí un libro de poemas que, a mí parecer,
figura entre los más conmovedores de los tantos títulos
publicados en los tiempos más recientes. Voy a decirlo
con honradez: no es común que en esta época un poemario nos conmueva por su humedad, por el creciente proceso de tensión poética que nos hace sucumbir junto con
el poeta en el naufragio de sus impulsos. Este libro se
titula: *Tardos soles que miro,* de Alpidio Alonso Grau,
nacido en Venegas, Sancti Spíritus en 1963.

Tardos soles que miro, publicado por la casa editora Abril, confirma que lo más poemático o poético de la existencia humana es la pérdida y la ausencia. En la sensibilidad del poeta, el pasado, el ayer, el ayer mismo se va transformando en sustancia matriz de la poesía. El poema retiene las saudades de los recuerdos, echa sobre sí el rostro de la nostalgia. Y el poeta se mira y escribe:

"Yo soy el que en la tarde ve los trenes / pasar hacia algún sitio en el misterio, / y dice adiós, atolondrado y serio / desde su soledad en los andenes".

Tardos soles que miro se yergue ante mi lectura deslumbrada como un recorrido multiforme por lo vivido. Alpidio Alonso adecua los géneros poéticos a sus asuntos. Y en alguna página de su árbol vital se posan, completándose, el verso libre, la décima, el soneto, y he de advertir que la sección donde se conciertan los sonetos es, a mi parecer, lo más hondo de este libro. De este libro cuyos poemas reflejan el paisaje bajo la luz única de personales soles amontonados y de figuras dejadas atrás como pueblos al paso del tren, el tren de los días.

No habrá, sin embargo, que confundir nostalgia o remembranza con tristeza. *Los tardos soles que miro* no es un libro quejumbroso, ni patético. ¿Romántico? Sí, romántico en cuanto es en sustancia sensible. Por lo demás es contemporáneo: por el tino de la imagen, la armónica conjunción de las palabras, la plenitud sin estridencias de lo poético, la ternura del que vuelve la cabeza y se reconoce entre el palmar, a la hora en que el tren pasa y silba, ternura tan raramente conseguida en estos días donde me parece que, en un sector privilegiado por las editoriales, la creación literaria puja por carecer de altitudes. Esa ternura se nos impregna y también nosotros entramos a ver los tardos soles en que Alpidio Alonso se mira y nos entrega su imagen renovada entre las lenguas compactas de la intensidad que traspasa lo tangible y lo legitima como poeta.

Quizás he hablado un tanto oscura, inexacta e incompletamente en estas aproximaciones de por sí escabrosas. Sólo he pretendido advertir lo que sabemos: que todo verso no es poesía. El poeta, según Valéry, no pervive en "un estado inefable", derramando polvo de estrellas sobre cuanto escribe. Sólo después de haberle barrido el hielo o sacudido la telaraña, el verso nos conmueve con lo que queda dentro de sí: el temblor humano de la poesía, que puede definirse como el arte de temblar, de acuerdo con Bergamín. Yo, con su anuencia, añadiría: también el arte de hacer temblar.

LUIS SEXTO

EL POETA, LOS OJOS, LOS OÍDOS

HE LEÍDO EL KEMPIS CON cierta recurrencia y no he reparado en este aserto que también atribuyen a Juan Ramón Jiménez. Ambos debieron confesar alguna vez que más que definir la poesía, preferían sentirla. Ese es el don supremo: sentir la poesía. Tanto para leerla como para escribirla hay que sentir esa corriente interior que nadie sabe en qué consiste, pero que se percibe cuando uno la lee, o la oye, o la escribe. Tal vez para determinar qué es la verdadera poesía –siempre en un tanteo inconcluso, como aseguró Cintio Vitier–, hace falta que el poeta pueda suscitar en el que lee u oye, la emoción que siente en su solitario oficio.

Siguiendo esta indagatoria, quizás sea una decisión caprichosa, arbitraria, proponerse definir la poesía o la obra de un autor desde la plástica. Porque uno tendrá que partir peguntándose si los ojos son primordiales en el poeta. Y al leer *El cielo de tu boca*, último libro de Luis Lorente he de aceptar que en este el sentido más aguzado es la vista. Lorente es, por tanto, un poeta del mirar. Sus poemas son como óleos y acuarelas, figurativos cuadros de la vida cotidiana donde el poeta saca los brazos desde las aguas verdiazules u oscuras de unos ojos, los suyos o los ajenos.

¿Pero es sólo la visualidad lo que lo distingue? Un ser humano solo con ojos puede andar, pero un poeta con ojos y sin oídos no debiera caminar mucho entre la luz y el sonido de la esfera poética. Corrijamos, por tanto, la percepción primera y digamos que si Luis Lorente compone sus poemas como pintando, también los escribe como si los oyera en un pentagrama. Es decir, los poemas de *El cielo de tu boca*, como de los anteriores libros –*Más horribles que yo, Esta tarde llegando la noche,* o la antología titulada *Fábula lluvia*– suenan, incluso bailan, en el verso libre, aparentemente libre, o en el poema polimétrico, o en el cajón del soneto, catorce tubos, en términos de Julián Marías, que el cantor hace sonar con especial distinción.

Conoce la raíz de la poesía: la magia, la armonía y el exorcismo. Sus poemas son cuadros con sonido y ritmo, color y musicalidad que conducen al lector a través de historias plenas de añoranzas, fantasmal exaltación de lo vivido y sobre todo de lo visto. No por descuido, en *El cielo de tu boca* se repiten palabras como *ojos, mira, luz, noche, penumbra.* Tal vez deba ilustrar mi opinión. Por ejemplo, veamos estos versos: "En un sillón de mimbre que Rosario / heredara de su abuela, las patas como brazos / cruzados sobre el pecho, con altivez, el perro / posa, sabiendo que disfruta de holgados privilegios / y aspira los olores del mundo en bancarrota /alzando la nariz profusa y aguileña". Se ve, a mi parecer, un retrato, una descripción pictórica e historiada en que el poeta renuncia a la síntesis conceptual.

El lector encontrará en *El cielo de tu boca* un mundo habitual. El mundo del hombre que vive, y ve y oye el peso de la vida que termina o se frustra y lo lamenta muy sugestivamente al decir: "No conspira mi voz estrangulada / por un vuelo de cuervos en acecho, / sus demencias persisten en el techo, / no han saciado su sed desaforada // Una flecha de cuervos trasnochada / con desprecio me hiere todo el pecho, / toman mi sangre y comen mi deshecho, / antes de huir en flecha avergonzada. // Los cuervos no sabrán nunca qué han hecho. / Si por fin me arruinaron la mirada / y mi camino es un camino estrecho / donde no clamará mi voz callada / que perdió desde anoche su derecho, / recuperar su vida abandonada...".

Repito: la lectura de ese libro no se entrega sumisamente por la vista, aunque le sea consustancial; precisa también de los oídos. Y vuelvo a plantarme sobre criterios anteriores. Lorente es uno de los poetas que, en Cuba, esquiva la tendencia a picar líneas de prosa para travestirlas en renglones cortos, como sucedáneos de versos que solo suenan con la opacidad del falso metal, pues les falta a muchos la cadencia. Acompaña, pues, sus figuraciones con ritmo de paso fino y aire musical, en un orden acompasado inherente a la poesía desde cuando sólo era magia.

El contacto subjetivo con los poemas de Lorente, me sugiere que en cada uno de esos versos hallo también mi alma estremecida por la aventura de un hombre que, al escribir, también tiene en cuenta los sentimientos del otro. Y consecuentemente noto el latido de lo más descarnado, sincero del hombre. Del hombre en su desamparo existencial, del hombre en la incertidumbre de la hora, bajo las rachas del ciclón, del hombre que convoca la poesía para hallarle un sentido a la vida, ante los temas más recurrentes: la muerte, la despedida, el amor, la nostalgia. Y en ese rasgo de lo humano como eje, este poeta confluye con Jorge Guillén cuando el español confiesa: "...Me decido resueltamente por la poesía compuesta, compleja, por el poema con poesía y otras cosas humanas".

En su antología titulada *Fábula lluvia*, pulsamos también los valores visuales de Lorente: "Yo vi cómo los años caían una noche / sobre ti, sobre mí, sobre los techos / que fulminan las aguas, sin precaución, / sobre la faz del breve mundo nuestro." ¿No está dibujado en esa estrofa el tema de los temas: la sensación de pérdida y ausencia que, decía Papini, engrandece y justifica al poeta? Hemos pues de temblar en lo interior cuando reconoce que "el tiempo hizo contigo y de mí una idea / que cuando cae la noche se desvanece".

Díganme, pues, si no sentimos en ese código la propia experiencia, la propia desazón, aunque sin poder trasladarla a un verso afortunado. Dichosos si podemos descubrirla y degustarla en la cómplice comunión de la lectura cuando se juntan luces, colores, sonidos y emoción.

LUIS SEXTO

TANTO EN TAN POCO

EN LA LITERATURA, EL REINADO de la síntesis y la concisión lo ejerce el haikú. Esta estrofa significa en Japón lo que el bonsái en la floresta: un árbol de proporciones enanas. Es decir, concentra un instante, una impresión en tres versos, según la preceptiva japonesa: el primero de cinco sílabas, el segundo de siete y el tercero de cinco. Semeja un epigrama, un refrán por su capacidad de resumir y sugerir. Nada puede faltar ni sobrar en ninguna de sus líneas.

Basho, a quien estiman como el más alto poeta de Japón, dijo que el haikú es lo que está sucediendo en este lugar, en este momento. Y lo ejemplifica: "Un viejo estanque, / Se zambulle una rana: / ruido del agua." Este también con su firma: "A la intemperie, / Se va infiltrando el viento / hasta mi alma." Y Kiorai construye una definición del desarraigo, la nostalgia, la desgarradura de la partida: "Es ya mi aldea / un sueño en un viaje. / Ave de paso".

Esta miniatura literaria japonesa, parece extender su influencia entre los poetas de otras culturas. Richard Wright, norteamericano conocido por ese libro conmovedor titulado *Soy negro*, llegó a escribir dos mil haikús; fue un pasatiempo en los últimos días de su vida de 50 años. Y recogió poco más de 800 en su libro *Haikú. This Other Wold,* que la editorial cubana de Arte y Literatura publicó, en 2007, en una edición bilingüe con título traducido literalmente del original: *Haikú: este otro mundo.*

Wright tiene razón: el haikú compone otro mundo; el mundo de lo breve, lo condensado, lo esencial. En muchos, el autor de *Los hijos del Tío Tom* logró captar un matiz sugerente de cuanto subyace en una fugaz visión del paisaje o del movimiento de las estaciones climáticas o del quehacer cotidiano de los seres humanos. En el número 148 de su libro, Wright escribe: "Como la muerte es, / bajo un buitre que ronda, /la aldea en otoño". En el original dice: "As still as death is, / Under a circling buzzard, / An autumn village". Y nos parece, en el orden clásico del haikú, que el poeta se convierte en una especie de pintor o grabador, o fotógrafo. Es, repetimos a Basho, lo que ocurre aquí, ahora. Esta forma poética detiene el tiempo en su fulguración objetiva. Como si el reloj se detuviera para siempre: "Tarde invernal: / Vi un flaco espantapájaros/ engullendo chuletas". Este haikú es también de Wright. Y uno se pregunta: qué ha pretendido. Quizás el poeta intenta convertir en único un detalle del paisaje, al grabarlo mediante el álgebra cromática del poema.

El haikú ha venido a ser la antítesis de los grandes cantos de la literatura occidental, epopeyas clásicas como *La Iliada*, *La Odisea*, *Jerusalén liberada*, *El paraíso perdido*, *La Divina comedia*. Y contemporáneamente de algunos poemas de Pablo Neruda, por citar a un autor, aunque podría convocar a otro poeta con botas de mil versos. Este, cuyo nombre he perdido, fue mi amigo hasta cuando leí el original de uno de sus cuadernos, y le recomendé que pusiera puntos suspensivos, o punto final, en el verso veinte o treinta. Me suprimió la palabra, que en sus poemas tanto sobraba. Le había dicho que la contención implica el anillo de fuego del poeta: pasa indemne o la piel se le pinta con el rojo de la vergüenza. Mi experiencia de lector me recomienda: si se recorta el desbordamiento, el poema se explaya en el silencio, lengua que elude lo trivial. En obras de indiscreta extensión, la poesía suele, por lo común, afrontar la ocasión de dispersarse en escala descendente.

Advirtamos, de paso, que entre otras modas que ahora no tengo por qué mencionar, a uno le sorprende la de escribir libros a base de textos casi encapsulados. Esa tendencia o corriente se conoce en la literatura como minimalismo, el predominio de lo breve, brevísimo; también, por supuesto, el predominio de lo concentrado o lo condensado.

Noto, sobre todo en ciertas editoriales de provincias, la inclusión de esa tendencia en sus catálogos, y por supuesto, si los incluyen es porque existen escritores minimalistas. O, con ánimo de equilibrio, pregunto si podría ser al revés, es decir, abundan las letras mínimas porque algunas editoras carecen de recursos para publicar volúmenes gruesos. Pero lo más inquietante de este legible hecho, se muestra en la juventud de los escritores.

Podríamos alegrarnos de que desde los primeros textos nuevos autores muestren inclinación hacia lo breve, lo conciso y lo sintético. Mas, cuando uno lee varios de estos textos se percata de que lo breve no indica que estemos ante la síntesis del pensamiento, ni lo mínimo nos sugiera la maestría en la concisión.

El minimalismo demasiado precoz coloca trampas a los escritores. Cuando el lector avezado va a leer textos breves —sean narraciones, o reflexiones que integran lo que también llaman los especialistas poética del fragmento—, enseguida piensa en Marco Aurelio, o en La Bruyere, Ambrose Bierce o más recientemente en Augusto Monterroso. Establece la comparación. Y acepta que el minimalismo no es bueno solo por breve, sino por sugerente; no es bueno sólo por conciso sino por profundo. Y viene la pregunta: ¿Por qué entonces la afición a escribir párrafos cortos, de temática variada, o envasar cuentos en narraciones minúsculas, olvidando que para venir en frasco pequeño el perfume ha de ser como el aroma de las muchachas del paraíso musulmán?

He leído varios de estos libritos minimalistas, y noto la inclinación a ofrecer como original e ingenioso lo aprendido en libros universitarios. Es decir, que la originalidad se pierde en un conocimiento que el lector, el lector verdadero, ya conoce. Y por tanto el minimalismo ha de exigir un quehacer fundado en el haber vivido y en el oficio de escribir. La capacidad de síntesis y la concisión son rasgos del ejercicio continuado. Monterroso, maestro de la miniatura, escribió un texto pequeño donde asegura que nada anhela más "un escritor de brevedades (...) que escribir interminablemente largos textos (...) sin sujeción a punto y coma, al punto". Podría resultar verdad, si no supiéramos que solo una línea –que algunos llaman cuento no sé por cuál razón– le ha agrandado fama al narrador y ensayista guatemalteco: "Cuando despertó, el dinosaurio todavía estaba allí". A mi criterio, es un insuperable comienzo para una de esas narraciones largas que Monterroso admite desear escribir. Pero aceptémosla como una antológica expresión del minimalismo. Lo primero por tener en cuenta, es la libertad del lector para deducir cualquier realidad por debajo o por arriba de contenido tan original. ¿Existen aún los dinosaurios? ¿El que despierta es un neurótico o un paranoico? ¿O el término dinosaurio sustituye a la palabra problema, pues, cuando uno se duerme angustiado, el primer golpe al abrir los ojos es toparse de frente con la causa de su angustia? ¿Es esa la historia que subyace en tan conciso enunciado? Puede uno suponerlo. O suponer, como advertí líneas arriba, cualquier esotérico sentido.

El barroco padre Baltasar Gracián ejerció el minimalismo, en particular en un libro que se titula *Oráculo manual y arte de prudencia*. Y en uno de tantos párrafos cortos en frases, pero largos en conceptos, dicta una norma que podría funcionar como guía para los que piensan que los textos enanos son la vía para empezar a ser leídos, y luego célebres. Dice el díscolo jesuita del siglo XVII: "Hay mucho que saber y es poco el vivir, y no se vive si no se sabe". Antes ha dicho: "Todo hombre sabe a tosco sin el artificio...". Con lo cual, a mi modo de ver, Gracián nos dice que la cultura debe de subyacer, interiorizada, en la experiencia.

Volviendo a nuestro objeto, la miniatura literaria del haikú posiblemente sea en Japón un arte predilecto por la infinita diversidad de sensaciones que sugiere. Supongo, que en lo profundamente concentrado, y por tanto presentido desde la lectura, permite la indagación, la introspección, la felicidad de un hallazgo que puede ser diferente en cada ojo.

Varios poetas cubanos acometen también esta forma grácil y estrecha para enjaular una impresión o una acción en sus líneas básicas. Y por la muestra, el ejercicio aprueba el riguroso examen miniaturista o minimalista. Ediciones Matanzas publicó hace unos años *La desnudez del Ángel*, de José Manuel Espino, nacido en la ciudad de Colón en 1966, y cuya maestría en el haikú lo convierte en una voz lírica muy dúctil. Entre los cientos de este libro elijo leer, por ejemplo: "Mueren las playas / En los vidriosos ojos / De sus ahogados". O esta otra cápsula de un momento único: "Tanta dulzura / Comiéndose en mis labios / Como ciruelas". Para concluir este breve acercamiento a su obra, este otro haikú en el que Espino se empina hacia la sutileza conceptual: "Hombre sin brújula / Ignoras que comienza / En ti la patria". Espino, más que la tradición clásica del tema – la naturaleza y sus estaciones–, practica la tendencia de partir de la impresión sobre cualquier hecho o idea.

En un poemario reciente he intentado en algunas páginas ejercer como miniaturista. He recordado, por ejemplo, mis urgencias de viajar. Y he captado el instante desolado: "Por la parada solo dos cosas pasan: / el aire y el tiempo. Y seguidamente me he respondido: "El tiempo vuelve: / se repite y no llega / a ningún lado". O en el zoológico, ante el primate preso he dicho: "El mono nos / observa cautamente: / se está mirando".

Una pregunta inquietante desentona en el final: cómo habremos de leer esta monótona aglomeración de estrofas tan breves y uniformes, como cortos sus versos que simulan relampaguear. Si sirve mi práctica, recomiendo leerlos despaciosamente, uno ahora y el siguiente más tarde, como si compusieran una lectura espiritual del *Kempis* o de las *Florecillas* de Francisco de Asís, durante la cual uno ha de detenerse para meditar o asimilar una verdad o una imagen. El haikú es breve; su lectura larga.

ESE NO ES MI NOMBRE

MIGUEL DE UNAMUNO INTENTÓ SISTEMATI-
ZAR una fórmula complaciente, más bien una paradoja
compensadora del sentimiento universal de culpa por la
medianía o la frustración, cuando acometió la idea de
que el individuo no se salva –al menos para la inmortalidad– por lo que fue, sino por lo que quiso ser. Lo juzga-
rán por su soterrado y a veces inconsciente empeño de
desdoblarse en otro que resultara mejor que la persona
vieja. Ante esa propuesta del arisco y agónico vasco uno
pregunta si habremos penetrado en los resortes que li-
beran la invención de un seudónimo. Y acordemos ahora, quizás provisionalmente, que cuando sustituimos
nuestro nombre legal con un seudónimo, es porque nos
empuja el deseo de oponer el "Yo" que uno desea ser a la
primera persona que realmente es.

No lo olvido: dentro del alma humana he de andar a
tientas, con el sigilo de un ladrón nocturno que teme, no
solo despertar a cuantos duermen, sino afrontar un
riesgo estéril al entrar en la habitación equivocada.
¿Dónde está la lámpara de láseres que nos facilite recorrer los pasadizos interiores sin introducir los dedos en
algún enchufe que nos electrocute con el ridículo? Freud
lo intentó. Y a veces rozó el desacierto con la presunción
de convertir a la psique sensitiva y complicada del
Hombre en un amasijo de determinismos oníricos o pos-
traumáticos.

¿Qué mueve a una persona a adoptar un seudónimo?
Quizás lo que he dicho: el propósito de ser distinto al

que uno es, de definirse en la otredad para la percepción pública y también la íntima. O también influyen los acertijos artísticos que suponen que un nombre ficticio, sugerido por asesores de propaganda, o aprobado por ellos, porta más gracia, más atractivo, que el que se obtuvo en la declaración paterna ante el encargado del Registro Civil: Gardel por Gardes; Marilyn Monroe por Norma Jean Becker; Moliere por Juan Bautista Poquelin; Fray Candil por Emilio Bobadilla; Almafuerte por Pedro Bonifacio Palacios, y Gabriela Mistral por Lucila Godoy. Un seudónimo implica también un arca donde se protegen arcanos, ante los cuales puede sucumbir la intención curiosa o la admiración.

Desde otro mirador, tal vez un irreducible complejo de inferioridad o un conflicto de timidez insuperable, perviven en el lecho movedizo de un seudónimo de escritor, poeta, dramaturgo, actor o actriz, pintor, músico, cuyo nuevo nombre lo representa en la nueva vida de las letras o el arte. Puede ser sólo ello, o posiblemente sea más: ¿el miedo escénico, o las conveniencias sociales o políticas? Veamos un ejemplo en que una valoración muy aguda de los beneficios publicitarios sugiere el cambio de identidad. El reconocido pintor cubano Víctor Manuel sufrió el asedio de impactar con sus cuadros y menos con su apelativo de familia. Sus amigos, incluso, especializados en las relaciones entre público y artista, le aconsejaban un nuevo bautismo en las aguas de un seudónimo que limpiara el pálido e inexpresivo nombre de Manolo García. ¿Quién respetaría a un pintor con esa firma? En París regeneró su nombre. Y se lo informó por correo a su compatriota y colega Domingo Ravenet, que lo cuenta en sus apuntes autobiográficos: Ahora me llamo Víctor Manuel.

En Gabriela Mistral no lo veo de ese modo tan práctico. En su poema "La otra" deja filtrar el interés de renacer de la natal envoltura con otra identidad: "Una en mí maté: yo la amaba (...) yo la maté. Vosotros también matadla". Los amigos y críticos de Gabriela coinciden en afirmar que el tejido de su psique estaba tramado con los estremecimientos aciclonados del genio. Esa naturaleza no cabía en un nombre sin brillo cubierto por las oscuridades, de modo que la maestra rural asume el nombre irrepetible que la identificará en la sobrevida de la poesía, orbe donde únicamente cabría la superabundancia de su espíritu. Lucila Godoy, la muchachita frustrada, zurcidora de recuerdos, no alcanzaba para tanta gloria. Era tan ancho el corazón de la poetisa que solo podía habitar en el nombre de un ángel acompañado por el viento.

Ciertos seres humanos —al menos en los que el espíritu rige también como una razón contra la mediocridad— viven sometidos a un litigio interno donde la visión externa del interior de sí mismos, no concuerda con la visión desde el interior de lo que está fuera. Más claro: quisiera exiliar al que soy, para empezar a ser el que quiero, y el espejo de mi subjetividad no refleja. O el sonido de mi nombre y mis apellidos no concuerda con la eufonía que me gustaría sentir como consonancia entre lo sentido o creído dentro y lo que resuena afuera de uno mismo. Sufren, por ello, una crisis abstrusa, apenas inteligible, que, más que un asesinato, reclama un suicidio, un suicidio espiritual de la identidad, cuya sangre no rueda más allá del escueto sacrificio de adaptarse a responder al seudónimo ya adoptado como nombre único.

Comprendo, llegado a esta línea, cuánto enredo hemos de desatar para esclarecer las causas de los seudónimos. Y quizás, como ya dije, tal vez muchas pretensiones de profundidad nos desvíen y soslayemos un origen mucho más humano y precario, como este: quiero darme un nombre falso; el propio me cae mal. Con lo cual podría-

MI ARCA DE NOÉ

mos explicar, al menos en varios casos, por qué en la literatura cubana, desde la aparición del primer autor en el siglo XVII, la historia registra cerca de tres mil seudónimos, según el ensayista Elías Entralgo. Pero el capricho o el gusto no parecen determinar la adopción de un nombre hipotético en este ejemplo. En el periódico *El Mundo*, de La Habana, hacia los años de 1960, firmaba una autora con el nombre claramente aparente de Clara del Claro Valle. Sonaba como a fiesta, a jocosa impertinencia de la imaginación. Y yo, joven adicto a la página de opinión de ese diario hasta cuando *El Mundo* desapareció en 1968, me empeñé en descubrir quién se amparaba detrás de nombre tan soleado.

Una mañana en un pie de foto de la página cultural se decía que el escritor José de la Luz León leía un panegírico en memoria de Alfonso Hernández Catá, el cuentista, víctima, en 1940, de un accidente aéreo sobre los humos de Río de Janeiro donde ejercía como embajador de Cuba. Y en la plana correspondiente a los artículos aparecía el texto bajo la firma desafiante de Clara del Claro Valle. Bastó asociar los datos. Ahora la curiosidad persiste en otra dirección. Y me pregunto por qué el autor de *Amiel o la incapacidad de amar* necesitó protegerse bajo un seudónimo para firmar aquellas crónicas ágiles, generalmente interesantes por el estilo y por cuanto acarreaban en referencias culturales e históricas. No llegué a conocer a De la Luz León, de quien también leí un ensayo biográfico sobre Benjamín Constant. Perdí tal vez la oportunidad al no insistir con José María Chacón y Calvo, pues ambos dialogaban por teléfono, y yo, como ya dije, visitaba cada sábado al autor de *Hermanito menor*. No obstante, especulemos: ¿Habría pensado José de la Luz León que la crónica casi diaria en *El Mundo* lastimaba a su crédito de autor rotundo, consagrado a las honduras ensayísticas, o a su historia de diplomático renombrado en la primera Liga de las Naciones, o le pareció que, figura de una época recién clausurada por la revolución, su nombre no debía aparecer en un periódico revolucionario, aunque el periódico que dirigía Gómez– Wangüermert estaba sabiamente concebido, según parecía demostrarlo en cada edición, para conceder espacios a temas y firmas menos comprometidos con la política dominante en Cuba? Si responder valiera el esfuerzo, si en verdad algo básico consiguiéramos, tendríamos que inmiscuirnos en la papelería de José de la Luz León para quizás ensartar una frase, un testimonio, un juicio esclarecedores de móviles tan personales y particularmente psicológicos.

Estamos, pues, al final como al principio: inquietándonos por saber secretos de otros. Miro dentro de mí para hallar un eco de sentires ajenos, y nunca me ha preocupado, en conciencia, renunciar a mi identidad nominal, salvo aquel momento de mis 17 años cuando creí que con mi nombre no llegaría muy lejos en las letras. Ese nombre que cuando empecé a escribir en *Bohemia*, el jefe de redacción me sugirió cambiar por el verdadero, pues Luis Sexto debía ser un seudónimo. Paradoja aparte, mi premonición juvenil fue exacta. Ahora bien, lo que me parece evidente es que si me juzgaran, habrían de atenerse los jueces a lo que afirma Unamuno, y emitir el fallo absolutorio teniendo en cuenta el que quise ser y no el que soy con el mismo y modesto nombre.

Mi Arca de Noé

Algunas Claves del Periodismo de José Martí

SOLITARIA Y ARRISCADA, PLAYITA DE Cajobabo servía de caja de resonancia cuando el agua se echaba un tanto airadamente contra las rocas. El golpe de las olas acentuaba la sensación de soledad, como de espacio sagrado, donde el pecho de José Martí se hinchaba por la dicha íntima de estar pisando el polvo arenoso de la estrella que lo había guiado hasta Cuba. Puede uno imaginarlo en aquella noche tormentosa, mientras recogía, junto a sus cinco compañeros, armas y jolongos antes de adentrarse en el monte inmediato para seguir su destino bélico. Luego, trepará laderas, pisará rocas, rozará espinas, truncará bejucos, apartará ramas con sus manos finas.

En ese itinerario, el genio de Martí se desdoblará en numerosas facetas. Es la hora en que la acción y el riesgo extremos van a exaltar aquel hombre de cuya palabra había que cuidarse, porque lo acompañaba el don taumatúrgico de "enredar" a los hombres y transformarlos en héroes, o mártires. Posiblemente, José Martí no reparara en la nueva fase de su deber agónico y no pretendiese gozarse en su virilidad, o tal vez no tendría en cuenta cuánto de inconsciente menosprecio pudo notar en aquel título de "doctor Martí" pronunciado en otros momentos por veteranos de la guerra de 1868. Supongamos con certidumbre que actuaba en el monte con la misma indisoluble integridad e integralidad que en su despacho de Front Street, en Nueva York.

Qué habría preguntado o qué habría escrito de haber sido testigo de esta epifanía patriótica, el periodista que

LUIS SEXTO

soy y ahora se atreve a escribir sobre el Apóstol del
evangelio civil cubano. Permítanme, pues, continuar en
las claves de la imaginación. El periodista se aproxima y
camina al lado de los seis expedicionarios. Y pregunta...
Martí, con la delicadeza como de miel que humedece su
voz, responde que él también es periodista y ahora re-
dacta su más útil crónica. El recién aparecido mira hacia la chaqueta de su entrevistado y ve la pluma y el
cuaderno de notas en el bolsillo. Sobre sus espaldas, la
mochila abultada, y de su hombro izquierdo cuelga un
fusil, casi del tamaño físico del Apóstol. Máximo Gómez
advierte que las palabras ahora no hacen falta. Ni siquiera el Delegado las necesita, él, tan señor del verbo.
Hoy Martí supera su grandeza: Nunca antes –escribirá
Gómez el 19 de mayo de 1902, en *El Mundo*– lo he visto
tan grande como cuando se dobla bajo un peso que le
excede el cuerpo frágil.

En el primer descanso con menos angustias, Martí se
sienta, tal vez sobre las raíces de cualquier árbol copu-
do, y abre su cuaderno de apuntes. ¿Quién escribirá las
primeras notas en Cuba: el memorialista, el organiza-
dor, el político, el poeta? Posiblemente, todos a la vez,
aunque ahora predomine la índole del periodista encargado de rescatar los pormenores de su desembarco y la
ruta hacia los tiros insurrectos junto a "una mano de
valientes", para hacer visible el liderazgo de la revolución reiniciada el 24 de febrero último. Las frases se
adaptan al salto de mata de los perseguidos. El *Diario
de campaña. De Cabo Haitiano a Dos Ríos* se articula
sobre la rectoría de la frase breve, unimembre, rápida,
nominal, variante estilística contrapuesta a su prosa
sintética, de largos períodos –barroca y opulenta como la
calificó Manuel Pedro González[15]– y parecida a la otra

[15] Serna Arnaiz, Mercedes: Evolución estilística de las crónicas martianas (1875–

variante concentrada y aforística señalada también por el mismo crítico, aunque las tres se mezclasen en el oleaje estilístico que se abalanza sobre el lector acariciándolo o desgarrándolo en un misterio irresistible. Pero ese que hoy llamamos estilo analítico o cortado no resulta ahora usual sólo por la prisa con que la manigua insurrecta reclama del que resume su diario andar en circunstancias de excepción. Más bien, responde a un oficio sabedor del inviolable ajuste entre el concepto, incluso las circunstancias, y la forma. Martí cumplía la regla tonal que impone que el escritor o el orador alcen la voz si el discurso pretende enardecer, pero si convoca, o intenta persuadir la palabra ha enternecerse como si se echaran flores a los pies de una mujer. Lo antes dicho es una idea martiana que ahora esclarezco con esta otra cita: "La dote suprema en el arte de escribir" es "la de ajustar la forma al pensamiento". Actualmente, ello significa lo mismo en la teoría del estilo: adecuar el lenguaje al tema. Y así esos apuntes asmáticos, como esculpidos a tajos jadeantes, se adecuan estilísticamente en su Diario al tono del que anda acuciado por los quebrantos de la guerra.

Entre las variantes martianas, el periodismo, particularmente en crónicas y reportajes, suele adscribirse a la barroca, de matiz cromático, de arquitectura imponente. Hoy, sea recordado, ningún especialista recomendaría escribir como Martí, ni siquiera en su espíritu literario, para un medio impreso. Ciertos editores y teóricos exigen cumplir la norma de escribir "para todos", que por el descrédito de su elemental composición implica un escribir "para nadie". Por ello, el periodismo ha derivado, entre nosotros, y fuera de nosotros los cubanos, en un

---

1882), en *El periodismo como misión*, Ed Pablo de la Torriente La Habana, 2002.

caldo ligero, sin sabor, ni sustancia. Hay, sin embargo, otra razón: Martí es inimitable por único. Quien intente copiarle el ritmo, la música y el caudal tropológico, pondrá en solfa el origen de su presunta originalidad, como el rey desnudo de la fábula ridiculizó la majestad que representaba.

Gabriela Mistral confesó que "solamente en Martí no me fatiga el período, a fuerza de estar vivo desde la cabeza hasta los pies". [16] Es exacta esa mujer hecha ángel y viento. En la vitalidad, el vigor, está la esencial definición del estilo martiano, tachado de impropio para el periodismo por algunos incapaces de entenderlo o de tomarle el impulso febril. Dice la chilena: está "vivo desde la cabeza hasta los pies"; es decir, desde arriba hasta abajo, como roca que se despeña y no se detiene ni se despedaza, sino arrastra consigo a otras piedras. Pero advertimos, para prever equívocos, que el periodismo martiano, su estilo, en fin, no se abroquela en lo deslumbrante; no es ampuloso, ni se enjaeza como caballo versallesco, aunque sí como potro de paso fino, plástico, seguro, envuelto en el sudor que destaca el color de su piel y su crin cuando fluye como en un galopar hipnótico.

La prosa de Martí habrá de ser para hoy, como lo fue para ayer, una invitación a levantar el periodismo a función profética y literaria. Alianza entre idea y arte, entre pasión y letra. Por ello lo viste con la clámide del fecundo y culto decir de quien no puede escribir de manera opuesta, porque cree en la misión socializadora y humanamente transformadora de un periódico. En esos tiempos renovadores de finales del XIX, ya los tratadistas hablaban del señuelo, imán periodístico en el primer

---

[16] Mistral, Gabriela, *La lengua de Martí*, Ediciones de la Secretaría de Educación, La Habana. Prólogo de Jorge Mañach.

párrafo, y de la estructura interesante al ordenar y distribuir el contenido. Pero en Martí el primer atractivo será la servicial reciedumbre de un estilo que no se extravía en poses, oropeles, y vaciedades parnasianas, en un decir por decir. Fue a veces incomprendido ayer, como hoy. En el vespertino caraqueño *La opinión Nacional*, Martí escribió una columna eminentemente informativa, cuyo título indicaba su periodicidad y su alcance: Sección Constante. Los Aldrey, padre e hijo, se consideraron afortunados al contar con ese periodista tan culto, audaz, imaginativo, hondo que una vez en Venezuela y ahora desde Nueva York les entregaba sus colaboraciones, aunque a veces le mutilaban o le corregían lo estimado inconveniente, demostrando que en todo tiempo los medios se han sometido a los intereses crematísticos y a los compromisos políticos y clasistas de propietarios y directores. No obstante cualquier disgusto previo, los Aldrey lo habían elegido para la Sección Constante. Martí cumplía a gusto haciéndose degustable en una columna breve, armónica, cargada de información y de las opiniones de quien, más que ver y oír como un reportero de cuerpo presente, ve y oye mediante la acumulación de lecturas y vivencias que le favorecen reconstruir hechos y personajes de Francia o de España. Martí se adelantaba a lo que Máximo Gorki propondrá a principios del siglo XX: la intuición del escritor cubre el vacío de algún detalle secundario desconocido mediante la función asociativa de la cultura. Y de ese modo lo posible adoptaba la capacidad de lo verosímil: Si no resulta verdadero el día nublado, puede serlo a causa de la estación climática del instante informativo. Mas, por momentos, la tendencia a perfilar culturalmente la conciencia de los lectores, o los repetidos juicios sobre las fuerzas destructivas que se recalentaban en los sótanos de la sociedad estadounidense, evitaban que la Sección Constante diera constancia de sí durante toda la semana. Por momentos, el pulgar de los directores apuntaba hacia abajo.

Como podría entonces parecer previsible, los dueños de *La Opinión Nacional* comenzaron a quejarse de que ciertos juicios, ciertas metáforas de su colaborador –al que pidieron firmara con el seudónimo de M de Z para no inquietar al gobierno, que había expulsado a Martí de Venezuela – entorpecían también las relaciones del periódico con el presidente Guzmán Blanco, y de éste con la Casa Blanca. Martí fue presionado, porque profundizaba, porque instruía y escribía demasiado bien, y demasiado bien significa en el lenguaje de los mercaderes o curanderos de la prensa, rehuir la superficialidad del periodismo de cascabeles y abanico. Lo sabemos: cuando queremos desprendernos de alguien que nos desborda, acudimos a la técnica de perturbar, zaherir, negar. Y no hubo necesidad de cesantearlo, aunque de hecho lo botaron. El corresponsal inoportuno, pero digno, renunció. Y ese episodio ubica a Martí entre los periodistas de antes y de ahora en el largo trecho de la incomprensión formal y de la hostilidad contra la independencia de criterio y la superioridad del intelecto.

Hemos dicho: Martí ejerció el magisterio, la diplomacia, la poesía, la narrativa; pensó en economía, en filosofía, en ética, en política. Y se expresó fundamentalmente en periodismo. Sus libros escritos y publicados como libros, son escasos. Sin embargo, los textos de la prensa le colman varios tomos de sus obras completas, y componen el alegato martiano a favor de un periodismo que se niegue a aceptar como "cosa mala" el halago de la forma. Nunca estuvo dispuesto a echar en el rincón menos visitado de las redacciones, el esmero que tiene en cuenta la sencillez, sin que haya que obligarla "a excluir del traje un elegante adorno". Y en el vocabulario martiano, ni el adjetivo *elegante*, ni el sustantivo *adorno* significan banalidad o baratija. Significan asumir el periodismo como una formación estilística pragmática que necesita igualmente del dato informativo actual, jerarquizado por importancia e interés, y de la apropiación desde la estética, desde un espíritu de creación aun dentro de lo práctico. Citemos a *El Terremoto de Charleston*. Contrariamente a exégetas y martiólatras que recurren al término crónica, un tanto acomodaticio, para encasillar los textos que no caben en un molde más preciso, yo lo clasifico de reportaje siguiendo a José Antonio Benítez en su *Técnica periodística*, manual donde muchos cubanos hemos aprendido los resortes del oficio. *El terremoto de Charleston* compone todavía, como tantas páginas, una muestra antológica de la narrativa periodística, en cuya estructura las descripciones se anticipan, por su exactitud, ritmo y secuencia, a la cámara noticiosa del cine. Desde la entrada, el corresponsal acusa el empeño de contar en clave periodística y literaria una historia de actualidad informativa: "Un terremoto ha destrozado a Charleston. Ruina es hoy lo que ayer era flor".

En *Martí, el apóstol*, Jorge Mañach reconoce que "Martí escribe de todo con un color y riqueza de datos cual si lo hiciera desde un mentidero madrileño". Ese escribir de todo lo aproxima a la concepción renacentista de un genio como Leonardo: pensar y hacer de todo. Y no me parece un símil estrujado. Porque ensanchar el conocimiento, macerarlo de modo que se asimile a la ductilidad, resulta todavía un rasgo de los periodistas más aptos e influyentes. La especialización, tan recomendada, debe de ajustarse a la aparente paradoja de que la visión parcial ha de tributar a la totalidad. El propio Maestro lo escribió en uno de sus apuntes: "Muchos hombres saben de Homero, y no de ardillas". Sólo con uno de los dos extremos, los ojos de la cultura serán impedidos de dar la vuelta completa.

En un intenso proceso, el Maestro flexibilizó las cuerdas de su formación entre clásicos, románticos y modernos para que sonaran en sus vibraciones diversos géneros y tonalidades, y con ello se ubicó en la delantera de la modernidad, que el capitalismo, en edad de la pujanza, dotaba de aciertos tecnológicos y de desatinos y desequilibrios sociales. Ya el periódico en sentido general completaba su desarrollo, y se convertía, casi plenamente, en "la oración matutina del hombre moderno", según metonimia empleada por Hegel. La última mitad del siglo XIX es la etapa en que se va desplazando de lo editorial a lo informativo, para mezclar el articulo y la noticia.

El periodismo le valió de impulso vocacional desde la adolescencia. Su primer artículo apareció en *El diablo cojuelo*, dirigido por Fermín Valdés Domínguez, y en cuyo único número Martí, casi con 16 años, redactó el editorial con un título que proponía la disyuntiva del país en guerra: Yara o Madrid. Desde entonces la prensa integró la concepción martiana de la sociedad democrática, sin que aquella fuese únicamente difusora de noticias, o palenque de polémicas baladíes, o catapulta de intereses injustos, sino también alternativa de opinión, variedad de propuestas, acicate de ética solidaria. Proyectó periódicos y revistas. Y algunos cristalizaron, al menos brevemente, como la *Revista venezolana*, y *Patria*, periódico fundado para liberar a la par que soldaba las articulaciones de Cuba independiente, esto es, Cuba en sí y para sí, unida en la guerra que, como envión para trascender la colonia, mereció la purificación mediante el atributo de necesaria.

Resumiendo, al principio de estas líneas me referí a la multiplicidad de facetas de Martí. Y aunque el periodismo sobresalió como expresión recurrente de su ideario y sus propósitos, y lo he calificado como su medio de expresión básico, debo equilibrar el juicio. Lo esencial en la cultura y la conducta martianas fue la palabra, que según Fina García Marruz coincide con los actos del Unificador de la nación. Coincidencia milagrosa, asegura la sutil ensayista[17]: "La palabra, llena de la majestad del acto; el acto de la palabra". Y la palabra, la palabra responsable es, a mi parecer, el instrumento que conducido por una voluntad de estilo de ardiente efusividad y compromiso profético, convirtió también el ejercicio del periodismo en una propuesta para acrecentar el intelecto y la sensibilidad de los lectores. Lo repito: algunos confesaron no entenderlo o confiesan que no lo entienden; siempre existen los que no entienden. Esos no entenderían al político, ni al periodista si lo imaginaran, como hicimos al principio durante aquel inicial momento, escribiendo las primeras frases de su *Diario de campaña* en tierra cubana. Desdoblándose, apartando su papel de santo y seña de la Revolución en la manigua, traza apuntes de corresponsal de guerra, ese que observa, oye, registra, y encapsula el dato, el color, el rasgo, en la síntesis y la concisión jadeante de su *Diario*. Pero insistamos en que la escasez de las horas y los apremios de la contienda no lo obligan a emborronar y aplazar la expresión definitiva. Para él, y sabemos que lo presentía, no habrá más tiempo, salvo el que mediará entre sus palabras ordenadoras de este día y los pocos días siguientes, hasta su acto más integrador e iluminado: la caída.

Tampoco, si hubiese vivido, habría sido imprescindible tachar, sustituir y cortar para una presunta forma definitiva. Aun en su prosa urgente gobernó la palabra con el cabestro indoloro, aunque exigente de la originalidad, y con el tino del que sabe que si el periodismo se abaja,

---

[17] García Marruz, Fina, El escritor, en *El periodismo como misión*, ed. Pablo de la Torriente Brau, La Habana, 2002, pp.228 y 229.

rebaja y se rebaja.

DÍAS MALOS DE EÇA DE QUEIROZ EN CUBA

SALVO SABER QUE VINO A TRABAJAR, nada he
hallado que recuerde la estancia de José Maria Eça de
Queiroz en La Habana. Ni una tarja. Una fecha pública... ¿O existen y este transeúnte no las ha visto? Quizás la capital de la isla de Cuba le esté devolviendo al
portugués el malhumor y el disgusto con que residió
unos dos años entre los habaneros. Hay que compren-
derlo. Embarcó hacia la antigua ciudad de las flotas
queriendo ir a París. La capital francesa, para aquel joven poseso de la originalidad, mostraba en sus luces la
ocasión de encontrar "algo nuevo que mirar". El servicio
diplomático portugués, en cambio, supuso que el escritor
que tan desaforadamente ya retaba a la tradición, merecía ir a Las Antillas donde lo viejo enseñoreaba ceñudo e
insultante.

La incongruencia entre el deseo y el destino quizás
condicionó la relación entre el escritor y sus días en La
Habana, entre su vida y las memorias de la ciudad. Al
parecer, no se acomodó al clima físico, ni a la atmósfera
moral del primordial enclave español en el Caribe. No
comprendió por qué los cubanos guerreaban contra España. Ni reconoció que junto a la Cuba española existía
la Cuba Libre o la Tierra del Mambí, como apuntó el ir-
landés James O'Kelly que visitó a Cuba en los mismos
años que el portugués. Queiroz, quizás, no se interesó.
Sus fuentes discurrían de las informaciones oficiales. Y
nunca, hasta dónde he averiguado, habló o escribió
amablemente sobre la primera plaza consular de su expediente.

El 18 de agosto de 1870 aquel graduado de Coimbra, alto, delgado, pálido, como un personaje de Stendhal, y vestido con traje incólume se presentó a la convocatoria del ministerio de Asuntos Extranjeros para la carrera consular. Disertó, en septiembre, sobre el derecho de visitas y sus límites. Y obtuvo el primer lugar entre los concursantes. La próxima vacante le pertenecerá, le dijeron. Pero solicitudes de rostros insinuantes, recomendaciones de títulos poderosos lo apartaron durante dos años. También pudo colaborar a tal preterición su fama de airado crítico de lo caduco. Una conferencia contra el romanticismo lo puso en cuarentena ideológica. Y él, al saberlo, escribió con la tinta negra y espesa, como de pulpo airado, que iba distinguiendo a su prosa: "Nunca pienses servir a tu país con la inteligencia (...) ¡Cree en la intriga! ¡No estudies, corrompe!" Al fin, el 16 de marzo de 1872 recibió el nombramiento de cónsul de primera en La Habana.

Cuando desembarcó aún no era Eça de Queiroz – escrito así mismo, como dijo Saramago que lo escribía el escritor. Había tan sólo viajado por el Oriente Medio, y publicado varios cuentos reputados de ofensivamente originales, lindando con la excentricidad, en *La Gaceta de Portugal*, y levantado cierto crédito como articulista político. Mordaz. Corrosivo. Ingenioso. Poco antes de llegar, había comenzado su primera novela, *El crimen del padre Amaro*, que tal vez concluyó en Cuba, porque la publicará en 1875, un año después de finiquitar sus tareas en La Habana. A partir de esa fecha, aparecerán las obras que lo entronizarán en el nicho de los renovadores y liberales de las letras portuguesas. *El primo Basilio, La reliquia, Las cartas de Fadrique Mendes, La ilustre casa de los Ramires, Las ciudades y las sierras...*

Lo más recomendable que envalijó entonces en su currículo fue la militancia en El Cenáculo, grupo literario del poeta Antero de Quental y compuesto también por Ramalho Ortigao, Guerra Junqueiro, Oliveiro Martins.

Por lo demás era el perfecto desconocido en esta ciudad que al común de los viajeros ofrecía de inmediato, en esa época, una estampa festiva en el bullicio de las calles, y en los colores rojo, amarillo, verde, azul de las casas, envueltas en un aura que algunos visitantes remitían a una semejanza con las ciudades portuarias del Oriente.

La evidencia de ser un desconocido, quizás lo mortificó. Una anécdota presumiblemente apócrifa ha venido susurrando hasta hoy que Eça de Queiroz llevó un artículo a un periódico habanero. Jornadas más tarde regresó para preguntar por el destino de la colaboración, y el director, deferente más con el cónsul que con el periodista, al par que negaba haberlo publicado, le aconsejó: Siga escribiendo; usted promete. Desde ese momento, al parecer, los periódicos de La Habana se distinguieron para aquel revolucionario de las formas por su "prosa infecta".

El Cónsul de Portugal en La Habana no ejercía sus funciones en una poltrona, rodeado de placideces. Esta plaza era desfavorable al artista que esperara hallar ocio, apacibles vacaciones para la creación. Entonces tenía que ocuparse de unos cien mil chinos culíes, ciudadanos portugueses en mayoría, porque provenían de la colonia lusitana de Macau. Eça de Queiroz asumió con entereza humanitaria el papel de diplomático. Y las relaciones con las autoridades españolas lo asfixiaban en la impotencia o la cólera.

La esclavitud enmascarada de los braceros chinos transitaba por una de sus fases más crueles. Los que empezaron a desembarcar después de 1861 inclusive, tenían que salir de Cuba uno o dos meses para conseguir un nuevo contrato. O eran enjaulados en barracones y forzado a trabajar sin sueldo para el gobierno local, en tanto esperaban un nuevo convenio por ocho años más.

En un informe del cónsul a su ministerio —publicado en 1926 por Antonio Iraizoz, escritor y gramático cubano— Eça de Queiroz relata el glosario de horrores padecidos por los culíes. Y a manera de anécdota definitiva narra que en esos días, desembarcado cierto chino de Macau, médico de un barco, fue apresado por la policía como "colono sin papeles". "Hace diez y ocho meses que está en presidio; últimamente —continúa — consiguió venir al Consulado, y reclamar como portugués; está consumido de trabajo y casi idiota del terror. Hace un mes que lo reclamé, pidiendo enérgicamente su inmediata libertad. No me han dado respuesta alguna y el miserable continúa en presidio".

En ese timbre transcurrían los días: respondiendo a chinos que, en chino, le explicaban lo que les oprimía. Y así se aclara, o al menos uno va comprendiendo, por qué La Habana colonial lo obligó a tanto desprecio, tanta queja, tanta insatisfacción. Porque si es cierto que algunos viajeros dejaron en sus memorias juicios adversos sobre la Cuba del siglo XIX y la ciudad mayor del archipiélago, también lo es que mezclaron con aquellos, juicios menos malignos, más justos, viendo, en el porvenir, el desarrollo de cuanto de virtud apreciaron.

La Habana ha sido una ciudad paradójica, contradictoria. Sucia y limpia. Ardiente y serena. Bella y caótica. Pero el autor de *Prosas bárbaras* se ensaña con ella empleando toda su agencia de ironía e insulto. Una carta de 1873, dirigida a Ramalho Ortigao, e inserta en la *Correspondencia* de Queiroz, se fija a la condición de documento expresivamente antológico. Llama a La Habana "ciudad estúpida, fea, sucia, odiosa, innoble." Y añade: "¡Oh! la gente grosera. (...) Esta ciudad (...) ¡qué miserable aldea es, con todos sus palacios, con todos sus trenes arrastrados por cuatro caballos cubiertos de plata! ¡Ah! La miserable, subalterna, rastrera manera de estos espíritus. (...) ¡Ah! El terrible precio de una camisa. (...) Detesto esta ciudad verdeada y millonaria, sombría y ruidosa —este depósito de tabaco, este charco de sudor, este estúpido palillero de palmeras". No le creamos del todo. Hay al final como una explicación de su furia taurina, de su rencor aparentemente irracional, de su subjetividad agriada. "Disculpe mi cólera —mas ella nace de un tedio sin límites y de un despecho cruel: el despecho de sentirme un pobre diablo artista, encajado en una función oficial, y tener que ajustar el sentido artístico al código de los cónsules".

En 1874 se marchó. Lo ubicaron después como cónsul en Newcastle y en Bristol, ambas ciudades en Inglaterra; en China y, por fin, en París. Ya para entonces era Eça de Queiroz. El novelista comparado en Portugal con Flaubert y Zola. Y tal vez, si no hubiera fallecido de tuberculosis en 1900, en la ciudad santa de las ansiedades del escritor por lo nuevo, habría tenido tiempo para reconsiderar cuanto decía sobre aquella ciudad caribeña maldita en el recuerdo.

Quizás habría comprendido que no debió venir a La Habana deseando ir a París. Porque el rechazo hacia la mala suerte, podía confundirse con el desdén por La Habana, ciudad que tal vez no intentó comprender, y que según mis búsquedas tampoco se acuerda de que el novelista se protegió del sol y la lluvia bajo sus techos.

El eco y el ego

MÁS DE MEDIO SIGLO ATRÁS, la lectura de sus libros compuso en Cuba una especie de iniciación juvenil. Su nombre entre nosotros era popular, recurrente. Pocos sabían que sus textos juzgados desde la distancia –que en espejismos literarios tanto aclara la visión–, ya empezaban a espolvorearse con el polen amarillento de lo caduco. Pero Mario Parajón, narrador, crítico teatral y cronista, vinculado al grupo Orígenes, colaboró en desinflar el crédito de José María Vargas Vila–llamado, según el registro civil, José María de la Concepción Apolinar Vargas Vila Bonilla– con una nota publicada en el periódico *El Mundo*[18] cuando la década de 1960 transitaba por su mitad.

Retando a los devotos del panfletario colombiano, Parajón alertaba que había que leer como sugería un poema de Antonio Machado: parándose "a distinguir las voces de los ecos". Y detenidos en el camino, pues, hemos de estirar las orejas, pulverizar los conjuros de la tradición y concluir que José María Vargas Vila suena como el eco de una época en que supuraron tantas famas de escayola. Quizás tan abundantes como en el presente.

El autor de *Archipiélago sonoro* demostró que la fama de ciertos personajes cuaja mediante una alianza entre la recurrencia del nombre, los amigos, la brusquedad de las ideas y la estridencia de la expresión. Vargas Vila se

---

[18] Periódico habanero fundado en 1902 bajo conceptos del periodismo moderno. Su circulación se interrumpió definitivamente en 1968, a causa de un incendio en su redacción y talleres.

caracterizó por su virulencia liberal, antiimperialista.
En 1903 publicó un libro que tal vez le ganó los brazos
de revolucionarios de su época: El *yanqui: he ahí al
enemigo.* También se autodefinirá como anarquista.
Era, en fin, una especie de rebelde signado por la irreve-
rencia y el desparpajo. Su novela *Ibis* le atrajo la exco-
munión del Vaticano. Condena que lo regocijó, según
propia confesión.

Entre los hombres excepcionales que lo quisieron se
agrupó José Martí. La cordialidad del Maestro, su vocación política unitaria realzó el valor del irreverente prosista, aventajado perito en el insulto. Vargas Vila residía en New York adonde se había establecido en 1891.
En 1893, según su cronología y en 1894 ateniéndonos a
la de Vargas Vila, Rubén Darío descendió en el puerto
de la gran ciudad de hierro. Y Martí, mediante su secre-
tario, Gonzalo de Quesada, le pidió al poeta que lo visi-
tara. Cuando se vieron, el nicaragüense se encontró de
pronto en los brazos del Maestro que lo llamaba ¡hijo!
Más tarde, se organizó una reunión, más bien banquete
con el que la colonia cubana había programado agasajar
al nicaragüense, "en casa del *restaurateur* Martin", de
acuerdo con las memorias de Darío. Martí invitó "a
nuestro Vargas Vila" a participar con "nuestro Rubén
Darío". Esos términos emparejaban, cortésmente a dos
escritores muy disímiles en obra y trascendencia. Pero
Vargas Vila declinó en términos que a Martí le parecie-
ron excesivos, según supo el Maestro por Gonzalo de
Quesada.

El autor de *Flor de fango* no quería al poeta de *Azul.*
Lo rechazaba por haber Darío aceptado el consulado en
Buenos Aires que le otorgó Rafael Núñez, "déspota colombiano". Sin embargo, en 1900 ambos se alargaron las
manos o los brazos por primera vez. En abril, el prosista
de *Los raros* volvía a París con el encargo de *La Nación*
de cubrir la exposición universal que en ese fin de siglo

se organizó en la capital de Francia. ¿Y qué obligó a Vargas Vila a deponer su hostilidad hacia el reconcentrado y a veces dipsómano poeta? En esos tiempos había circulado la falsa noticia sobre el deceso del pugnaz panfletario, especie que tanta embriaguez publicitaria debió de promover en su amor propio. Mucho más cuando Darío publicó una conmovida, ática necrología sobre Vargas Vila. En reciprocidad, tras la muerte del líder del modernismo literario, el colombiano escribió un mínimo libro donde contó sus relaciones con el poeta de *Azul*.

En Cuba, la obra y la figura de Vargas Vila recibieron acatamiento. Y sus días habaneros confirman que le placía pasar temporadas en nuestra capital. Visitó tres veces a La Habana: en 1923, 1924 y 1926. Y en Calabazar residió en una especie de bungaló, a orillas del río Almendares, en el barrio de Las Cañas. En los 60 del siglo XX, el bungaló se mantenía convertido en una especie de club nocturno llamado River Cañas Club. Conquistó amigos en Cuba. Uno de ellos conservó un archivo con cartas y papeles literarios escritos por el colombiano entre 1899 y 1933, en especial un llamado *Diario secreto,* de cuya existencia y sobre la donación a la Biblioteca Nacional escribió en 2007 el periódico *Juventud Rebelde.*

El 24 de julio de 1924, confiesa en el *Diario secreto* – secreto tal vez a causa de la pasión vargasvilesca por los disfraces ambivalentes, los gestos aparenciales para hinchar el globo de su inasible exclusividad literaria: "Suprimo la narración de mi primera estancia en La Habana, de paso para México, porque todo eso pertenece a mi libro de viajes, y se halla en un volumen especial bajo el título de *En la esmeralda fúlgida*. Estuve en la República Argentina, Uruguay, Brasil, costas de Colombia, Venezuela y México. Y heme aquí, llegado de nuevo a las playas oro y azul de esta isla maravillosa, donde la sombra doliente de José Martí parece extender sus brazos para recibirme. Recobro el imperio de mí mismo. ¡Bendita sea!". A los 73 años falleció en Barcelona. Discurría 1933. Ya su presunta voz iba derivando hacia la certeza de un efecto de resonancia en la caverna de los créditos sin inscripción de propiedad. Siete años antes había viajado a México. Y el periodista Ortega, de *El Universal,* lo describió así en 1926: "De pequeña estatura, un poco grueso; de mirada, gestos y hablar que quieren ser olímpicos (...) Voz despectiva y seca (...) Viste irreprochablemente, calza a la última moda, sin descuidar un solo detalle". Y al referirse a cuantos lo esperaban en la estación ferroviaria, Ortega apuntó: "Ningún intelectual acudió a saludarlo. Se sabe, de hace tiempo, todo lo que va a decirnos". A pesar de ello, el mexicano lo entrevistó y al reproducir el diálogo enfatiza en la grotesca vanidad de Vargas Vila, que solo hablaba y permitía generosamente que los demás escucharan. "Se tomaba –aseguró el periodista– por un Zeus Fulminador".

También en 1926, la revista *Orto,* de Manzanillo, Cuba, publicó el diálogo que el chileno Joaquín Edward Bello sostuvo en España con el libelista viajero. En estos párrafos la vanidad del narrador de *María Magdalena; novela lírica,* despedazaba los moldes de la sensatez, aunque para muchos, como el propio entrevistador, su petulancia era propia de un niño fresco, iluminado, juguetón.

Comenzó definiéndose así: "Yo soy un paladín de la libertad: lo he sido siempre". Luego, sobre su patria, dijo: "Colombia no me perdona que yo la haya llenado de gloria". Del presidente mexicano Obregón afirmó: "...Es mi discípulo (...) desde pequeño Obregón se nutría de mi literatura". Sobre España sostuvo: "Yo enseñé a pensar a los españoles con la publicación de mi obra *Ibis*". En su descargo quizás podamos proponer la hipótesis de que su ego exaltado haya sido una pose, una manifestación netamente literaria.

Siendo muy joven, pagué impuestos a los libros de Vargas Vila. Era lo común entre los aficionados aún carentes de la sagacidad para discriminar los ecos de entre las voces. En una libreta anoté mis impresiones. Terminaba de leer *La voz de las horas,* y encandilado por la suntuosa retórica, la califiqué de maravillosa prosa y a los conceptos apodícticos y contestarios del autor les asigné el juicio de geniales. Entonces me conmovían estas líneas de *José Martí: apóstol–libertador:* "...La frente espaciosa, el aire triste de los predestinados del dolor... su palidez de "Cristo de los Ultrajes", bajo el follaje de los olivos taciturnos, la boca oculta tras los mostachos lacios, caídos sobre los labios elocuentes (...); la frente enorme, hecha como para cúpula del Tabernáculo de su Pensamiento". Enseguida mordí a *Ibis,* y aquella admonición al amante engañado que recomendaba muy a lo machista: si no tienes el valor de matarla, mátate, me resultó extrema, artificiosa, hasta ridícula. Y renuncié a este autor. Solo conservo el folleto con sus recuerdos de Rubén Darío.

A tiempo llegó la nota de Mario Parajón en *El Mundo.* Aún se lo agradezco, como le agradezco haber acogido en su biblioteca doméstica a aquel adolescente que quería ser escritor. Mediante esa y otras influencias se clarificó mi vocación y mi criterio literario aprendió a desconfiar del lujo y de la frivolidad. Porque de lo contrario estuviera ahora distribuyendo adjetivos como maravilloso y genial, tanto como los repartía José María Vargas Vila, cuyo delirio estilístico lo condujo a escenificar su obra y su vida en el personaje de una voz insolente, trivial y, sobre todo, enamorada de sí misma. Hoy sólo disuena como un eco de trascendidas nostalgias.

Mi Arca de Noé

A las puertas de la muerte

CON LA MANO ACOLCHADA, COMO la de quien distribuye nalgadas a un hijo, revisé el amontonamiento de una librería de viejo y hallé a *Los hombres que dispersó la danza*, publicado por Casa de las Américas en 1980. Así, de modo tan casual, pude leer un segundo volumen de Andrés Henestrosa. Mi primer encuentro con un libro completo del mexicano ocurrió unos días antes de su fallecimiento el 13 de enero de 2008. Hacía tiempo que mi ignorancia padecía la nostalgia indefinible de ese escritor. Porque, a momentos, un autor se erige en misterio, sueño, meta para otro autor o que pretenda serlo. Y a principios de ese mes, divagando por entre la biblioteca doméstica de un amigo, hallé un volumen de crónicas de Henestrosa, y lo pedí en grado de urgencia máxima: como una medicina que, al no ingerirla, puede uno perecer. Era uno de sus últimos libros, ya nonagenario el autor: *La otra Nueva España*, compuesto en 2001 a base de textos publicados en periódicos sobre escritores y artistas españoles.

En ese momento me hubiese gustado sumirme en *Los hombres que dispersó la danza*, o en *Retrato de mi madre*, o *Los cuatro abuelos*, o *Acerca del poeta y el mundo*, títulos, entre otros, de su bibliografía. Pero aun en estas crónicas urgidas por el periodismo de *La otra Nueva España,* se aprecia el estilo aéreo de Henestrosa, donde cada palabra no necesita de otras para alcanzar un valor dentro de la abnegación de quien renuncia a lo mucho por lo mínimo. Convoca, más que a la belleza, a la sustancia de la realidad y el Hombre.

Supe de su existencia y de su prosa, porque mi primer artículo o ensayo aparecido en letra de imprenta lo publiqué, como ya he dicho en este volumen, en la revista *Ábside*, gracias al hispanista José María Chacón y Calvo. En esa revista de cultura mexicana –que en 1968, cuando yo puse mi nombre en sus páginas cumplía 31 años de fundada– leí una frase de Henestrosa cuya maestría me hostigó durante un tiempo con el hambre de leerlo en más pródigo volumen. Alguien citaba un párrafo donde este poeta narrador decía: "Muchas otras cosas me regaló España. Muchas más me dará la vida; pocas como las de aquella noche madrileña. Cómo sería que a la mañana siguiente ya era recuerdo, melancolía, que es como se llama la dicha cuando envejece".

Hubiera querido haber encapsulado, en un cartucho de síntesis y poesía, esa última línea subordinada, parecida a una de García Márquez, pero con la diferencia insuperable que Henestrosa la escribió primero. Y hubiera querido entonces seguir en contacto con el autor de ese párrafo tan vital y ascético, tan ingrávido y tan cargado a la vez. Desde entonces pretendí convertirme en lector de quien fue capaz de inventar fórmulas tan austeras y tan originales. Y como uno no lee siempre los libros ni a los autores que desea –desgracia nunca merecida–, esperé a topar con la obra de este mexicano, aborigen de múltiple sangre, que en 1921, a los 14 años, aprendió el español y más adelante empezó a ejercer los puestos políticos, diplomáticos y literarios que le ganaron sus aciertos.

Leí más tarde un elogio de su prosa leve, como pájaro en el aire, ensartada en una ternura melancólica y con la sugerente sobriedad del que cree que las palabras no han de derrocharse como fortuna ajena o mal habida. Las frases que enseguida reproduciré las he capturado, como a mariposas, de salto en salto, y quizás pertenezcan –no lo he podido comprobar desde la distancia en que se halla Cuba de las librerías mexicanas– a *Retrato de mi madre*, publicado en 1940: "No duró mucho aquel amor. Doce años después mi padre murió. Mucho tiempo para el sufrimiento, pero un instante para la dicha. (...) Mi madre vivió llorando. Después se secó las lágrimas, y una gran resignación, refugio de mis dos sangres oprimidas, ocupó el sitio del infortunio. (...) Silbó el tren. Me monté en él y estoy seguro que lloró aquella noche todas las lágrimas que ante mí contuvo. Estoy seguro porque yo me siento anclado, igual que una pequeña embarcación, a un río de lágrimas."

La belleza parece no ser conquista que haya presionado a Henestrosa. Había confesado que una de sus hazañas era haber aprendido el español siendo adolescente, cuando su pensamiento y su habla ya se habían formado en la dulzura de las lenguas indígenas. Cuando escribía prefería ser fiel a la vida. Solo intentaba pasear su espejo por el suelo y el paisaje, mientras las llamadas calidades del estilo se le iban adjuntando en la ruta después que la verdad, apenas rozando el camino a pesar de su peso, marchaba airosa en su carroza trashumante. Lo aceptó claramente cuando, lamentando la muerte de Pío Baroja, dice que este es "un escritor que desentonaba un poco en el coro de los grandes escritores españoles". "No tuvo la maestría de Gabriel Miró; careció del arrebato de Miguel de Unamuno; muy lejos de la elegancia de Ortega y Gasset, entre él y Azorín no hay punto de comparación en lo que mira al estilo. Y sin embargo, Pío Baroja ha sido uno de los autores más leídos, más buscados y de fama igual a sus contemporáneos, si no es que más grande. ¿Por qué? Porque Baroja al escribir echaba adelante al hombre más que al escritor".

Oyéndole esto, más me apego a Andrés Henestrosa. Y más me percato de que mis deseos de leerlo, a medias satisfechos, podían haber estado prescrito desde mucho antes. Tal vez desde el primer momento cuando él indio recién estrenado en el español comenzó a leer a esos españoles "de otra Nueva España" que nombra, respeta y ama: Unamuno, Azorín, Baroja, Ortega, Miró, Bergamín... Los mismos en los que quise, a pesar de mi poquedad, aprender a quedarme para siempre en una página.

MI ARCA DE NOÉ

HEMINGWAY, PRESENCIA Y CONTRADICCIÓN

ERNEST HEMINGWAY, TANTO O MÁS que una influencia literaria, es un vínculo corporal entre la cultura norteamericana y la cubana. No compone, sin embargo, la única, ni la primera, presencia de un escritor estadounidense en Cuba. De ninguna manera podría el autor de *El viejo y el mar* beneficiarse de la exclusividad; demasiado corta la distancia entre ambas tierras y excesivamente activo el papel de los norteamericanos en Cuba, como para reclamar la excepcionalidad.

La preeminencia vivencial entre los escritores empezaría, hasta otro hallazgo, por María Gowen Brooks, poetisa que acreditaba sus obras con el seudónimo de María del Occidente. Residió en el cafetal de San Patricio, propiedad familiar, en Limonar, Matanzas, durante un período enmarcado a fines de la década de 1830 y principios de la siguiente. Murió, posiblemente de fiebre amarilla o de dengue en 1843, en Limonar, según el certificado de defunción inscrito es la parroquia de ese pueblo. En ese "Edén perfecto" que eran entonces los cafetales -según calificativo del viajero estadounidense doctor Wurdeman-, compuso el primer canto de un reconocido poema épico norteamericano, de contenido bíblico y cuyo nombre es *Zophiel*. Al marcharse, la poetisa escribió estos versos en su *Adiós a Cuba*, y que cito traducidos por Argelio Santiesteban: "Amo tus moradas recogidas. / Amo a tus hijas ojioscuras / en cuyo pelo de azabache más brillan las flores escarlatas de la granada".

Otros, con diverso relieve, asocian su nombre a Cuba. De Truman Capote han dicho –entre ellos Lisandro Otero- que tuvo un padrastro cubano y algunos creen que el autor de *A sangre fría* haya nacido en Matanzas. Stephen Crane se suicidó saltando la borda de un barco en aguas cubanas. Y Hart Crane, uno de los innovadores de la poesía norteamericana, murió en 1932 de paludismo contraído en Cuba. Escribió un poema titulado "Cantera insular", varios de cuyos versos dicen, traducidos por Omar Pérez: "Es a veces / al anochecer, como si esta isla alzada, flotara en baños indios. / En el anochecer cubano los ojos/ andando el camino recto hacia el trueno...". Arthur Miller, William Styron y William Kennedy visitaron alguna vez a Cuba.

Pero, quizás, ningún escritor vivió tanto y tan seguido en Cuba como Hemingway. Ese es el título que le corresponde. Entre Cayo Hueso, Europa, África y Cuba discurrió la mayor parte de su existencia. En La Habana, en el hotel Ambos Mundos, cerca de la catedral y el castillo del Morro, escribió *Por quién doblan las campanas*. Más tarde, compró la casa de Finca Vigía, en el poblado de San Francisco de Paula, desde cuya colina se ve la bolsa de la bahía de La Habana.

Por esa ligazón cotidiana, por su navegar en El Pilar, pescando, o detectando submarinos alemanes durante la segunda guerra mundial, la estatuaria vivencial del escultor José Villa Soberón puso a Hemingway como antes: acodado sobre la barra del Floridita, en su rincón predilecto, en pose de echarse hacia delante y oír cordial y socarronamente, a la cubana, a cualquier parroquiano que le haga compañía.

El gran trágico de la contemporaneidad prefería beber su daiquiri en el Floridita y su mojito en la Bodeguita del Medio. Admitía así que se había suscrito a ambos tragos de la alquimia alcohólica cubana, y a esos dos restaurantes entonces y todavía célebres en La Habana. Puede parecer que el escritor, que había asegurado en *Adiós a las armas* que no existía nada más placentero que un trago de güisqui, estuviera haciendo algo más que una elección gustativa al preferir las bebidas criollas.

Digámoslo de un golpe: estaba confesando una inclinación, un afecto, por esta isla a la cual mencionó por primera vez en 1933, en un artículo publicado en *Esquire* y que se tituló "Marlin Off the Morro: A Cuban Setter". No asombra que la Isla, verde y frutal, y su mar candente aparecieran en una colaboración periodística por la cual Hemingway ganó 250 dólares. Admira, sobre todo – como ha afirmado Mary Cruz, una de las estudiosas de la obra del autor de *Verano sangriento*-, que el paisaje, los detalles típicos de La Habana como el Morro y el caserío portuario de Casablanca, trasciendan su naturaleza de "postal turística", usual en cualquier visión extranjera, y sean descritos con la emotividad del que no sólo ve las cosas sino que está dentro de ellas.

Son varias las obras de Hemingway donde aparecen Cuba y su gente. Aparte de los reportajes, en *Tener o no tener, El viejo y el mar,* e *Islas en el Golfo* hay una imbricación cubana que reconoce que Cuba fue algo más que un escenario para un escritor cuya estética primordial, desde su aprendizaje en el *Kansas City Star*, le exigía encarar y reflejar la vida con una autenticidad sin fisuras. Es decir, con pasión. En "El gran río azul", Hemingway confiesa algunas de las razones por las cuales radicaba en Cuba. Al leerlas, uno sabe que subyace algo más profundo que la simple sensación del confort y el paisaje. Pero lo calla: "Muchos le preguntan a uno por qué vive en Cuba; les contesta simplemente que le agrada vivir allí. Es difícil explicar la fresca brisa matinal que sopla incluso en los días más calurosos de estío sobre las colinas que rodean a La Habana. No es necesario explicar la posibilidad que se nos ofrece de criar gallos de pelea, adiestrarlos y participar en competiciones dondequiera que se organicen, por tratarse de un asunto

lícito. Es una de las razones de vivir en aquella isla.(...)
Pero hay muchas más cosas que uno no dice; (...) entonces uno les explica que la principal razón de vivir en
Cuba es el Gran Río Azul, de tres cuartos a una milla de
profundidad y de sesenta a ochenta millas de ancho;
desde la finca y a través de un hermoso paisaje, se tar-
dan cuarenta y cinco minutos en llegar a él, donde hay
la mejor y más abundante pesca que uno ha visto en su
vida".

Cuentan crónicas noticiosas que en uno de sus regre-
sos a Cuba, meses antes de su muerte, Hemingway besó
la bandera cubana al desembarcar en el aeropuerto *José
Martí*. Un fotógrafo quiso que repitiera el gesto para poder congelarlo en la emulsión de su película, y Papa se
negó. Su acto había sido sincero y no admitía la escenificación publicitaria o periodística. Sin embargo, uno de
los reportajes de la entonces naciente televisión cubana
lo conserva respondiendo a preguntas, luego de haber
merecido el premio Nobel. Entre otros aspectos, Hemingway, el que bebe su daiquirí en el Floridita y su
mojito en La Bodeguita, el que reside en una colina casi
al sur de la bahía de La Habana, asevera, como en una
definición hecha para siempre: "Soy un cubano sato."

¿Qué es ser un cubano sato? Debe uno adentrarse en
el espíritu de la lengua, en los laberintos expresivos del
pueblo, para averiguar un sentido cuya profundidad no
recogen los diccionarios. Sato es una raza de perros, pequeños, de pelo fino y cuyas hembras son muy lascivas,
extremosas, abiertas con el sexo opuesto. Y por extensión cubano sato es ser eso: abierto, democrático, mez-
clado. Esto es, la más certera definición del carácter del
cubano medio.

Quiso el escritor ser asumido -según puede colegirse-
como un compatriota por los cubanos. Al menos en esa
época los medios culturales lo estimaban como un escri-

tor cercano. Y la revista *Bohemia* dedicó un número a reproducir la traducción de *El viejo y el mar*, vertida al español por Lino Novás Calvo, autor de una novela ejemplar entre las novelas cubanas: *Pedro Blanco el negrero*.

El binomio Hemingway-Cuba ha sido sometido de vez en cuando a la discusión. He vuelto a pensar en ello. Y no creo que los cubanos sientan como un valor permanente y propio al autor de *Adiós a las armas*. Es cierto que su casa de Finca Vigía ha sido remozada últimamente para agregarle más resistencia ante los agravios del mar cercano, y que su habitación en el hotel Ambos Mundos y su rincón predilecto en la ensenada de Cojímar, se mantienen como si *Papa* estuviera a punto de llegar para una de sus estancias definitivas. En la conservación de la presencia petrificada de Hemingway persiste el respeto, la unción, que la libran de la profana querencia turística, aunque los *tours* la ofrezcan como una insoslayable opción. Pero todo ese caudal se compone de valores tangibles, objetos materiales que cada año van decolorándose, difuminándose en la memoria y la atención general. Parece inevitable admitir que pocos de los cubanos de hoy sienten al autor de *El viejo y el mar* como un patrimonio espiritual, o como una herencia literaria.

Comparativamente, más de medio siglo después de su muerte por mano propia, el haber favorece a Hemingway: su obra literaria preserva las amorosas impresiones acumuladas por el escritor durante veinte años de residencia en la isla más fascinante del Golfo. Pero, desde dentro, eso es ya "cosa vieja", "glorias pasadas" en las que sólo algunos aún meditan. La mayoría de los que podrían asistir en peregrinación a la barra del Floridita, allí donde un *Hemingway* de bronce bebe un daiquiri interminable, son también sombras, incluso algo menos. Y no eran muchos. Amigos tuvo pocos en Cuba: algún

compañero de juergas habaneras como el periodista
Fernando G. Campoamor, insuperable en estilo y precisión, y entretenido acompañante en un bar. Se muestra,
como una evidencia común, que la fisonomía inconfun-
dible del amigo de toreros y actores de cine desconoció
en Cuba la ruta de los círculos literarios y artísticos.
Tal vez mi afirmación presuma de muy polémica o he-
terodoxa. A mi juicio, Hemingway fue solo un accidente,
un destacado accidente, para la generalidad de los cubanos. Aquí convivir con extranjeros relevantes ha sido
una gracia cotidiana. Yo mismo puedo contar que en el
edificio en que vivo, residió hacia la década de 1940, el
poeta venezolano Andrés Eloy Blanco. Y fui vecino – a
unos 200 metros- del poeta salvadoreño Roque Dalton.
Estudie cerca de Santiago de las Vegas donde nació Italo
Calvino, y más próximo a Calabazar donde residió José
María Vargas Vila. Y trabajé en la revista *Bohemia*
donde ganaron el sustento del exiliado escritores tan
significativos como el dominicano Juan Bosch o el guatemalteco Manuel Galich. He de decirlo, aunque duela o
mortifique: ni la medalla del Nobel, que el escritor, creyéndose en deuda con Cuba, depositó en el santuario de
la virgen de la Caridad del Cobre, pudo anudar una sen-
timentalidad perdurable con los cubanos: se pierde entre
centenares de ofrendas parecidas, si no en el brillo, en la
intención. Y si ese acto pudo significar un gesto de fra-
ternidad en el imaginario religioso del cubano, ya es sólo
un dato bajo otros datos. O una curiosidad.

La cultura y la historia, a pesar de todos los vínculos,
nos separan. Hemingway está muerto. Y convertido en
estatua, parece vivo en Cuba. Hemos de admitirlo. Pero
qué frío es el bronce. Y cuánto escasean sus libros entre
nosotros.

EL SILENCIO DEL HIDALGO

LOS PORMENORES QUE CONVIRTIERON LA muerte de Celia Margarita Mena en una especie de novela de terror permanecen tan asibles que el cronista duda si ceder a la demanda de repetirlos. Clasificó en 1939 como uno de los crímenes más excitantes de La Habana. Durante once meses los periódicos, la radio, y las noticias fílmicas mantuvieron en la calles una réplica de los folletines del siglo XIX, con un título que ningún experto dejará de reconocer como efectivo: La descuartizada de la calle Monte.

El reparto Buenavista, en Marianao, aún no estaba totalmente urbanizado. Había espacios para el misterio, la impunidad. El 8 de marzo, un transeúnte descubrió una pierna humana envuelta en un saco de yute, en el interior de una alcantarilla. Ante el estupor, y los comentarios y preguntas del público allí aglomerado, varios agentes de la policía extrajeron el despojo y lo trasladaron hacia la morgue donde empezaría a componerse el rompecabezas de cuyo cuerpo aquella pierna era la pieza inicial.

Las suposiciones y las explicaciones audaces aderezaron la mesa del suspenso, alimentado por episodios de nuevos hallazgos. El resto de las extremidades, el torso... Ocho meses más tarde, apareció la cabeza sin carnes, en una letrina doméstica del Surgidero de Batabanó, litoral sureño de la provincia de La Habana. Con la calavera, el mercurio morboso de la curiosidad pública ascendió unos números más. Y lo que parecía hallazgo macabro y componía un tanto a favor del suspenso, resultó favorable para los forenses, porque los doctores Jorge Castroverde y Carlos Criner García establecieron la identidad de la descuartizada mediante el estudio de sus arcos dentales y el análisis del trabajo previo en la boca de la mujer por un dentista cuyo nombre no ha trascendido. De acuerdo con el doctor Castroverde, el expediente de Celia Margarita Mena inauguró la estomatología legal en Cuba.

Determinado el nombre de la víctima, apareció el primer y único sospechoso: René Hidalgo Ramos, el amante. Ambos residían en el edificio Larrea, calle de Monte número 969, entre Pila y Matadero, en la habitación marcada con la letra D, en la azotea. Los alcanzaba el ruido y el olor de fruta y vegetales podridos del Mercado Único, en Cuatro Caminos, una de las encrucijadas principales de La Habana. Los vecinos de la pareja pudieron haber hecho verosímil esta historia, tal como la presentó la prensa en los diversos momentos en que desgarró la mortaja de papel que la envuelve.

Vecino Uno: Ana Margarita estaba obsesionada por los productos Mac Factor; se conocieron en una academia de baile; sí, en Marte y Belona; era del campo, de Guantánamo, pero suelta, presumida...

Vecino Dos: Claro, no nos consta que engañara al hombre.

Vecino Tres: Pero la mató por celos. Una tarde, no encontró en el cuarto a Celia Margarita y la buscó en un apartamiento vecino. Se encerraron, y de inmediato oímos una de las habituales peleas de la pareja. Dicen, que yo no lo oí, que en medio del escándalo ella exigía dinero para comprar sus cosméticos...

Vecino Cuatro: Como Celia Margarita no sabía, Hidalgo era quien habitualmente escribía a los familiares de su concubina, y por eso pudo engañarlos con noticias falsas.

Vecino Cinco: El asesino compró el papel y la cabuya para envolver los pedazos de la muerta, en la ferretería García del Río, frente al edificio Larrea.

Esos datos empezaron a construir la historia criminal

de René Hidalgo Ramos, hasta definirlo hasta hoy como uno de esos lombrosianos ejemplares de sangre fría, cruel, inexorable. Los periodistas coincidieron en describir el acto y la escena con la certeza propia de los testigos. Ciego por los celos, según la frase ritual en los crímenes pasionales, golpeó a la mujer; la víctima se tambaleó y al caer se fracturó la base del cráneo. Pretendió reanimarla. Fue inútil. Supuso que estaba muerta. El miedo lo ofuscó y decidió hacer desaparecer el cadáver. Arrastró a Celia Margarita hasta el baño, la desnudó y la metió en la bañera. Con una navaja de rasurar le trazó un corte profundo en la parte superior de la rodilla. La mujer se quejó del dolor. Y al saber que estaba viva, la degolló.

El 3 de febrero de 1940, los voceadores del periódico *El Mundo* intentan avivar el interés de los transeúntes gritando el titular básico de la primera plana: ¡Vaya, vaya, miren por qué la mató! Ávidos, los lectores se encontraban con este titular: "Parece que fueron los celos el móvil del crimen de Hidalgo". Una foto del reportero Fernando Lezcano presentaba al presunto criminal, al Jefe de la policía, al Jefe del 5to. Distrito Militar, y al fiscal José Manuel Fuentes.

El sospechoso, desde el momento de su detención, y conectado a los cables del detector de mentiras —usado por primera en Cuba—, guardó el fondo de su historia, admitió su culpabilidad y describió las circunstancias en que murió Celia Margarita la noche del 2 de marzo de 1939.

—Sin querer— dijo también.

Años después, encanecido y encorvado a sus 40 años, Hidalgo confesó como en una confidencia: Yo no maté a Celia Margarita Mena. Por qué no lo declaró así, tan rotundamente, durante el proceso penal y en cambio aceptó su condena resignadamente, como el que arrepentido en lo más secreto de sí mismo vive para exculparse mediante el castigo, es todavía un secreto o una verdad solo sugerida. Y haberse preguntado por el móvil de tal proceder, de tanto interés por parecer culpable, hubiera sido un punto de partida, una clave para sospechar que las apariencias podrían estar encubriendo la verdad. Durante más de trece años de reclusión no se defendió. Y lo más que alcanzó a decir, dentro de su paciente y callada estancia en el presidio, como un monje desasido de cualquier ilusión mundana, fue una frase con la que reconocía que los pueblos eran muy injustos, porque aun después de condenado se persigue al preso, se le niegan sus derechos y se le entierra en vida. Fue, quizás, un instante en que traqueó el granito bajo el cual protegía aquella tozuda forma de vivir en el silencio.

EL DETECTIVE Rodolfo Ortiz conservaba sospechas sobre la verdadera culpabilidad de René Hidalgo Ramos. Después de aquel crimen en cuya investigación participó con el doctor Israel Castellanos, director general del Gabinete Nacional de Investigaciones, más de una vez se había preguntado por qué el presunto asesino había actuado de manera tan opuesta a la lógica del culpable, que suele protegerse. A Ortiz le reconocían inteligencia y sagacidad. Y tanto era su crédito policial que seis años después del bullicioso proceso de la descuartizada, revaluó su pericia presentando la ponencia *Medios represivos del crimen* en uno de los primeros encuentros latinoamericanos de criminología[19]. Sin embargo, no pudo penetrar en las razones secretas de Hidalgo, tan empeñado en no actuar como suele indicar la psicología del delincuente.

En 1954, Ortiz, explicita sus dudas. No había olvidado los detalles de un caso tan difundido y recargado por los periódicos, la radio y las cintas cinematográficas de Ma-

[19] *América Latina y su criminología*, libro publicado en 1987, por la socióloga venezolana Rosa del Olmo, fallecida en 2002.

nolo Alonso[20] en La *Noticia del día*, y luego legitimado por los tribunales. A una pregunta de un reportero de la revista *Bohemia*, respondió precisando las características criminales del caso y la incapacidad de los jueces para tenerlas en cuenta. Oigamos a Ortiz; pero con la atención que en aquellos días no tuvo:

"René Hidalgo Ramos fue juzgado prematuramente por la opinión pública, ya que sin estar identificado como autor del hecho se concibió un personaje repulsivo, de instintos sádicos, perversos y carente de sentimientos humanos. La opinión pública sancionó colectivamente al autor del hecho sin analizar las circunstancias que habían concurrido en el suceso, ni los antecedentes personales que necesariamente debían de tenerse en cuenta, para hacer un juicio sobre la personalidad criminal de mayor o menor peligrosidad de René Hidalgo".

Preguntemos, como tal vez le preguntó el periodista: ¿No valora usted el acto tan primitivo de descuartizarla?

"El hecho de desmembrar el cadáver de la víctima con el aparente propósito de ocultar su ulterior identificación y transportarlo desde la casa habitada por numerosos vecinos, no refleja la personalidad criminal depravada y repulsiva del sujeto. Cualquier persona, sin distinción de clase social, gozando de buen concepto público, en un caso similar bien por accidente o por acción dolosa, sin la intención de ocasionar la muerte de un semejante, puede intentar, a posteriori, encubrir u ocultar el delito por ese medio u otros, de acuerdo con el estado psíquico alterado del individuo. Antes del crimen, Hidalgo Ramos tenía prestigio de hombre afable, respetuoso, sin manifestaciones violentas...".

Tras un silencio durante el cual el policía espero otra pregunta o un reparo del reportero de *Bohemia,* añadió:

---

[20] Natural de La Habana, Manuel Alonso García, periodista y dibujante; fundó La Noticia del Día, junto con Jorge Piñeyro, como apéndice del Noticiario Cinematográfico.

"Hidalgo no pensó en la coartada, pues de haberlo hecho hubiera trasladado el cuerpo de Celia Margarita Mena a la casa de socorros más próxima, quedando su versión única como relativa a un accidente, sin otras pruebas en contrario, que a mi entender serían de muy difícil obtención".

UNO DE los pocos periodistas que no sucumbieron al escándalo aventado tras el hallazgo sucesivo del cadáver descuartizado de Celia Margarita Mena, aparecía en el directorio periodístico como Manuel de Jesús Hernández González, nacido en Cienfuegos en 1901. Treinta años más tarde, integró allí la plantilla del periódico *El Comercio*. Fue corresponsal de *El Mundo*. Y en 1943 recibió certificado de aptitud profesional de la escuela Manuel Márquez Sterling. En 1954, sentado a su máquina, concibió esta declaración para un reportero de *Bohemia:*

"El proceso fue largo y hasta escribí un folleto, donde hacía resaltar los juicios más notables de hombres de leyes, de ciencia e investigadores policíacos. El caso puede resumirse en pocas palabras. René, Celia Margarita y posiblemente dos personas más, estaban en una fiesta íntima en la casa de apartamentos de la calzada de Monte. Celia, bajo los efectos de drogas narcóticas – según la prueba científica de las vísceras, tenía en su organismo sales de cocaína– sufrió en el baño un accidente y murió a consecuencia de un golpe. Los asistentes sufrieron un espantoso pánico. Uno de los amigos de Hidalgo no quiso dejarlo solo y ambos descuartizaron el cadáver.

"Cuando se hizo público unos opinaban que era un homicidio; otros, un asesinato, y se fueron ensañando con el ex policía, hasta que llegó al banquillo de los acusados. La Audiencia lo condenó por asesinato –con tesis equivalente a 26 años de presidio. Se presentó recurso ante el Supremo y este máximo organismo judicial calificó el delito por homicidio, pero mantuvo la misma pena, cosa que hizo promover otra vez comentarios de los juristas más distinguidos de la época. René Hidalgo ha sido condenado por dos delitos distintos a la misma pena, de una base que desde su inicio resultaba contraproducente.

"Soy periodista y el periodista debe ceñirse a los hechos probados, y contra René Hidalgo el único delito probado fue repartir los paquetes de una mujer descuartizada cuando ya estaba muerta. Una infracción justificada, nunca un asesinato".

EN ESOS días de 1954, luego de tantos años de encierro, se hablaba del indulto a René Hidalgo. El presunto descuartizador podía aspirar al perdón presidencial tras haber cumplido la mitad de su condena. Pero la prensa recurría a su caja de hipérboles, tensaba su furia y añadía nuevas fórmulas descriptivas que parecían renovar el listado de monstruosidades, tan lozanas en su capacidad de conmover como en aquellas jornadas de 1939.

¿Cómo los periodistas lograron conocer tantos detalles de la muerte de Celia Margarita Mena, sin que hubiese espacio para sospechar que cada uno de sus elementos se montaba sobre una armadura de truculencias? ¿Por confesión del propio Hidalgo? ¿Por una investigación desprejuiciada? La instrucción de Ortiz, ya vimos, no fue atendida por los tribunales.

En el Reclusorio Nacional para Varones de Isla de Pinos —antes de 1938 llamado Presidio Modelo—, René Hidalgo se comportaba como un hombre excepcional, un recluso ejemplar. En su cara fue burilándose la máscara de una resignada frustración. Triste y sereno; amargado y noble. Esa era la conjunción de líneas que ovalaban su retrato. El historiador podría preguntarse: ¿Hipocresía? Y si así hubiese sido, con cuánta intensidad habría logrado reprimir los instintos salvajes que su crimen hacía creer. Porque ninguno de sus compañeros de reclusión guardaba una queja, o atizaba venganza, envidia contra él, ni las autoridades podían dejar de estimarlo como el preso discreto, pacífico, laborioso que rompía la uniformidad de aquel ambiente de hombres habitualmente abyectos, a pesar de la historia que lo hacía indigno de haber nacido de mujer. Si el presidio entonces solía envilecer más a los reclusos, René Hidalgo pasó por esos soterrados de miserias sin contaminarse. Pedía para otros: redactaba solicitudes de indulto, cartas familiares...

Varios especialistas, entre ellos el juez doctor Waldo Medina, lo habían observado en secreto. Empeñados en averiguar la psicología de aquel preso tan poco común, intentaron confrontar la índole aparente del llamado "descuartizador" y la más recóndita condición del convicto. Querían, aparte de intereses profesionales, determinar si la historia minuciosa y macabramente contada por los medios de difusión se ajustaba a la verdad de este hombre que podría estar encarnando el papel de víctima más que de asesino. Cada vez que hubo necesidad de aplicar la necropsia a un recluso muerto por enfermedad, reyerta o intento de fuga, René Hidalgo recibía la encomienda de ayudar al médico. Sus manos actuaban torpemente. En ningún momento las utilizaba con la certeza del supuesto hábil aprendiz de médico o de veterinario, según la prensa, cuya pericia había despedazado mediante cortes finísimos el cadáver de su amante. Tampoco en su rostro aparecían indicios de rechazo o reacción violenta ante una experiencia parecida a su pretendida experiencia como descuartizador.

Enrique Fernández Parajón, jefe entonces de la policía secreta, confirmó, también en 1954, la índole mansa, juiciosa del condenado. Siendo muy jóvenes, ambos estudiaron en los Estados Unidos. "Allí lo apodaban El Patato. Su conducta en el colegio fue ejemplar. No recuerdo ninguna bronca suya. Era un muchacho normal y estimo que de recobrar la libertad será un buen ciudadano. Tuvo una gran educación y pertenece a una familia honrada".

Al mismo tiempo, el doctor Waldo Medina lo definió como el "recluso modelo, hombre superior, recluso excepcional, no lastimado en su dignidad por la prisión". Lo apoyaba el poeta José Lezama Lima, que había ejercido como funcionario en la cárcel de La Habana, y que evaluaba a Hidalgo "por su conducta uniformemente buena, como el preso número uno". Manuel Rojas Figueroa, que trabajó 17 años en el presidio de Isla de Pinos, lo recordó como "hombre culto que en la cárcel se superó más. Por si fuera poco, se hizo delineante en el departamento de ingeniería". Como recurso definitivo, quienes proponían el perdón presidencial se apoyaban en una especie de axioma: "Más de trece años de prisión son suficientes para desenmascarar a un simulador".

Ante estos argumentos, habrá que cambiar las preguntas para empezar a redimir la memoria de este hombre cuya tumba se oscurece con una fama criminal que parece ser injusta. Y mientras los archivos cubanos conserven los periódicos y revistas de 1939 en lo adelante, ofrecerán a periodistas y narradores páginas, notas y reportajes que seguirán en mayoría repitiendo cuanto entonces se publicó sobre este expediente criminal tan nutrido por el enigma.

Si Hidalgo era una persona culta, inteligente, sin tendencia a la violencia, incluso con experiencia policial, por qué actuó de modo que al fin, como en retrospectiva, el descuartizamiento y el escamoteo del cadáver de Celia Margarita lo señalarían a él, amante de la mujer. ¿O es que el homicidio resultó accidental y el desmembramiento encubridor de la víctima fue obra de un personaje nunca incluido en la causa: cómplice o allegado experto?

Invoquemos nuevamente al doctor Waldo Medina, cuya conducta lo recomendaba como inmune al soborno u otras flaquezas. Baste contar cómo a inicios de su faena judicial –juez de Corralillo– el mandamás de esa región villareña, viendo que a ese "juececito" no se le podía amarrar como un perro o un cerdo, ordenó eliminarlo. Lo balearon y lo dejaron como un queso gruyere, aunque sobrevivió. En la década de los 1950, empezó a ser reconocido como "juez del pueblo". En el caso de René Hidalgo, el doctor Medina se puso a favor del condenado y fue uno de los defensores del indulto. Su cercanía del Presidio como juez de Nueva Gerona, lo ubicó en una posición apropiada para conquistar la confianza del recluso y valorarlo. En 1952, Hidalgo se casó, aún preso, con una mujer de Pinar del Río. Años después del indulto, de acuerdo con la confesión del ex juez y colaborador de *Bohemia* y *El Mundo*, al autor de este reportaje, el ex juez fue padrino de la boda de la hija de Hidalgo. Esa familiaridad vale por una absolución.

El 19 de diciembre de 1948, el doctor Medina publicó en *Bohemia* un extenso artículo titulado "Tumbas sin nombres". Y menciona a Hidalgo y la hoja clínica que le había cerrado una prensa ansiosa de episodios truculentos. Admite que Hidalgo mató a su amante sin propósito de hacerlo y que la causa de la muerte podría haber sido "un puñetazo que desencadenó la epilepsia que la mujer padecía (...) o fea práctica maltusiana fallida en manos de un médico muy amigo (¿quién sabe?)".

¿Por qué el doctor Medina sugirió la posibilidad de un aborto que terminó con la muerte de la mujer? ¿Qué sabía? Algo conocía de la historia que René Hidalgo, contra toda lógica, pretendía callar, y por ello el juez solo hacía asomar un ápice de la presunción que podría insinuar la verdad probable. Más de 20 años después, Waldo Medina me reveló que, en efecto, René Hidalgo quiso proteger el crédito de un amigo médico. Y el investigador puede deducir que aunque el aborto era legal desde 1936, es presumible que el especialista lo hubiera practicado en el apartamiento del edificio Larrea y ello, al saberse, habría dañado por lo mínimo el prestigio del médico o tal vez hubiera incurrido en responsabilidad penal.

Desde esa perspectiva, el descuartizamiento resalta como un modo de escamotear el cadáver para ocultar el aborto fatídico. ¿No habló acaso el periodista Manuel de Jesús Hernández González de que en el análisis de las vísceras de Celia Margarita Mena, los forenses habían encontrado rastros de sales de cocaína? Y este alcaloide, más que sugerir una adicción en la mujer –que hubiera servido a Hidalgo para justificar una caída y un golpe mortal de haber sido cierta esa versión–, ¿no pudo ser utilizado como anestésico para realizar la intervención quirúrgica? Según criterios médicos, era entonces un anestésico, antes de que el opio lo sustituyera. ¿No encaja también en la hipótesis el amigo que, en la historia del reportero Hernández González, se queda con Hidalgo para ayudarlo a desmembrar el cadáver?

Los agentes de la autoridad y la prensa repararon en que los cortes perfectos de la descuartizada correspondían a un sujeto familiarizado con las habilidades de los cirujanos. Décadas después del suceso, Ignacio Cárdenas Acuña, novelista policial, autor de *Enigma para un domingo*, contó durante una edición de la Semana Negra de Gijón, en España, que él, en edad juvenil, presenció casualmente el hallazgo del tronco de Celia Margarita. "Por la forma en que estaba seccionado el cuerpo" se supo que el criminal poseía conocimientos de cirugía, dijo. Pero René Hidalgo no era carnicero, que saben manejar hachuela y cuchillo, ni había estudiado medicina o veterinaria. En el archivo central de la Universidad de La Habana su nombre no figura como matriculado alguna vez en esa casa de estudios. Y en los Estados Unidos, según Fernández Parajón, ambos estudiaron en un *colegio*, no en una *universidad*.

Antes de su muerte en 1986, Waldo Medina me dijo que aquella suposición de 1948, era la verdad que Hidalgo ocultaba asumiendo la condena y el desprestigio de manera tan abnegada y silenciosa para salvaguardar a un amigo. Pero las palabras del ex juez son solo verdad para mí. Fui el único que las oyó ese día. Si los lectores dudaran de mi testimonio, dejo, en cambio, las preguntas y los argumentos desarrollados en este reportaje: todavía están aptos para cuestionar la crónica de monstruosa perversidad engendrada por una prensa irresponsable, simple mal negocio en un país donde, en 1940, según la revista *Cine-Gráfico*, nadie podía esperar que "las noticias que originen verdaderos estremecimientos de curiosidad en los espectadores, se sucedan ininterrumpidamente"[21]. Es decir, no abundaban. Y ente esa carencia de interés en los periódicos, las noticias tenían que inventarse. O adulterarse.

---

[21]"El zar del cine cubano", artículo de Arturo Agramonte y Luciano Castillo. http://www.lajiribilla.co.cu/ 2002/n80_noviembre/ memorias.html

MI ARCA DE NOÉ

TIERRA DE NADIE

EL AMBIENTE DEL MUNDO SE deslava entre nuestros pies y lejos del corazón. Se desconchan las paredes, se agrieta el piso y se agujerea el techo de nuestra habitación terrestre. ¿Qué estamos pensando? ¿Acaso trasladar la tienda a otra bola en las planicies aún inexploradas del Cosmos? Habría para ello una dificultad. Una sola. Mientras buscamos y acomodamos el nuevo medio, se acabará el tiempo.

Eliseo Diego, en un poema, legó a sus hijos el tiempo, todo el tiempo. Pero ¿es posible heredarlo? Se consume. El tiempo de una vela concluye al consumirse el pabilo. Se apagó la llama. Y murió la vela. El ejemplo, tan sencillo como la evidencia, tal vez no ejerza presión sobre la conciencia de cada terrícola. Cada sujeto apenas dura lo que un relámpago. Y no suele proyectarse más allá de su momento. Quizás alguna vez se conmueva la conciencia general y nuestra especie logre entender que perdurar es, ante todo, un principio de amor. Hacia sí en lo particular, y hacia el prójimo, el semejante, que vendrá.

El hombre, como especie, se ama poco. Thomas Merton anotó en *Conjeturas de un espectador culpable* que el amor a la naturaleza enruta la prolongación del amor hacia nosotros mismos. Pero nos acercamos a nuestra casa, la habitamos incluso, como extraños, en actitud de propietarios usurpadores, cuando somos un elemento más, hermano de la flor, del ave y de la nube. Lo recomendable, ha dicho otro meditador, es humanizar el medio ambiente. Quizás lo más favorable sea introducirnos en él como lo que somos: parte.

La inocencia de los bosques de Cuba empezó a naufragar con la Armada Invencible de Felipe Segundo en el siglo XVI. Árboles preciosos, duros y durables, de la Ín-

sula edénica y fiel de la corona española sirvieron de
cuadernas y mástiles en aquella flota ambiciosa de geo-
política dorada. El hacha desembarcó en aquellos bosques –que entonces sombreaban y a veces hacían impe-
netrable, el 85 por ciento del territorio cubano– entre los
bártulos de conquistadores y colonizadores. Llegó junto
con la cruz, la afición notarial y el gusto por el dinero.
¿Habrá plantado alguna vez un árbol el rey Felipe? ¿O
su padre Carlos Quinto? ¿Y los hacendados criollos del
XVIII o del XIX, incluso del siglo XX? ¿Lo habrán plantado los gobernantes que se hayan negado a firmar el
protocolo de Kyoto, abierto para preservar el "mundoa-
mbiente" de las emanaciones tóxicas?

Tampoco lo han plantado los gerentes y dueños de las
corporaciones globales, que deciden que los desechos de
sus empresas escamoteen el oxígeno de los peces de ríos
y mares, y le disputen la pureza a los nutrientes del
subsuelo, y propicien sequías saharianas y temperaturas
de horno. Antes que a los dos leñadores que un día entrevisté, hubiera querido entrevistar a uno de esos po-
tentados tecnotrónicos y postmodernos, y preguntarle lo
mismo que a aquellos cuya humildad les hacía distinguir entre un árbol bonito y útil y otro feo o inhábil. En
inglés, desde luego, o en un español primitivo, habría
contestado: Ah, mi no saber... O habría pretextado la
excusa típica en la retórica de los poderosos: Ha sido
obra de mi sucesor, o de mis empleados. Y alargaría un
texto enumerando las infinitesimales razones del desarrollo.

Ya nadie vacila en achacar la culpa básica a los países
desarrollados. Ellos deciden y escriben día a día la sentencia de extinción de planeta. No es el desarrollo el culpable, en esencia. Es el modo irracional de asumirlo y
ejercerlo. Ese confort vitalicio, creciente, que inventa
una necesidad huera hoy para sustituirla mañana por
otra más excéntrica y banal, que desgasta el perfil hu-

mano de la gente. Y cuya finalidad primordial – promover el consumo extremo– se enreda con la voracidad de bancos, corporaciones, y compañías. La naturaleza se sustenta en el equilibrio. Este es, quizás, el término más grácil, dulce, de la física, de la lengua y de la vida. Si un cocodrilo, ha escrito un ecólogo brasileño, expresara sus deseos más afines a su condición de ser saurio, exigiría que el mundo fuese un total pantano. Y el león, a su turno, que el orbe se trocara en una llanura africana con gacelas en pañales. El Hombre, que entre sus libertades utiliza la capacidad de concebir formas inexistentes y convertirlas en obras, pretende, en su más inconsciente e insensible sector – el de los más ricos, los menos– urbanizar el globo; convertirlo en una ciudad que aplaste el equilibrio vital. Civilización proviene de *civitas*, nombre latino de ciudad, y hoy la civilización que el capitalismo ha conducido hacia la desmesura, el paroxismo, adquiere un matiz devastador. Civilización corrosiva. Autogeneratriz de la desgracia.

La humanidad, por más que muchos lo desconozcan, es parte de la naturaleza. Y perecerá con ella si la destruye. Las culturas antiguas intuyeron con más tino esa peculiaridad del hombre. El brasileño Leonardo Boff, que de teólogo derivó en ecólogo, ha contado que los miembros de cierta tribu del Matto Grosso van suicidándose según las compañías inversionistas talan y despejan la selva. Pierden con la tierra la identidad y el sentido de la vida. Yibran Jalil Yibran, poeta oriental, procedente de esas culturas mediterráneas que tanto penetraron en el alma humana, compuso un verso insuperable, que se acopla, por la soterrada y distante comunicación de las culturas, con un principio de José Martí: Yibran escribió: "La tierra es mi patria y la humanidad mi familia". Y Martí: "Patria es humanidad".

Las personas con la conciencia signada por la inquietud del progreso, la justicia, la solidaridad; los revolucionarios y cristianos –quizás deban ambos términos significar lo mismo–, tienen, pues, que leer los mapas con una óptica fundamentada en el interés por la supervivencia humana. El planeta no parece tan colorido y acogedor en la realidad como en la cartografía. Ni tan rico. A mi modo de ver, lo único que abunda en los mapas son los pretextos, los móviles, las justificaciones para instalar conflictos. Los mapas surgieron coincidiendo con la expansión de los descubrimientos y la expansión comercial: están ligados también al odio, la conquista, la opresión. Los países ricos, poderosos, —esos que se desbordan a sí mismos— hallan en los mapas la justificación de su historia y la garantía de su futuro.

Hagámonos, para terminar, dos preguntas: ¿Será posible que el árbol, por mencionar un ser sensitivo, prevalezca sólo en fotografías y pinturas? ¿Tantos hombres y mujeres del futuro solo verán desde su ventana ramas de hormigón y un cielo de aluminio?

El futuro parece ser una heredad incierta. Porque, como leo en un libro conmovedor, *El viejo que leía novelas de amor*, del chileno Luis Sepúlveda, el desierto es la obra maestra de los seres humanos.

LA EDAD DE LA ROBÓTICA

La humildad cabe en el símbolo de la señal de tránsito que advierte: por aquí no se pasa. Tanto se le teme que muy pocos hoy aceptan asumir el crédito bochornoso de ser humildes, salvo en las autobiografías que nos exigen para aspirar a un carné en ciertos partidos u organizaciones de izquierda, o para optar por un premio: "Nací en el seno de un hogar humilde"... Nos enaltece haber nacido humilde, en casa pobre y honrada, pero no ser humilde, porque entonces la relación es diversa, casi opuesta. El diccionario carga con un volumen de responsabilidad en esa fobia. Entre las tres o cuatro acepciones de humildad, la mayoría nos fijamos en la última, que nos remite a sumisión, acatamiento.

Nadie suele optar por la servidumbre y, por tanto, la humildad viene siendo una virtud maldita, bíblica, propia de "cerebros religiosos". Yo, como me es habitual, pienso en contra de todo aquello que no tenga en cuenta las insuficiencias y las tendencias naturales de los hombres. No creo en la superioridad innata del ser humano. Sí acepto su facultad de mejorar partiendo "humildemente" de su falible condición. En este análisis la humildad se asienta como un trampolín: el de la admitir con humildad que humilde proviene de *humus*, en latín, y que *humus* es tierra, barro por extensión. Es eso, pues: reconocer nuestra poquedad, como garantía para crecer y afianzarnos.

En lo individual, de cuántos disparates e injusticias nos preserva la humildad. A la inversa, no ser humilde puede implicar la altanería, la soberbia, que no significan rebeldía. Preguntémosle al ejemplo de Carlos Juan Finlay, y nos dirá que él, hombre de ciencia, autor de un descubrimiento decisivo para extinguir la fiebre amarilla en los trópicos, cuando le negaron por segunda vez la posibilidad de recibir el Premio Nobel, comentó mansa, pausadamente: Ya he sido recompensado: en primer término, con una familia unida, generosa, comprensiva; luego, con el haber alcanzado una edad que permite percatarme de mis grandes errores. Si no fuera cursi, el articulista recordaría aquellas lecturas de sus años juveniles y dijera cuán sublime es el perfume de la apenas advertida violeta.

He querido dejar esas ideas claras. Teorías revolucionarias aparte, sociología aparte, estoy entre los que estiman que el planeta se disuelve en el caos por falta de humildad, de claridad acerca de los valores y desvalores ingénitos de nuestra especie. Todo lo que tiene fin es breve, ha dicho un poeta. Y me parece también razonable que, además de breve, sea imperfecto. Nuestra especie carece de humildad. Nos hemos creído la historia del rey de la creación, el animal superior. Y las evidencias atestiguan que creerla resulta válido: ¿Quién como nosotros? Pero esa disposición natural tiene que afincarse en la convicción de que es una superioridad latente, parcial, signada por la muerte, supremo símbolo de la fragilidad de los individuos. Quizás, algún día, por efecto de la misma soberbia a la que el Hombre apuesta sus ilusiones, lo amenazará la desaparición de la especie. Admito el papel de los intereses, la función de la lucha de clases, la influencia de la cultura en la sociedad humana. Pero, y repito la idea, si cultura y ética no se benefician recíprocamente, una y otra se desacreditan. Lo dijo Maurice Blondel: "No tratemos al embrión que somos como si fuese un ser acabado".

Quizás solo estoy enumerando equívocos, aunque la subjetividad posee sus derechos. Bajemos, pues, al polvo. Repasemos la historia. Hablemos de política, que ya pocos pueden rehuirla, y quienes la esquivan yerran porque lo político nos define, nos condiciona. Desde hace más de un siglo –el último y cuánto va del actual-, la Tierra vive una posguerra permanente. Porque la Historia ha decursado en guerras y entre guerras. De muchas de ellas, los Estados Unidos de Norteamérica son culpables por acción u omisión. ¿Hace falta nombrarlas? La hispano-cubana-americana, la primera guerra neocolonial, imperialista, aunque el término nos sepa a infantil calificativo. Y siguen, entre otras: Corea, Viet Nam, Irak, Irak otra vez, Afganistán, Libia, Siria... Guerras y posguerras, espacios iguales, porque cuando una termina empiezan a gestar la otra. Y del lado del agresor se observa nítidamente que una guerra puede ser la posguerra de la que la antecedió. Ese es un aporte imperial.

Los Estados Unidos defienden sus intereses hegemónicos: el petróleo aquí, su presencia allá, el control acullá. Y hablando desde la ética, los Estados Unidos pecan de soberbia. La humildad se les ha escurrido entre la casaca de la arrogancia. ¿Quién como nosotros?, pregonan alzando la espada de fuego del Ángel ensoberbecido.

Por ello, necesitan del miedo para mantener su coherencia interna. Su pueblo se mueve por el miedo. Y el miedo tiene una de sus raíces en la prepotencia. En la arrogancia. Tenemos miedo –dicta la psicología social más común en Norteamérica, condicionada por los medios- porque somos los más poderosos, los líderes del mundo: los pueblos inferiores nos envidian, y todo misil que pulverice una casa o una fábrica, todo tanque que aplasté la cabeza de un niño en el Tercer Mundo, será siempre un acto de defensa. Un remedio contra nuestro miedo. Esa es, como mínimo, la forma con que se enmascaran los intereses del hegemonismo. Subjetividad, ética, cultura y economía se interconectan y se influyen.

Tal vez, si ese pueblo adquiriera la clarividencia de una madurez humilde, llegaría a sostener cuanto, en el siglo XIX, un norteamericano alcanzó meditando sobre la naturaleza. Uno de sus primeros poemas publicados se titulaba "Simpatía", y su doctrina política principal se llamó "resistencia pasiva", la acción desde la humildad.

Henry David Thoreau fue el precursor de Gandhi. Y cuánto de Thoreau necesita Norteamérica, sobre todo los que la gobiernan.

Probablemente, muchos sostengan la tesis de que lo subjetivo empieza y termina en el individuo. Y por tanto sepa, señor escritor ingenuo, me dirán, que la sociedad, las masas, las clases, la especie son categorías objetivas a salvo de análisis idealistas.

No me extrañaría, pues, que sigamos tratando como un ser completo al "embrión que somos". Y que pronto la robótica, esa ciencia de la superioridad, comience a auscultarnos para ver si alguno de nuestros "chips" se quemó o si necesitamos un nuevo "software".

MI ARCA DE NOÉ

JUNTO AL ANCIANO VESTIDO DE BLANCO[22]

SOBRE LA LOSA DEL AEROPUERTO *Antonio Maceo* de Santiago de Cuba, el múltiple significado del silencio hablaba su más agudo lenguaje: la expectación. El palio de tela blanca, símbolo de dignidad episcopal, semejaba una tienda abierta a los cuatro rumbos para proteger al peregrino de un Sol cálido ya en marzo en el oriente de la Isla. Al frente se alineaban los obispos de las diócesis cubanas y otros prelados.

Hacia el noroeste, el perfil de la Sierra Maestra se arropaba entre cúmulos y nimbos que se oscurecían anunciando, lejos, la lluvia. De vez en cuando, todos, si no a la par, como en un relevo de guardia, mirábamos al cielo, en particular los periodistas, siempre azuzados por el minutero. Sin embargo, ni veíamos, ni oíamos, salvo el resoplido esporádico de los instrumentos de la banda, que ocasionalmente probaban la eficacia de alguna nota marcial.

El tiempo se filtraba, grano a grano, por la clepsidra de la impaciencia. De pronto, a nuestras espaldas, oímos, más bien vimos rodar el sonido bronco de la nave de Alitalia. Se había posado por el extremo meridional de la pista sin que nos percatáramos. Cuando pasó delante de la terminal aérea, los relojes exactos indicaban la hora fijada para el aterrizaje: las 2 y 20 de la tarde. Unos minutos después, el avión giró despacio hacia la izquierda y se detuvo.

---

[22] Entre el 26 y el 28 de marzo de 2012 me asignaron la cobertura más significativa de mi cronología periodística: Acompañar a Benedicto XVI durante su visita a Cuba, y escribir las crónicas para un libro que registraría el recorrido del sumo pontífice de la Iglesia Católica Romana. Quizás por la renuncia del papa Ratzinger, unos meses después de su viaje a Cuba, el libro no se publicó, y mis textos y las fotos de Liborio Noval quedaron editados esperando una ocasión.

Desde la terraza de la terminal, brotaron saludos y rítmicos cantos en los que las voces expresaban el primigenio mestizaje del tambor y la cuerda. Mientras, la escalerilla avanzaba hacia la puerta delantera del avión, quizás hacia el momento más intenso. Todos teníamos una razón, con motivaciones a veces distintas pero no opuestas, para haber aguardado: Benedicto XVI pisaba suelo cubano a las 2 y 33. Y no por la capital política, sino por la que podemos calificar como capital religiosa, particularmente para los católicos, y junto con ellos para millares de cubanos de cultos y creencias mezclados con la fe católica. En Santiago de Cuba, cercano a la ciudad, se levanta el santuario de la virgen de la Caridad del Cobre, cuya efigie se halló cuatrocientos años antes sobre las olas de la bahía de Nipe, en el norte de la región oriental. En esta propia región, en clara coincidencia, también Cuba, surgida a la libertad por urgencias de pueblo desgarrado, había renacido varias veces desde el fondo de su azarosa vocación histórica por la independencia y la justicia.

Las ceremonias protocolares suelen parecerse. ¿Pero sería un despropósito creer que el recibimiento oficial al sumo pontífice de la Iglesia Católica y jefe del Estado de la Ciudad del Vaticano trascendió al protocolo? Los sentimientos pueden, a pesar de normas y usos oficiales y jerárquicos, insinuar su condición humana. Y cuando el santo padre y el presidente de Cuba, Raúl Castro, se saludaron ofreciéndose las dos manos, ya se prefiguraba la calidez de las tres jornadas que Benedicto XVI viviría entre nosotros.

Poco después, los himnos de ambos Estados se difundieron en el espacio libre del aeropuerto, solo limitado, a lo lejos, por las montañas del norte, y el mar, cercano, en el sur. Al unísono, los cañones, cumpliendo la tradición, echaban al aire sus salvas y la pólvora expandía su olor, un olor tan blanco como el hábito papal. Tan blanco como la paz, ese 26 de marzo en que el calendario litúrgico señalaba la festividad de la Anunciación del Señor a María, virgen humilde, en un rincón de Judea...

La temperatura humana

Los santiagueros son tan cálidos como el clima de la ciudad. Y esta relación física, psicológica y moral oscila entre la verdad y el mito. Al menos, lo único comprobado es el promedio anual de temperatura media: 31,7 °C. Pero los santiagueros preferirán la metáfora. Uno de sus escritores más acendrados, el novelista José Soler Puig, que casi nunca escribió nada que no se refiriera a la ciudad y a sus habitantes, confesó poco antes de fallecer en la década de los 90 del siglo pasado, que lo mejor de Santiago es su gente, esa gente que se entrega solidaria y cordialmente con un "qué pasa, compay".

Desde la salida del aeropuerto Antonio Maceo, a lo largo de 8 kilómetros, la temperatura humana estuvo en consonancia con la fama de la ciudad. El móvil pontifical fue escoltado por millares de personas, que alzaban, impresas en papel, banderas de Cuba y del Estado pontificio. Un grito unánime, de inofensiva estridencia, paseaba la expresión calurosa de los sentimientos por la carretera del Morro, y luego tomaba Trocha —la insignia de las calles santiagueras— hasta Aguilera, y seguía por Hernán Cortés, y enseguida enrumbaba por la céntrica Victoriano Garzón, hasta concluir en Paraíso y San Gerónimo.

Unas veces bajando y otras subiendo por la topografía abrupta de la urbe, la caravana encabezada por el sumo pontífice doblaba en una curva cerrada ahora, y luego una recta, sin que el saludo masivo decayera bajo sombrillas o gorras. En los balcones, la gente se agolpaba: no necesitaban bajar; desde arriba sus manos alzadas y en movimiento se sumaban a la multitud, en un acto de participación en cuya raíz alentaba la hospitalidad de católicos y no católicos.

El recorrido facilita asociaciones e imágenes. Los contrastes distinguen a Santiago de Cuba. Se moderniza paulatinamente y mantiene su ámbito antiguo. Se asienta encajonada entre el mar y la sierra, y por ello es urbana, marina y rural. La tierra se estremece con frecuencia, y en cambio sus habitantes dicen que ellos no tiemblan. Es, después de La Habana, la segunda ciudad cubana por el número de sus habitantes, casi medio millón. Pero por Santiago de Cuba comenzó la historia de la Isla en sus perfiles generales. Porque siendo Nuestra Señora de la Asunción de Baracoa la ciudad primada, le cedió a Santiago, en 1522, la prelacía del obispado y catedral de Cuba.

Un arzobispo, más tarde elevado al canon de los santos, ocupó la sede episcopal hasta marchar a Madrid para ejercer como confesor de la reina Isabel II. San Antonio María Claret, cuyo episcopado discurrió entre 1851 y 1857, se caracterizó por recorrer las dilatadas zonas de su arquidiócesis predicando y confirmando. Sostuvo la igualdad de los negros y los blancos. Y promovió las cajas de ahorro para los pobres. El 22 febrero de 1857 emprendió el retorno a la Metrópoli, y una multitud lo despidió en el puerto.

¿Más numerosa aquella que esta que recibió a Benedicto XVI en la misma ciudad? Cualquier observador, absorto en el rostro unánime que se asomaba entusiasta a las calles santiagueras, comprendería que las comparaciones serían ahora injustas. Más de ciento cincuenta años establecen la diferencia. Pero Cuba, y Santiago en particular, también está articulada con fragmentos de la obra de Antonio María Claret y Clará. Tal vez esta muchedumbre generosa, agradecida, hospitalaria fue posible por aquella que dijo adiós al arzobispo.

El móvil papal se detuvo a la puerta del arzobispado, palacio ecléctico construido en 1927, en el número 607 de la calle Sánchez Hechavarría, en la porción alta de la ciudad. Los santiagueros guardaron silencio y enrumbaron hacia la plaza Antonio Maceo. La misa estaba por comenzar...

La misa, la plaza, la gente

De pronto, las doscientas cincuenta mil personas presentes en la Plaza Antonio Maceo —o muchas más, ¿quién podía contarlas con exactitud?— batieron millares de pañuelos blancos. Además de los santiagueros, se aglomeraban peregrinos de las provincias de Guantánamo, Granma, Holguín, Las Tunas, y unas voces mencionaron además a fieles de Camagüey y Ciego de Ávila. Las agujas de los relojes se aproximaban a las cinco de la tarde. Y desde los altoparlantes volaba una noticia: la virgen de la Caridad del Cobre entraba en la plaza por la avenida abierta entre el altar para la misa campal y las primeras hileras de sillas. Por cuarta vez en la historia, la imagen original abandonaba el camarín de su santuario en El Cobre.

En el breve trayecto, la comparación surgía espontáneamente. No será la primera vez que lo digamos, pero, en ese momento, la opinión repetida tantas veces ganaba una certeza original: la pequeña efigie, patrona de pueblo grande, llevaba en el matiz aindiado de su tez, el color predominante del gentío concertado en la plaza, rematada, detrás del altar, por la estatua enorme de Antonio Maceo, encima de un caballo levantado sobre los remos traseros, como señala la heráldica que han de fundirse o pintarse los héroes caídos en combate. El brazo extendido del lugarteniente general del Ejército Libertador no puede invitar a otro acto que no sea la conquista perenne de la independencia patria, independencia que, según el arzobispo de Santiago de Cuba, monseñor Dionisio García, en su salutación al papa, no tolera que extraños la vulneren. Por ello, la mulatez del general Antonio, como el rostro ocre de la Caridad, define el color definitivo del espíritu nacional cubano.

Luego, el silencio. La imagen, sostenida invisiblemente por miríadas de pañuelos tremolantes, subió en andas los 30 escalones que daban acceso al presbiterio. Más tarde llegó su santidad. El presidente Raúl Castro y varios de sus ministros ya esperaban a la cabeza de la multitud. El móvil papal se introdujo por algunos de los pasadizos abiertos entre los apretujados presentes, que elevaban su alegría y su buen ánimo en una ovación. El santo padre bendecía trazando continuamente la señal de la cruz en el aire. La primera misa de Benedicto XVI en Cuba comenzaba apenas tres horas después de haber desembarcado tras el viaje desde México, donde había efectuado una intensa visita pastoral.

Para el observador, el altar no semejaba una solución provisional. Parecía levantado para permanecer; sin embargo, era desmontable, para que continuara sirviendo en otro sitio o en otro tiempo. Estábamos, no obstante, obligados a mirarlo, a definirlo en el metal de sus cuatro arcos ojivales dobles —los exteriores más altos, los interiores de menor tamaño— que sugerían una mitra episcopal. Los laterales de la alta base, construida de madera, mostraban un azul en diversos tonos, como prefigurando el mar. La alfombra de la escalera, roja, y el toldo, sostenido por los arcos, con partes en azul y partes en blanco, reunían los colores patrios.

El papa, en los momentos en que la liturgia lo demandaba, se sentó en la silla que honró san Antonio María Claret, y catorce años atrás, el beato Juan Pablo II. Tallada en caoba pulimentada y tapizada de blanco, se conserva en el museo arquidiocesano Monseñor Enrique Pérez Serantes.

Cuando terminó la eucaristía, celebrada en sus momentos principales en español, y en otros instantes en el musical latín de los orígenes de la Iglesia Católica, el santo padre llamó al presidente mediante el maestro de ceremonias. Raúl subió la escalera despacio, erguido, entre aplausos, y sobre el presbiterio el papa lo saludó. Previamente, el sumo pontífice había colocado una rosa de oro, condecoración vaticana, ante la imagen que, tras 400 años de haber sido hallada, seguía presente integrando como símbolo, y para muchos como presencia de fe, los diversos ingredientes de la unidad de la cultura cubana, entre ellos la música y los cantos del coro y los instrumentos de cuerda y viento de la Orquesta Sinfónica de Oriente. Cuba cantaba, Cuba oraba. Y los cubanos presentes, de distinta manera, mostraban su fidelidad a la tradición.

La luz de El Cobre

Esa mañana el valle aparecía salpicado de neblinas. Desde el atrio del santuario donde permanece la imagen de María de la Caridad, se veía, en lo alto de una colina, y un tanto lejos, el Monumento al cimarrón, el esclavo fugitivo que también, por obra del sincretismo, unió su desamparo, en lengua de su pasado africano, a la advocación de la estatuilla recogida sobre las aguas de Nipe y llevada a las minas entonces llamadas de Santiago del Prado.

El 26 de marzo, Benedicto XVI había pernoctado entre las lomas que amurallan el poblado, en las instalaciones de lo que hasta hace poco conformaba el seminario diocesano San Basilio Magno, a unos veinte kilómetros de Santiago de Cuba. En la actualidad varias de las alturas que limitan el valle se aprecian deslavadas, como en carne viva. Desde aproximadamente 1540, cuando los ávidos colonizadores, en vez de oro, hallaron cobre, el trabajo de los mineros, mayoritariamente esclavos, desbrozó la capa vegetal debajo de la cual se escondía uno de los yacimientos a cielo abierto más nutridos de América. Sin embargo, aunque la mina haya sido cerrada, el poblado continúa llamándose El Cobre. ¿Quién podría cambiarle el nombre si quizás sea uno de los lugares más recurrentes en el habla popular? ¿Qué cubano no lo ha pronunciado aunque sea una vez? "Ampáranos, virgen de la Caridad del Cobre", dicen muchos, como expresión de una catolicidad estructurada, o también de una religiosidad difusa, o mestiza, que pervive en el aire de la cultura como un signo de identidad nacional.

Desde abajo, el santuario inaugurado en 1927, que sustituyó al destruido en 1906, se yergue sólidamente, despejado como un ojo gigantesco que mira desde el promontorio en cuya base se recuesta el pueblo y más allá se estira la Sierra Maestra. En los primeros planos de la escalinata de acceso se ubicaban en orden fieles y vecinos. La intimidad era, esa mañana, el rasgo definitorio del ambiente. En el templo, algunos sacerdotes del séquito papal oraban. Al lado derecho del presbiterio, fuera de su urna del altar mayor, la imagen de la Caridad permanecía a mano con sus ropas doradas, como en triángulo, y el escudo de la nación estampado en el centro de sus vestidos, como otorgándole la ciudadanía perpetua. A sus pies estuvo un día de 1868 Carlos Manuel de Céspedes, Padre de la Patria, para ofrecerle la bandera de la independencia a la que él reconocía, con su acto, como Madre de la nación que surgía en el parto de la guerra justa.

Hacia las 9 y 30 llegó el papa en un automóvil negro. La steel band local tradujo con sus aceros el Ave María de Schubert. Luego entró, y por el pasillo central se dirigió hacia el presbiterio en cuyo fondo se alzaba el altar mayor; bajo los pliegues de su sotana blanca, resaltaban las zapatillas rojas. Se arrodilló sobre un reclinatorio y bajó la cabeza. Detrás, también en oración, cinco cardenales y numerosos obispos.

Tras el recogimiento, a instancias del maestro de ceremonias el sumo pontífice se levantó y se dirigió hacia la imagen de la virgen, cuya cabeza había sido coronada en 1998 por Juan Pablo II. El papa encendió un cirio.

Al salir al atrio, el santo padre habló brevemente. Apeló a la ética, a la virtud, a la solidez de la familia como bases de un pueblo sano. Y pidió orar por Cuba, que vive —dijo— momentos de renovación y esperanza. Los fieles, a coro, le pidieron que bendijera a los cobreros. Benedicto XVI partió rumbo al aeropuerto para viajar a La Habana. En el santuario, la llama gruesa del cirio continuaba oscilando entre la fe y la patria...

Sólo una diferencia

A las 8 y 40 pasó ante el altar el móvil del sumo pontífice. Diez minutos antes había llegado el presidente Raúl Castro. Soplaba una fresca brisa que parecía burlarse del Sol. Temprano habían empezado a congregarse en la Plaza de la Revolución los habaneros convocados por demandas de la fe o del sentido de la educación ciudadana, para asistir a la misa que el papa celebraría esa mañana del 28 de marzo. El ingreso transcurrió en orden, casi calladamente.

Usualmente, en esta plaza ha predominado el grito. Más de una vez, uno se ha preguntado qué significa este sitio que en ocasiones ha contenido a un millón de personas; qué es, además de un espacio presidido por el monumento a José Martí y flanqueado por otros edificios como la Biblioteca y el Teatro nacionales. Pocos dudarán de que la Plaza de la Revolución no pertenece solo a La Habana. Porque la capital es crisol del oriente, del centro y del occidente de la república. ¿Quién, entre los menos viejos, es habanero de limpia prosapia?

Quizás por ello, La Habana y la Plaza de la Revolución sean cosmopolitas, calificativo que en esencia significa cápsula, resumen demográfico y geográfico de la nación. La Habana ha sido capital de esperanzas, opción migratoria, destino de peregrinación ciudadana. Y la Plaza, el espacio para apoyar la justicia o reclamarla, llorar a los mártires o aplaudir a los héroes en nombre de todos los cubanos.

En la noche del 28 de noviembre de 1959, época en que

la plaza adquirió su significado actual, el periodista se recuerda, adolescente, confundido con decenas de miles de personas en la misa que inició el Congreso Católico Nacional, con la presencia de la virgen de la Caridad, llegada desde el oriente en el Sierra Maestra, el avión presidencial del recién establecido Gobierno Revolucionario. Dos años después, recuerda a la Plaza colmada de campesinos de todo el país. Y aún lo conmueve la pena masiva por las víctimas de la nave de Cubana de Aviación hecho estallar en vuelo, en nombre del terrorismo, a principios de noviembre de 1976... Así, de gente en gente, de hecho en hecho, hasta hoy... Hoy, cuando Benedicto XVI celebra su última misa pontifical en Cuba, unas horas antes de partir hacia Roma.

El altar, a los pies de Martí, presidía la ceremonia, con sus tres pequeños arcos de medio punto entrelazados para formar una arcada en cuyo frontis relucían los símbolos cristianos como el pan, el vino, el pez. En el lateral derecho, una frase del Apóstol de la independencia nacional: "En la cruz murió el hombre un día".

Desde lo alto, un ojo avezado podía calcular unas trescientas mil personas. Y como en Santiago de Cuba, la mezcla ecuánime de la fe, la unción, el respeto. También, como en aquella, en esta ciudad los actos se escenificaron con los mismos protagonistas, con las mismas palabras.

Solamente cambiaron el coro, la orquesta, y el dignatario, cardenal Jaime Ortega, que pronunció, en nombre de la arquidiócesis, las palabras de salutación al santo padre. Igualmente, aquí como allá, el papa, juntaba en la liturgia lo contemporáneo con lo antiguo: el latín con el español. Consumada la misa, el presidente cubano, otra vez a petición del papa, subió al presbiterio.

Hubo, primordialmente, la diferencia de la distancia. Santiago de Cuba y La Habana. Un extremo y otro del país. Diferencia que marcan el tiempo y el espacio. Porque en esencia la eucaristía en la Plaza de la Revolución confluía con un espíritu común: la evaluación precisa y el tratamiento condigno del papa y su significado.

El periodista bajó de su estrado y se retiró confundido con la muchedumbre. Quería ver, oír cómo se comportaba la multitud luego de haberse marchado el santo padre hacia la Nunciatura Apostólica, para recibir a Fidel Castro. La gente regresaba en silencio, caminando aprisa, sin estorbarse, sin alterarse ante un momentáneo roce. No escuché palabra de queja o lamento, ni risa bulliciosa... Aún después de la misa pervivía la solemnidad que les inspiraba el contacto con un peregrino de tan universal e histórico prestigio. Las exclamaciones y las manos alzadas se aplazaban para la despedida.

La lluvia bendita

Antes de partir, el cielo adoptaba un color hosco hacia el sur: podría llover. Pero siempre se confiaba en la posibilidad de que la tormenta se alejara por el empuje de un viento surgido de improviso. ¿Quién está seguro en un clima tan informal como el de Cuba? Pasadas las dos de la tarde, el vehículo hermetizado del papa salió de la Nunciatura, enrumbó por la avenida 31, luego tomó la calle 100 hasta la avenida de la Independencia y por esta hacia la Terminal Uno del aeropuerto José Martí.

Desde la partida, a uno y otro lados de las calles, el pueblo, compactamente ubicado, despedía al santo padre. Las manos se alzaban para trasmitir un toque de afecto y de veneración al anciano sumo pontífice de la Iglesia Católica Romana.

Parejamente, el aire se enfriaba anunciando, con más certeza, la proximidad de la lluvia. Catorce años antes, en la despedida de Juan Pablo II, también llovió. Y Karol Wojtila se refirió a aquella agua como el adviento de un renacer. Y tuvo razón en algún sentido. La lluvia siempre equivale a la llegada del fin de la sed y la sequedad de la tierra. Fue una natural coincidencia. A mediados del trayecto de unos quince kilómetros empezó a llover. Quienes previeron el incidente, abrieron sus paraguas; los demás permanecieron firmes, sin moverse, hasta tanto el móvil papal no pasara delante de ellos. La lluvia, como luego deseó Benedicto XVI en el aeropuerto, no pudo amenguar la alegría interior del cubano, expresada incluso exteriormente ante su presencia, aún bajo el agua. Agua colmada de sentido en la vida cristiana. Agua que limpia y borra las manchas en el bautismo. Pero que no borrará el recuerdo de esta tarde.

Las lluvias de siglo y medio tampoco han hecho desparecer aquel momento cuando un médico cubano fue llamado para intentar curar a su santidad, hoy beato, Pío IX. Dos pontífices han visitado a Cuba. Y parece que entre nuestro país y el papado se perfila un vínculo más que ocasional. Aquel médico cubano, el doctor Manuel González Echeverría, autor de un libro sobre la epilepsia (*On Epilepsy*) que lo convirtió en el mayor especialista de ese mal en el planeta, partió hacia Roma, pero llegó tarde: el papa que gobernó la Iglesia durante 31 años, 7 meses y 17 días —el segundo pontificado más largo de la historia— falleció el 7 de febrero de 1878, mientras el doctor González Echeverría navegaba hacia Europa. En el Vaticano, sin embargo, el médico cubano atendió de una fortísima afección bronquial al cardenal Pecci, sucesor de Pío IX con el nombre de León XIII.

Pensando en aquel hito de la medicina cubana, uno comprende que las manos de los millares de cubanos que recibieron y despidieron a Benedicto XVI nada pedían. Ofrecieron, en cambio, lo mucho que posee y sabe el pueblo de este archipiélago, en cuyas aguas territoriales flotó la imagen de la Caridad: ser solidario y humilde servidor de quien toca a su puerta.

MI ARCA DE NOÉ

CAMINO DEL RETORNO

A veces deseo una casa; no una mejor, sino aquella de mi adolescencia que quisiera reconstruir con ladrillos incorruptibles, cuando ya uno se percata que el tiempo es la mercancía más barata del mercado mundial, y también la que más rápido se consume o se desgasta. En lo físico, la casa de mis nostalgias carecía de importancia; más bien lo que valía era que aún te rodeaban los seres más amados. Y tú puedes vivir lejos de los que has querido, pero en el mismo espacio donde ya no están implica andar orillando el desconsuelo: la resignación se niega a embalsamar los despojos.

Si entrara ahora en aquella mi casa joven, del techo se desprendería el óleo del vacío para pintar el símbolo de la soledad: una espalda doblada y cabizbaja sentada en el quicio de la puerta. Al volver la cara hacia dentro quizás vería en la sala, colgada, una minúscula araña de bronce, con caireles como lágrimas que parecían caer sin lograrlo, y en el comedor la mesa y las sillas pintadas de verde y crema, en tonalidades tenues, y el aparador, donde se protegía un juego de copas de bacarat que, con mi primer sueldo, a los 18 años, ya la revolución de por medio, le compré a mamá con el propósito de decirle que ella lo merecía todo en primer lugar. Y yendo hacia dentro, en cada detalle doméstico de la pobreza se revelaría una microscópica historia de amor, de intimidad consanguínea, de privación y ahorro.

Tal vez lo que más recuerde ahora sea mi vuelta a casa, a los 16 años. Transcurría un año puntiagudo: 1961. Y el seminario salesiano donde estudiaba había terminado su existencia por obra de la ley de la nacionalización de la enseñanza. Y mamá, que entonces temía que me marchara del país para seguir estudiando, se esmeraba en sus ternezas cocinándome los platos tradicionales de la casa. Un día, en el almuerzo, me halagaba con aquellas torrejas de la infancia -pan, leche, huevo y canela en almíbar-, cuya dorada y cremosa masa no parecía provenir de ingredientes tan elementales; a la comida, el postre quizás se mostraba en unos platillos de arroz con leche, aún tibio, porque cuando se enfriaba, advertía mamá, perdían esa virtud de diluirse en la boca como las cremas más selectas. Otro día el plato central se derramaba en la salsa roja de una lengua de vaca, comida de remiendo por lo accesible en años de nuestra niñez, y degustada en su fibrosa suculencia por quienes habían descubierto la exquisitez procurando el alimento más precario.

Un martes o un jueves venía la sopa de falda, cuya carne de segunda, después de haber donado el sabor y la grasa al caldo que hervía, se desmenuzaba en hilos para sofreírse ahogada en puré de tomate, adquiriendo así un nombre engañoso, porque llamándose "ropa vieja" o "carne ripiada" podía componer un vestido de etiqueta. Pero el momento de suprema expansión gustativa fue aquella tarde en que, sin previa advertencia, me sirvió "afiollas" o "afilloas"[23], que no concuerda el nombre con los recuerdos de la receta traída por la mamá de mi padre desde Galicia, mi abuela Antonia, y que ejerció provisoria opción en nuestra mesa de subsistencia durante los 1950, década de papá sin trabajo, y de decisiones familiares, propiamente de mamá, para romper miedos y emigrar hacia La Habana.

Las "afilloas" gallegas consistían en harina de Castilla disuelta en agua, sal y un huevo batido, o sin huevo, y luego puesta en la sartén a fuego lento para aglutinarse en una torta conjuradora del hambre.

Ahora, mi hambre es otra. La nostalgia intenta reple-

---

[23] Filloas dice el diccionario.

tar mi estómago sentimental como un bolo de coca anestesiaba la debilidad de aquel pastor que vi, como figura estatuaria en la desolación de la puna boliviana, un día entre mis días de periodista andador de caminos, y que ahora sentado a la puerta de una casa inexistente se echa a andar por los atajos imposibles de la memoria, cuyas antenas, si te recuerdan que has vivido, también te invitan a vivir otra vez.

LUIS SEXTO

ÍNDICE

ÍNDICE

LUIS SEXTO

LUIS SEXTO

LUIS SEXTO

Editorial Letra Viva©

2015

251 Valencia Avenue #253
Coral Gables, FL 33114